지혜로 통찰하는
힘 얻으소서

2023. 남 지 심 합장

우담바라

Udambara

35주년 기념판

✻
✻

소설가 남지심

인간의 내면에는 오욕칠정의 늪과 함께 평화와 고요, 청정함이 있다. 앞부분이 인간군상의 영역이라면 뒷부분은 진리를 추구하는 종교인의 영역이다. 남지심 작가는 뒷부분을 작품 속에 녹임으로써 인간의 의식영역을 확대하려고 노력해 왔다.

문단과는 일면식도 없이 40여 년을 전업 작가로 활동하고 있는 그는 지금도 새벽 3시면 일어나 향을 사르며 하루를 시작한다. 청정수로 차를 내리고 책상에 앉아 사경을 한다. 기도하고 글을 쓰는 작가의 일상은 앞으로도 계속될 것이다.

남지심 作

차례

1장 007
2장 045
3장 097
4장 137
5장 175
6장 217

247 ‥‥‥ **7**장

279 ‥‥‥ **8**장

319 ‥‥‥ **9**장

355 ‥‥‥ **10**장

391 ‥‥‥ **11**장

427 ‥‥‥ **12**장

1
장

Udambara

"지효(知曉) 스님."

감나무 밑에 서서 노을 진 하늘을 바라보던 혜일 스님은 오솔길을 돌아오는 지효 스님을 발견하고 큰 소리로 불렀다.

"아, 혜일(慧日)스님."

지효 스님도 혜일 스님을 알아보고 얼굴 가득히 미소를 지으며 부지런히 걸어왔다. 걸음을 옮길 때마다 승복 앞자락이 조금씩 펄럭였다.

"스님, 너무 아름다워요. 마치 노을 속에서 걸어 나오시는 거 같아요."

혜일 스님은 두 손을 모아 입을 가리며 나직이 탄성을 질렀다. 서쪽 하늘을 물들인 붉은 노을은 땅거미가 지고 있는 들판까지 붉게 물들이고 있고, 노을을 등지고 걸어오는 지효 스님은 마치 노을 속에서 걸어 나오는 것 같은 환각을 느끼게 했다.

"반가워요, 스님."

지효 스님은 혜일 스님의 손을 꼭 잡으며 미소를 지었다.

'그동안 공부를 많이 하셨구나.'

지효 스님의 시선을 대하고 있는 혜일 스님의 머릿속엔 빛처럼 빠르게 이런 생각이 스쳐 갔다. 그녀의 시선 속엔 힘이 있었다. 그것은 참선을 하는 사람에게서 발견되는 공부의 깊이기도 했다.

"공부하시기 힘드셨죠?"

지효 스님은 잡고 있는 손에 힘을 주며 웃었다. 하얀 치아를 감싸고 있는 입술이 고결하게 느껴졌다. 사람의 성품을 드러내는 것은 흔히 눈이라고 하지만 눈 못지않게 입술도 그런 표현을 하고 있다는 생각을 혜일 스님은 잠시 해보았다.

"네, 힘들어요. 논문 쓸 자료를 수집하려고 왔지만 사실은 공부하는 일에서 도망치고 싶어 나왔어요."

혜일 스님은 눈을 찡긋하며 웃었다. 그런 혜일 스님을 보며 지효 스님도 따라 웃었다. 사교반에서 공부할 때의 일이 생각나서였다.

쓸쓸하게 가을비가 내리던 어느 날, 비에 젖은 목백일홍의 붉은 꽃잎을 물끄러미 바라보던 강사스님은 한산시(寒山詩)에 대해 설명했다.

"한산은 중국 당나라 때 사람으로 성명은 알 수 없고, 차가운 바위 밑의 깊은 굴속에 살고 있었으므로 한산이라고 불렀지요. 그는 바싹 마른 몸에 미친 사람 비슷한 짓을 하고 다녔는데, 늘 산 밑에 있는 국청사라는 절에 와서 스님들이 먹다 남긴 밥을 얻어서 대통 속에 넣어가지고 굴속으로 되돌아갔어요. 미친 사람 비슷한 짓을 하고 다녔지만 그의 언행은 불도에 어긋나지 않았고 특히 시를 아주 잘했지요. 송나라의 황산곡이나 당나라의 두소릉 같은 시인들도 그의 시에 화답하려고 애를 썼지만 운도 떼지 못하고 말았어요. 그것은 한산이 범속한 경계에서 이미 일탈해 있었기 때문이에요. 그는 높은 산꼭대기에 혼자 앉아 물속에 비친 외로운 달을 바라보면서 시 가운데 선이 있다고 읊었어요."

"그렇다면 한산이 머문 자리는 선의 자리입니까, 아니면 시의 자리입니까?"

"스님들은 선의 자리라 이를 것이고, 속인은 시의 자리라 이르겠지요."

"그렇다면 승과 속은 다른 경계입니까?"

질문을 받은 강사 스님은 비에 젖은 목백일홍의 붉은 꽃잎을

다시 한번 물끄러미 바라보다가

"지금 한 질문에 대해 다음 시간까지 논문을 한 편씩 써 오도록 하세요."

하고 강의를 끝냈다.

"스님, 공부하기 싫어서 절로 도망쳐왔는데 절에서도 자꾸 숙제를 내주면 이젠 어디로 도망가야 합니까?"

창가에 앉아 있던 혜일 스님이 불평을 해서 학인들을 웃겼다. 공부하기가 싫다고 했지만 공부는 하나의 업처럼 되어서 강원을 졸업한 혜일 스님은 대학교에 진학을 했고 거기서 학사 과정을 마치고 다시 석사 과정을 밟고 있는 중이었다.

"스님, 지금 무슨 생각하셨어요?"

혜일 스님은 미소를 짓고 있는 지효 스님을 쳐다보며 물었다.

"공부하기 싫어서 절로 도망쳐왔다고 하던 스님 생각을 했어요."

"아, 한산시 말이군요."

두 사람은 함께 웃었다. 같은 추억을 떠올리면서.

"한산시 얘기를 하니까 생각나는데 스님도 걸망 스님 얘기 들어보셨어요?"

"걸망 속에 술, 담배, 염주 등속을 넣어가지고 다닌다는 그 스님 말이죠?"

"네. 모두들 스님이라고 부르긴 하지만 행색은 스님 행색이 아니라면서요?"

"그렇다고 하데요. 그런데 스님이 어떻게 그분에 대해서 알고 계세요?"

"소문이 자자하게 퍼져 있는데 제가 왜 몰라요? 그분을 문수보살의 화신이라고 하는 사람도 있던데요."

"문수보살의 화신이라니요?"

지효 스님은 놀란 얼굴로 혜일 스님을 쳐다봤다.

"왜 그렇게 말하는지는 저도 잘 모르겠어요. 하지만 전 어쩐지 그분 얘기를 듣고 있으면 문수보살보다는 조금 전에 우리가 말한 한산 같다는 생각이 들던데요."

"어떤 점에서요?"

"글쎄요. 제 생각을 정확하게 말씀드릴 수는 없는데… 걸망 스님이라는 분도 높은 산 토굴에 살면서 가끔 절로 내려와 스님들이 먹다 남긴 밥을 얻어가지고 간다면서요? 아마 그 말 때문에 그런 느낌이 들었나 봐요."

"사람들은 한산을 보고도 문수보살의 화신이라고 했다던데요."

"어머, 그래요? 그렇다면 걸망 스님은 정말 문수보살의 화신인지도 모르겠네요."

지효 스님은 금방 들은 말을 되뇌어봤다. 그런 그녀의 가슴 속에선 알 수 없는 흥분이 일기 시작했다.

"걸망 스님이 어느 토굴에 계신지 아세요?"

지효 스님은 옆에서 걷고 있는 혜일 스님을 돌아다보며 물었다.

"그건 아무도 모르는가 봐요. 봤다는 사람마다 말이 다 다른 걸 보면요. 스님, 잠깐만요."

혜일 스님은 걸음을 멈추고 한 손으로 지효 스님의 어깨를 잡으며 신고 있던 운동화를 벗어서 조그만 돌 하나를 털어냈다.

"석 달 전인가? 아마 삼월 초순쯤 됐을 거예요. 제가 잘 아는 사학자 한 분이 강원도 지방으로 답사를 갔는데 원천강(袁天綱)이라는 마을에 이르니 주민들이 높은 산을 가리키며 그 산에 도인이 숨어서 공부를 한다고 하더래요."

"도인이요?"

지효 스님은 의아한 얼굴로 혜일 스님을 돌아다봤다. 그러자 혜일 스님도 자신이 한 말이 쑥스러운 듯 지효 스님을 쳐다보며 씩 웃었다. 도(道)를 이루려는 그들로서도 도라는 말은 왠지 생소하게 들렸다. 현대라는 사회는 도를 수용하기엔 이미 너무 낡은 그릇이 되어버렸기 때문인지도 모른다.

"제 얘기가 좀 이상하더라도 그냥 들어보세요."

"네. 계속해 보세요."

"그분은 마을 사람들이 가리키는 산으로 올라갔나 봐요. 그랬더니 정말 높은 바위 위에 한 스님이 가부좌를 하고 앉아서 깊은 삼매에 들어 있더래요. 석양빛을 받고 홀로 삼매에 들어 있는 스님 모습을 보는 순간 그분은 그만 숨이 콱 막히더래요. 표현할 수 없는 아름다움 때문에요."

"아름다움 때문에요?"

"네. 그분도 스님에게서 경건함이나 엄숙함에 앞서 아름다움을 느꼈던 자신의 감정에 대해 의아하게 생각하더군요."

지효 스님은 가만히 숨을 들이마셨다. 한 줄기 빛이 자신의 심장을 뚫고 지나가는 것 같은 전율이 느껴졌다.

"그 스님이 그럼 걸망 스님이라는 얘긴가요?"

"네."

"어떻게 그런 생각을 하게 되었죠?"

"스님 발 때문이래요."

"네?"

"그분은 바위 밑에 서서 황홀함을 느끼며 스님을 바라보고 있었대요. 그러자 스님은 인기척을 느꼈는지 가부좌를 풀고 자리에서 일어서더래요. 그래서 무심히 발을 내려다봤는데 그 발이 마치 복숭아 꽃잎처럼 분홍색이 돌더래요."

"……."

"그 순간, 아, 이분이 바로 걸망 스님이구나, 하는 확신이 생기더라는 거예요."

"원천강이라는 마을이 강원도 어디에 있는데요?"

지효 스님은 숨을 죽이며 물었다.

"그 스님을 뵈려고요?"

"네."

"그분 얘기를 듣고 많은 사람이 그런 생각을 했죠. 실제로 그 마을을 찾아간 사람도 있었고요. 하지만 아무도 그분을 만나고 온 사람은 없었나 봐요."

"왜요?"

지효 스님은 이해가 안 간다는 얼굴로 고개를 갸웃했다.

"우리가 가장 좋아하는 말 있잖아요. 인연 따라 만납시다, 라는 말이요. 그 스님을 만날 인연이 안 닿았던 모양이죠."

"……."

"기다려 보세요. 스님이 걸망 스님을 만날 인연이 닿는다면 여기서도 그분을 만날 수 있을지 누가 알아요?"

혜일 스님은 장난기 어린 얼굴로 웃으며 어깨를 으쓱했다. 하늘과 땅을 물들였던 붉은 노을은 스러지고 사위엔 어둠이 서서히 내려앉았다. 물을 댄 논에는 둥지를 찾아가는 새들의 날갯짓이 고요하게 그림자를 드리우고 있었다.

"스님, 이쪽으로 가세요."

혜일 스님은 감자밭 사이로 난 작은 길을 가리키며 말했다.

"절이 그쪽인가요?"

"아니에요. 보살님 댁에 들렀다 가려고요."

"보살님 댁이라니요?"

"용화 보살이라고 저 기와집 할머닌데, 우리 절 살림을 거의 맡아서 하고 계세요."

혜일 스님은 감나무 사이로 보이는 검은 기와집을 가리키며 말했다.

"그럼 스님 혼자 다녀오세요. 전 초면이라 가고 싶지 않은데요."

"저 혼자 가면 보살님한테 야단맞아요. 스님 모셔 오지 않았다고요."

"스님도 참."

"정말이에요. 그러니까 스님도 빨리 가세요. 선방에서 삼 년 결제 마친 스님이 오신다고 저녁공양 지어놓고 기다리세요."

삼 년 결제를 마친 스님이라는 지칭을 들은 지효 스님은 자신을 돌아다보았다. 삼 년 동안 나는 무엇을 했던가? 작은 풀꽃 한 송이라도 피웠던가?

"쟤 좀 봐. 나무 위에 또 앉아 있네."

앞에서 부지런히 걷던 혜일 스님은 감나무를 쳐다보며 말했다. 지효 스님도 혜일 스님을 따라 나무 위를 올려다봤다. 감나무 위에는 조그만 소년이, 소년이라고 부르기엔 너무 어린 사내아이가 나무에 등을 기대고 앉아 스러지는 노을을 바라보고 있었다. 그런 그의 모습은 누군가를 간절하게 기다리고 있는 것 같기도 하고, 또 무엇인가를 그리워하고 있는 것 같기도 했다.

"쟤가 누군데요?"

"융(隆)이라고 용화 보살님 손잔데, 저녁때만 되면 저렇게 나무 위에 올라가서 서쪽 하늘을 바라보고 있대요."

"… 왜요?"

"글쎄요. 그냥 버릇이겠죠 뭐."

혜일 스님은 별생각 없이 대답하며 감나무 밑으로 걸어갔다. 몇 발짝 뒤에서 걷던 지효 스님은 감나무 위를 다시 올려다봤다. 구름처럼 하얗게 피어 있는 감꽃은 저녁노을을 받아 불그스름하게 물들어 있고, 감꽃 속에 몸을 숨기고 있는 소년의 얼굴도 노을을 받아 불그스름하게 보였다. 그런 그의 모습은 작은 홍보석처럼 아름답게 느껴졌다.

"할머니 안에 계시니?"

혜일 스님은 실에 감꽃을 꿰고 있는 소녀를 보며 물었다.

"네."

감나무 위에 앉은 소년과 같은 또래로 보이는 소녀는 치마폭에 담아놓은 감꽃이 쏟아질까 봐 걱정이 되는지 한 손으로 치마 끝을 조심스럽게 치켜올리며 자리에서 일어섰다.

"그럼 빨리 가서 지효 스님 오셨다고 전해."

"네."

소녀는 끌어올린 치맛자락을 조심스럽게 싸안고 오리처럼 뒤뚱뒤뚱 뛰어갔다. 그때 나무 위에 있던 소년이 나무를 타고 내려와서 혜일 스님 앞에 서며 두 손을 모아 합장을 했다. 그런 소년의 얼굴을 지켜보던 지효 스님 가슴속에 무엇인가 쾅 하고 와 닿는 것 같은 울림이 들려왔다. 어디서 많이 본 듯한 얼굴, 아니 지치고 힘들 때마다 기대고 싶어 했던 얼굴, 그 얼굴은 바로 오채련의 얼굴이었다.

지효 스님은 심한 혼란을 느끼며 소년을 다시 바라보았다. 반듯한 이마와 상을 약간 찡그린 듯한 그의 얼굴은 오채련을 보고 있는 것 같은 착각을 느끼게 했다.

"어서들 오세요. 그러잖아도 마중을 나가볼까 하던 참이었는데……."

이 씨는 한 팔은 허리 뒤로 돌리고 한 팔만 흔들고 나오면서 스님들을 반겼다. 머리는 하얗지만 허리는 조금도 굽어지지 않았고 시선 속엔 꼿꼿한 힘이 있었다.

"인사하세요, 스님. 청은사를 지켜주시는 용화 보살님이세요."

혜일 스님은 지효 스님을 돌아다보며 인사를 시켰다.

"지흡니다."

지효 스님은 두 손을 모아 공손히 합장을 했다.

"어서 들어가세요. 아까부터 공양을 지어놓고 스님들을 기다렸어요."

이 씨는 솟을대문을 활짝 열며 말했다. 연당엔 연잎이 무성하게 자라고 있고, 집 안은 절간처럼 조용하고 정결했다. 일행이 중문을 지나 안으로 들어갈 때 곽 씨네가 쫓아 나오며 반겼다.

"이제야 오시는군요. 아까부터 마님이 기다리셨는데요."

지효 스님은 곽 씨네를 쳐다봤다. 펑퍼짐한 가슴과 허리에서 반석을 보는 것 같은 평안함이 느껴졌다.

"자넨 어서 공양상을 들이게."

이 씨는 곽 씨네한테 이르고 대청마루를 가리켰다.

"스님들, 어서 이리로 오르세요."

"집이 참 좋군요. 절 같은데요."

지효 스님은 집 안을 둘러보며 말했다.

"스님도 참, 여염집을 보고 절 같다니요?"

이 씨는 뭔가 불길한 예감이 느껴지는지 강하게 부정했다. 그런 이 씨를 보고 있던 지효 스님은 자신이 실수를 했다는 생각이 들었다. 속인이 사는 집은 속가여야지 결코 절이 되어서는 안 된다. 그것은 절이 속가가 되어서는 안 되는 이치와 같다. 스님은 절을 지키며 살아야 하듯 속인은 집을 지키며 살아야 한다. 그것은 하나의 질서이다.

"스님은 이쪽이 처음이시죠?"

이 씨는 미안해하는 지효 스님을 보며 화제를 돌렸다.

"네."

"강원에서 바로 선방으로 가셨으니까요."

혜일 스님이 설명을 곁들였다.

"그럼 혜조 스님하곤 거의 생활을 같이하지 않으셨겠네요?"

"네."

"은사 스님이긴 하지만 한 철도 같이 지내지 않으셨을 거예요. 지효 스님이 계를 받고 강원으로 가셨을 때 혜조 스님은 선방에서 청은사로 오셨으니까요."

"그러고 보니 혜조 스님이 청은사로 오신 지도 꽤 됐군요. 칠 년짼가, 팔 년짼가?"

"팔 년째죠. 우리가 계를 받은 지가 팔 년 됐으니까요."

"선방에 계신 스님을 주지 스님으로 모셔 오느라고 애를 많이 먹었지요. 한사코 주지 소임을 안 맡으시겠다고 해서 청은사 신도들이 아마 여남은 번 찾아갔을 거예요."

"열 번 찍어서 안 넘어가는 나무는 역시 없군요."

혜일 스님이 눈을 찡긋하며 웃어서 지효 스님과 이 씨도 따라 웃었다.

"그럼 스님이 사숙 되시는가요?"

"그렇죠. 이 스님이 제 장조카예요."

혜일 스님은 지효 스님의 어깨를 감싸며 말했다.

대학교를 중퇴하고 2년 동안 절에서 요양하고 있던 지효 스님은 혜조 스님을 은사로 사미니계를 받았다. 그때 혜조 스님의 은사인 고하 스님 밑에서 행자 생활을 하던 혜일 스님도 사미니계를 받았다. 그러므로 혜일 스님은 지효 스님의 사숙이 되며 속연으로 치면 지효 스님은 혜일 스님의 조카가 되는 셈이다.

"마님 상도 함께 차릴까요?"

곽 씨네는 이마 위에 흐른 땀을 손등으로 닦으며 물었다.

"아닐세. 스님들 공양만 먼저 들이도록 하게."

"네."

"새아기 있으면 얼른 와서 인사하라고 이르게."

"조금 전에 텃밭에 나가서 아직 안 돌아오셨는데요."

"알았네."

곽 씨네는 펑퍼짐한 허리를 보이며 돌아섰다.

"스님은 건강이 안 좋으셔서 요양 겸 오셨다고 하던데 어디가 안 좋으신가요?"

이 씨는 지효 스님을 보며 물었다.

"위가 안 좋으신가 봐요. 하루에 한 끼만 드시고 삼 년을 선방에서 견디셨으니 위를 버릴 수밖에요."

혜일 스님이 대신 말했다.

"선방에 계신 스님들한텐 위병이 따른다고들 하더군요."

이 씨는 천천히 머리를 끄덕였다.

지효 스님은 앞에 앉은 노인을 물끄러미 바라보았다. 사람을 압도하는 힘이 있는 반면 사람을 감싸는 푸근함도 지니고 있었다. 그런 그녀는 마치 수행을 잘 해온 노승 같은 분위기를 자아내고 있었다.

"스님, 공양 드세요."

곽 씨네가 상을 들고 와서 스님들 앞에 놓았다.

"별식을 하느라고 했는데 맛이 어떨는지…. 어서 들어보세요, 스님."

이 씨는 상을 당겨주며 권했다.

"이런 공양은 처음 보는데요."

"인삼밥을 지어봤어요. 약식처럼 시루에 쪘는데 잡수실 만한지 모르겠군요."

"이 공양은 정말 약이 되겠는데요. 인삼에다가 대추, 밤, 은행, 이건 표고버섯인가요?"

"네."

곽 씨네가 웃으며 대답을 했다.

"선만 보시지 말고 어서 들어보세요."

이 씨는 입가에 웃음을 띠며 권했다.

"보살님도 같이 드시지요."

"난 조금 있다가 손자들하고 같이 먹을게요."

손자라는 말을 듣는 순간 지효 스님 머릿속엔 소년의 얼굴이 떠올랐다. 그리고 연상 작용처럼 채련의 얼굴도 떠올랐다. 반듯한 이마와 약간 상을 찡그린 듯한 표정, 소년은 그 표정까지도 정확하게 채련을 닮고 있었다.

어떻게 된 것일까? 지효 스님은 강한 의혹에 휩싸이며 가만히 노인을 쳐다봤다.

"어머님, 찾으셨어요?"

중년 여인이 허리에 둘렀던 앞치마 끈을 풀며 댓돌 밑에 와 섰다.

"그래. 지효 스님이라고 새로 오신 스님이니 인사를 드려라."

노인의 말을 듣고 무심히 댓돌 밑을 내려다보던 지효 스님은 소스라치게 놀라서 들고 있던 수저를 떨어뜨렸다. 댓돌 밑에 서서 시선을 아래로 깔고 서 있는 여인은 동미였다. 그녀는 희로애락의 감정 같은 건 아예 지니고 있지 않은 사람처럼 표정 없는 얼굴로 서 있었다.

그런 동미를 보는 순간 지효 스님 가슴은 쾅쾅 소리를 내며 뛰기 시작했고 자신이 앉아 있는 마루까지 빙그르르 도는 것 같은 어지럼증이 느껴졌다.

"우리 며늘아깁니다."

노인은 실명한 여인이 자신의 며느리임을 당당하게 밝히고 있었다.

"안녕하세요?"

동미는 지효 스님이 앉은 쪽과는 조금 다른 방향에다 대고 합장을 했다.

지효 스님은 달려가 동미의 손을 잡고 울고 싶은 충동을 누르며 눈을 감았다. 그런 그녀의 머릿속엔 성곽처럼 컸던 채련의 집이 떠오르고, 그 집 담벼락에 매달려 있던 제비집 같은 동화네 집도 떠올랐다. 그리고 의식적으로 자신이 사는 집과 실명한 누이를 보여주던 동화의 얼굴도 떠올랐다.

동화 얼굴을 떠올리는 순간 지효 스님의 심장은 심한 균열을 일으키며 실금처럼 가는 선으로 쪼개어졌다. 10년이라는 긴 세월 동안 지효 스님은 자신이 한 덩어리의 얼음이기를 원했다. 아니, 적어도 자신의 가슴만은 차디찬 얼음으로 식어가고 있다고 믿고 있었다. 꽃도 풀도 싹을 틔울 수 없는 차가운 땅, 그 땅 밑에서 자라고 있던 꽃도 이미 쓰러져 형체를 지니고 있지 않으리라 믿고 있었다.

지효 스님은 어금니를 꽉 깨물며 나직이 신음 소리를 냈다.

"스님, 왜 그러세요?"

혜일 스님이 놀라서 쳐다보았다.

"공양이 식성에 맞지 않으시면 다른 걸로 갖다 드릴까요?"

이 씨도 놀라며 말했다.

"아, 아니에요. 저한테 신경 쓰지 마시고 어서 드세요."

지효 스님은 자신의 감정을 다스리며 다시 수저를 들었다.

"너는 어서 가서 애들을 찾아봐라."

이 씨는 무표정한 얼굴로 서 있는 며느리가 민망한지 이렇게 일렀다.

"네."

동미는 들고 있던 앞치마를 대청마루 위에 올려놓고 몸을 돌렸다. 아이들이라는 말을 듣는 순간 지효 스님의 머릿속엔 다시 혼란이 왔다. 반듯한 이마와 상을 약간 찡그린 듯한 표정, 채련의 얼굴을 그대로 빼닮은 듯한 그 아이는 대체 누구일까?

"총각."

최 보살은 회색 바지 위로 드러난 넓적한 엉덩이를 구부리며 방 안을 들여다봤다. 어둑한 방 안에서 나무를 깎고 있던 봉두는 천천히 고개를 들고 최 보살을 쳐다봤다. 한쪽 눈은 양쪽으로 잡아당긴 것처럼 치켜 달려 있고, 한쪽 눈은 눈동자도 보이지 않을 만큼 오그라들어 있었다. 그런 그의 얼굴은 흡사 함석 조각을 우그려 뜨려 놓은 것 같았다.

"부처님 있으면 나 하나만 줘."

"없어요."

"어저께 만든 건 어떻게 했어?"

"보살님이 가져갔어요."

"어떤 보살님?"

"그건 나도 몰라요."

"아유, 딱하긴. 달란다고 다 주면 어떻게 해. 누군지도 모르고."

봉두는 성가시다는 얼굴로 시선을 거두더니 다시 낫으로 부처님을 새기기 시작했다.

"아이, 총각."

최 보살은 큰 소리로 다시 불렀다.

"……."

"내일 새벽까지 되겠어?"

"그건 나도 몰라요."

"쯧쯧… 뭐이 아는 게 있어야지."

최 보살은 혼자 혀를 차다가 안 되겠다 싶었는지 다시 은근한 목소리로 말했다.

"지금 만들고 있는 건 내 거야. 알았지?"

"예."

"대답만 하지 말고 내 얼굴 좀 봐. 나 최 보살이야, 최 보살."

"알았어요."

"알긴 뭘 알아? 내 얼굴 좀 다시 보래도."

봉두는 낫을 놀리던 손을 멈추고 다시 최 보살을 쳐다봤다.

"내일 새벽예불 드리고 올 테니까 지금 만들고 있는 부처님은 날 줘야 혀."

"예."

봉두는 다시 고개를 숙이고 하던 일을 계속했다. 그런 그는 최 보살 얼굴에서 시선을 돌리는 순간 이미 최 보살을 잊어버린 듯한 무심한 얼굴이다.

"새벽달 보자고 초저녁부터 기다린다지만 이건 뭐 차례가 와야지 마음을 놓지."

최 보살은 마음이 안 놓이는지 혼자 웅얼거렸다.

"거기서 뭘 하신다요?"

정랑에서 나온 한 보살은 샘가에서 손을 씻으며 물었다.

"봉두한테서 부처님 하나 얻으려고요."

"그 일이라면 미리 부탁해도 소용없구만이라우. 낫에서 손 떼는 순간 집어 오는 게 임자재요잉."

한 보살은 그 일이라면 자기도 이미 도가 텄다는 투로 말했다.

"어떻게 하든 하날 얻긴 얻어야겠는데……."

최 보살은 막내아들 대학교 진학을 떠올리며 입 속으로 중얼거렸다.

"관가 돼지 혼자 배 앓는다고요잉, 침 생키는 사람이사 많지만 만드는 사람이 그걸 알아줘야재요잉."

한 보살은 손에 묻은 물기를 닦으며 자리에서 일어섰다. 어떤 연유에선지 확실하게 알 수는 없지만 청은사를 드나드는 보살들 사이엔 봉두가 만든 작은 목불(木佛)을 몸에 지니고 있으면 한 가지 염원이 꼭 이루어진다는 소문이 자자하게 퍼져 있었다. 그래서 청은사를 다니는 보살들은 물론이고 다른 절에 다니는 보살들까지 와서 봉두한테 목불 하나를 얻어가려고 갖은 애를 다 썼다. 그러나 애를 쓴다고 해서 뾰족한 수가 있는 것도 아니었다. 한 보살 말처럼 낫질하던 손이 멈추는 순간 완성된 목불을 집어 가면 그게 임자였다.

혜조 스님의 은사인 고하 스님이 청은사 주지로 계실 때 아랫마을에서 살던 여인이 화상으로 얼굴이 오그라든 아이를 업고 절로 왔다. 그녀는 그 후 절에서 공양주 일을 했는데 몸속에 화기가 배어서인지 십 년도 채 안 돼서 죽고 말았다.

공양주가 죽자 그녀가 데려온 아이는 부목이 있는 뒤채로 거처를 옮겼고, 그 아이가 뒤채로 옮겨간 후 아무도 그가 절에서 살고 있다는 사실을 기억해주는 사람이 없었다. 사람이 기억해주든 안 해주든 세월은 흐르는 법이고 흐르는 세월은 아이를 어른이 되게 한다. 모든 사람에게서 잊혀진 그 아이에게도 세월은 어김없이 흘렀고, 흐르는 세월에 실려 그 아이는 열 살이 넘은 소년이 되었다.

그럴 무렵 함께 있던 부목은 그 아이한테 작은 지게 하나를 만들어 주고 나무하는 일을 하도록 시켰다. 그때부터 봉두는 등에 지게를 지고 산을 오르기 시작했다. 산에는 자신을 잘 아는 노인이 있을 뿐 아무도 마주치는 사람이 없어서 좋았다. 가끔 자신이 거처하는 뒤채에서 절을 찾는 사람과 마주칠 때면 자기를 본 사람은 다 비명을 지르며 도망을 쳤다.

봉두는 그런 사람들을 보면서 자신이 사람 눈에 띄어서는 안 된다는 것을 알기 시작했다. 봉두는 절에 있었지만 한 번도 부처님을 본 적이 없었다. 부처님도 사람처럼 자신을 보면 놀라실 거라는 생각이 들었다. 사람을 놀라게 하면 안 되듯이 부처님도 놀라게 하면 안 된다는 것을 봉두는 잘 알고 있었다.

새벽에 첫 종소리가 들리고 도량석을 도는 스님의 낭랑한 염불 소리가 울려 퍼지기 시작하면 봉두는 잠자리에서 일어나 문 밖에 세워 둔 지게를 지고 산으로 올라갔다. 가끔 새벽달이 있기도 했지만 별만 총총히 뜬 깜깜한 하늘일 때가 더 많았다. 그러나 아무리 깜깜한 새벽이라도 산을 오르는 일에는 자신이 있었다.

봉두가 가장 자신 있는 일은 산을 오르는 일이었다. 절 뒤로 난 오솔길을 따라 산꼭대기로 올라가면 동쪽 하늘에선 초승달 모습을 한 빨간 해가 떠올랐다. 그 해가 점점 커져서 시뻘건 동이만 해지면 봉두는 바위 위로 올라가서 가슴을 쫙 펴고 햇빛을 들이마시기 시작했다.

그는 자신의 몸 가득히 햇빛을 채우는 방법을 알고 있었다. 그것은 그릇에 물을 채우는 일과 똑같았다. 가슴을 펴고 천천히 숨을 들이마시면 발가락서부터 햇빛이 차오르기 시작해서 정강이까지 허리까지 가슴까지 그리고 목과 정수리까지 차올랐다. 그것은 물이 차오르는 그릇을 보는 것과 거의 같은 일이었다.

봉두는 정수리까지 햇빛이 차올랐다고 느껴지면 숨 쉬는 일을 멈추고 해를 물끄러미 바라보았다. 그가 바라보는 해는 언제나 새 해였다. 똑같은 해가 두 번 떠오른 적은 한 번도 없었다. 봉두는 어둠이 밤새도록 해를 빚어서 새벽이면 산 위로 떠올려 보낸다고 생각했다. 봉두가 가장 좋아하는 것은 능선 위로 퍼지는 햇빛을 바라보는 일이었다. 검게 가라앉은 능선 위로 아침 해가 퍼지기 시작하면 산은 마치 붕 떠오르는 것처럼 점점 커져서 울퉁불퉁 모습을 드러냈다. 가끔씩 안개가 골짜기에 끼기도 하는데 안개도 햇빛을 받으면 점점 부풀어 올라서 살아 있는 것처럼 꿈틀꿈틀 움직였고, 그러다 하늘까지 올라가는 놈도 있었다. 봉두는 그런 안개를 바라보는 일도 즐거웠다.

봉두는 이 세상에서 해가 떠오르는 것을 제일 먼저 보는 사람은 자신이라고 생각했다. 그리고 햇빛을 몸속 가득하게 채울

줄 아는 사람도 자기 자신이라고 생각했고, 그 일을 매일하고 있는 사람도 자기 자신이라고 생각했다. 왜냐하면 자기와 같은 일을 하는 사람을 아직 한 번도 본 적이 없었기 때문이다. 봉두는 언젠가 자기와 함께 산을 오르던 할아버지한테 햇빛을 들이마시는 방법을 얘기했다. 그랬더니 할아버지는 미친놈이라고 야단을 치면서 들고 있던 지게 작대기로 등허리를 후려갈겼다. 그래서 그다음부터는 두 번 다시 그 말을 하지 않았다. 그러면서도 마음속으로는 좀 이상했다. 자기가 아는 걸 할아버지는 왜 모르는지, 그리고 그렇게 좋은 걸 할아버지는 왜 하지 않는지. 하지만 그 말을 물어볼 수는 없어서 봉두는 그냥 입을 다물고 말았다.

해가 자신의 키만큼 하늘 위로 떠올라오면 봉두는 벗어놓은 지게에다 삭정이를 주워 담기 시작했다. 나무 밑에 있는 삭정이만 주워도 지게가 차는데 생가지를 꺾는 할아버지가 그는 못마땅했다. 사람도 다치면 피가 흐르듯이 나무도 낫으로 치면 피를 흘리는 걸 봉두는 잘 알고 있었다. 그런데도 할아버지는 자꾸 낫으로 생가지를 쳤다. 그래서 봉두는 가능한 한 할아버지하고는 나무를 하지 않았다. 나무가 지르는 신음 소리를 들을 수 없어서였다. 언젠가 할아버지한테 그 말을 했더니 그때도 할아버지는 미친놈이라고 하면서 지게 작대기로 등허리를 후려쳤다. 그래서 그다음부터는 할아버지한테 그 말도 하지 않앉아.

　봉두가 기억하는 일 중에서 가장 신나는 일은 꽃 얘기다. 꽤 오래전 일인데, 해가 떠오르는 걸 다 보고 난 봉두는 다른 때와 마찬가지로 지게 위에 삭정이를 주워 담고 있었다. 그런데 커다란 바위 옆에 예쁜 꽃이 피어 있는 것이 눈에 띄었다. 산에서 피는 꽃이라면 어디서 무슨 꽃이 피는지 다 알고 있지만 그 꽃만은 아무리 들여다봐도 처음 보는 꽃이었다. 봉두는 꽃 가까이 가서 고개를 숙이고 향내를 맡아보았다. 그러던 그는 고개를 갸웃하며 생각에 잠겼다. 어디서 많이 맡아본 냄새 같은데 얼른 생각이 나지 않았다. 곰곰이 생각을 더듬던 봉두는 그것이 법당에서 풍겨오던 향냄새하고 같다는 걸 알아냈다. 법당에는 한 번도 가본 적이 없지만, 법당에서 가끔 향내가 풍겨왔다.

　그가 절에서 가장 좋아하는 건 바람에 실려 오는 향냄새하고 새벽마다 도량석을 도는 스님의 낭랑한 염불 소리였다. 그 두 가지만은 늘 그를 행복하게 했다. 꽃을 들여다보던 봉두는 그 꽃을 꺾고 싶은 생각이 자꾸 들었다. 나무도 낫으로 치면 피를 흘리며 신음 소리를 내듯이 꽃도 사람이 꺾으면 비명 소리를 지르며 아파했다. 그렇기 때문에 그는 아직 한 번도 꽃을 꺾어본 적이 없었다. 그런데 이상하게 그 꽃만은 자꾸 꺾고 싶어졌다. 그래서 봉두는 꽃을 들여다보며 미안하다는 말로 몇 번 사과를 한 후에 손으로 조심스럽게 한 가지를 꺾었다. 사과를 했기 때문인지 꽃은 비명 소리를 지르지 않고 잠자코 있었다. 봉두는 고마움을 느끼며 꺾은 꽃을 삭정이 위에 올려놓고 산을 내려왔다.

절 가까이 다 왔을 때 스님이 오솔길을 올라오고 있었다. 스님을 본 순간 봉두는 아름다운 꽃을 스님한테 드리고 싶어졌다.

"스님."

봉두는 지게를 내려놓고 스님을 불렀다.

"……."

스님은 얼굴을 들고 봉두를 쳐다봤다. 스님은 분명히 스님인데 자기가 본 스님 같지가 않았다. 봉두는 자기가 스님들이 계신 요사채 쪽으로 가지 않기 때문에 자기가 모르는 스님도 계실 거라고 생각했다.

"스님, 이 꽃을 스님한테 드리고 싶습니다."

봉두는 꽃을 들고 서서 말했다. 그러는 그의 목뒤엔 땀이 축축이 났다. 절에서 살지만 아름다운 스님하고 가까이서 말을 해보기는 처음이었다.

그의 말을 들은 스님은 꽃을 가만히 들여다보더니

"아름답구나. 나는 지금 포행 중이니 그 꽃은 부처님께 공양 올려라."

하고는 뒤도 돌아다보지 않고 산으로 올라갔다.

스님이 가버리자 스님이 섰던 자리에선 이상하게 향내가

났다. 봉두는 그것이 자기가 들고 있는 꽃 때문인지도 모른다고 생각했다. 꽃에서도 스님한테서 나는 향내와 똑같은 향내가 나기 때문이었다. 봉두는 지게를 지고 쏜살같이 산에서 내려왔다. 산에서 내려오면서도 자꾸 가슴이 뛰었다. 부처님한테 꽃 공양을 올리라는 스님 말이 생각나서였다.

산을 내려온 봉두는 지게 위에 놓여 있는 꽃을 들고 법당으로 갔다. 부처님을 뵙는다는 생각을 하니 가슴이 울렁거렸다. 그러면서도 한편으로는 겁이 났다. 부처님이 자신의 얼굴을 보고 놀라시지나 않을까 해서였다. 봉두는 숨을 죽이며 법당문을 열었다. 새벽예불이 끝난 후라 법당 안은 텅 빈 채 아무도 없었다. 봉두는 꽃을 들고 부처님 앞으로 한 발 한 발 다가갔다. 가슴이 쾅쾅 뛰었다. 그래서 꽃을 든 손으로 살며시 가슴을 누르며 부처님을 올려다봤다. 그 순간 봉두는 너무 놀라서 하마터면 들고 있던 꽃을 떨어뜨릴 뻔했다. 부처님이 자기를 내려다보고 빙긋이 웃고 계신 게 아닌가. 마치 자기를 기다리고 계셨던 것처럼. 봉두는 고개를 들고 다시 한번 부처님을 올려다봤다. 이번에도 역시 부처님은 자신을 내려다보며 빙긋이 웃고 계셨다.

부처님을 쳐다보고 있는 그의 얼굴에도 조금씩 웃음이 번지기 시작했다. 그러던 그의 얼굴은 마침내 웃음으로 가득 덮였다. 봉두는 얼굴에 웃음을 가득 담고 부처님을 올려다봤다.

부처님도 얼굴에 웃음을 가득 담고 봉두를 내려다보고 계셨다. 두 사람은 한참 동안 마주보며 웃고 있었다. 그러던 봉두의 눈에 눈물이 고이기 시작했다. 고여 있던 눈물은 뺨을 타고 흘러내렸고 눈물은 점점 굵어져서 마침내 얼굴을 뒤덮고 말았다. 그러자 부처님도 슬픈 표정을 지으시더니 금방 눈물을 흘리실 것처럼 눈 밑이 불그스름해졌다.

그날 이후 봉두는 이 세상에서 자기하고 가장 친한 건 부처님이라고 생각했다. 부처님은 사람들처럼 자기를 보고 놀라지도 않으셨고, 놀라지 않으실 뿐 아니라 웃으면서 바라보아주었다. 그리고 자신이 울 때는 따라 우실 것처럼 눈 밑이 불그스름해지기까지 했다. 봉두는 그런 부처님을 잊을 수가 없었다. 그날 이후 그의 가슴속은 부처님 생각으로 꽉 찼다. 부처님 얼굴이 자꾸 떠올라서 그의 몸은 마치 부처님 얼굴로 가득 차 있는 것 같았다. 그것은 햇빛이 자신의 몸을 채우는 것과 꼭 같은 것이었다.

어느 날 봉두는 벅찬 감동을 혼자 견딜 수가 없어서 할아버지한테 그 말을 했다. 그랬더니 할아버지는 미친놈이라고 하면서 또 지게 작대기로 등을 후려쳤다. 그다음부턴 다시 부처님 얘기를 하지 않았지만 부처님이 몸속에 가득 차 있다는 말을 이해하지 못하는 할아버지가 아무래도 이상하게 보였다.

부처님을 보고 온 이후로 봉두는 가끔씩 외로워졌다. 괜히 울고 싶어지기도 하고 누군가와 말을 하고 싶어지기도 했다. 그런 일은 부처님을 만나기 전까지는 없었던 일이었다. 하지만 봉두는 그 후 다시는 부처님을 볼 수가 없었다. 그것은 그날 법당 앞에서 생긴 사건 때문이었다.

봉두가 법당문을 닫고 돌아서려고 할 때 법당을 청소하기 위해서 층계를 올라오던 보살이 악 하고 비명을 지르면서 뒤로 넘어졌다. 다행히 머리는 다치지 않았지만, 그 보살은 오전 내내 방에 누워 있었고, 7일 기도도 다 마치지 못한 채 집으로 돌아가고 말았다. 그러자 주지 스님은 봉두를 불러다가 호되게 야단을 쳤다. 봉두는 어떤 스님이 부처님한테 꽃 공양을 올려도 좋다고 해서 법당으로 갔노라고 경위를 설명했지만 주지 스님은 그 말을 믿어주려고 하지 않았다. 왜냐하면 그런 말을 했다는 스님이 아무도 없었기 때문이었다.

봉두는 답답해져서 스님들 얼굴을 가만히 살펴봤다. 아무리 살펴봐도 새벽에 산에서 만난 스님은 계시지 않았다. 봉두는 참 이상했다. 하지만 아무리 이상해도 자신의 힘으로 어떻게 해볼 수가 없어서 꾹 참고 있을 수밖에 없었다. 그날부터 봉두는 법당은 물론이고 신도들이 오가는 길 쪽으로도 얼씬하지 못하게 되었다. 그렇기 때문에 부처님이 아무리 보고 싶어도 꾹 참을 수밖에 없었다.

그런 어느 날 산에서 나무를 하고 있던 봉두는 자꾸 눈물이 나려고 하며 부처님이 보고 싶어서 견딜 수가 없었다. 그래서 주운 삭정이에다가 낫으로 부처님을 새기기 시작했다. 그러자 신기하게도 삭정이는 부처님 모습으로 바뀌면서 봉두 손 안에 꼭 쥐어졌다. 봉두는 감격해하며 부처님 얼굴에 자신의 얼굴을 묻고 한참 동안 울었다. 부처님 얼굴은 봉두가 흘린 눈물로 축축하게 젖어 있었다. 봉두가 이 세상에 나서 그렇게 많은 눈물을 흘린 것은 그날이 처음이었다. 산에는 부처님과 자신밖에 없었으므로 마음 놓고 실컷 울 수 있어서 좋았다.

그날 이후 봉두는 부처님이 보고 싶을 때만이 아니라 외로워지거나 눈물이 나려고 해도 삭정이에다 부처님을 새겼다. 삭정이에 새겨진 부처님은 늘 웃기만 하시는 것이 아니라 봉두처럼 외로워하기도 하시고 눈물을 흘리실 것처럼 슬픈 표정을 짓기도 하셨다. 봉두는 자기 마음하고 똑같은 부처님이 한없이 좋았다. 그가 만든 부처님은 늘 할아버지가 가져갔다. 할아버지는 부처님을 얻을 때면 주름진 얼굴에 웃음을 가득 담고 봉두를 쳐다봤다.

"얘야, 이제 다 됐냐?"

할아버지가 웃는 얼굴로 봉두를 쳐다보는 건 부처님을 얻을 때뿐이었다. 봉두는 할아버지의 웃는 얼굴을 보는 게 좋아서 자신이 만든 부처님을 언제나 할아버지한테 다 줬다. 그러면 할아버지는 부처님을 들고 보살들이 있는 요사채 쪽으로 갔다. 할아버지가 부처님을 들고 가면 신도들은 그걸 서로 뺏으려 했고, 그럴 때면 보살들도 웃는 얼굴로 할아버지를 대했다. 할아버지가 외부 사람과 그것도 여자들과 이야기를 나누어 보는 시간은 봉두가 만든 부처님을 나누어줄 때뿐이었다.

그런데 얼마 안 있어 신도들 사이에는 이상한 소문이 퍼지기 시작했다. 그것은 봉두가 만든 목불을 몸에 지니고 있으면 염원하는 일이 꼭 이루어진다는 것이었다. 이 소문은 삽시간에 번져 청은사 신도들은 말할 것도 없고 다른 절 신도들까지 찾아와서 목불 하나를 얻으려고 갖은 애를 다 썼다. 목불을 얻고 싶은 신도들은 봉두가 거처하는 방 안까지 찾아오게 되었고, 이제 그들은 봉두를 보고 놀라기는커녕 은근한 미소까지 지었으며, 심한 경우에는 허리춤에 돈까지 끼워주었다.

"봉두 있어?"
봉두는 칼질하던 손을 멈추고 밖을 내다봤다.
"나 혜일 스님인데 있으면 문 좀 열어봐."
봉두는 얼른 자리에서 일어나 문을 열고 밖으로 나갔다.
"지금 빨리 일주문 밖으로 나가서 짐 좀 가져와."
"네."
봉두는 댓돌 밑으로 내려서서 신을 찾아 신었다.

"지효 스님한테 봉두 얘기를 하긴 했지만, 그 스님은 봉두가 처음이니까 조심해."

"……."

봉두는 어둠 속으로 사라졌다. 그가 섰던 자리에는 바지에서 떨어진 나무 부스러기들이 몇 개 떨어져 있었다. 봉두는 바람처럼 빠르게 산길을 내려갔다. 내려가면서 잣나무 가지 위에 걸려 있는 초승달을 쳐다봤다. 초순에서 얼마나 지났는지는 모르지만 달은 하얀 배를 볼록하게 내밀고 하늘 위에 떠 있었다. 봉두는 낫처럼 휘어진 달을 쳐다보면서 저 달로 부처님을 깎아보고 싶다는 생각을 했다. 자신의 손 안에 꼭 쥐어질 것 같은 달로 부처님을 깎으면 시커먼 낫으로 깎는 것보다는 훨씬 더 좋은 부처님이 조성될 것만 같았다.

봉두는 잣나무 숲 사이로 난 길을 성큼성큼 걸어서 내려갔다. 그때 잣나무 앞에 서 계시던 스님이 자신의 발목을 물끄러미 바라보고 있었다. 어둠 속이긴 하지만 봉두는 스님이 자신의 발목을 보고 있다는 걸 금방 알 수 있었다. 봉두는 부끄러워져서 바지를 아래로 끌어내렸다. 그러나 아무리 바지를 끌어내려도 한 뼘쯤 발목이 드러난 바지는 아래로 내려가지 않았다. 봉두는 가슴이 뛰면서 얼굴이 달아올라 나무 뒤에 슬그머니 몸을 숨겼다. 부처님 앞에 갔을 때도 가슴이 뛰긴 했지만 얼굴이 달아오르지는 않았는데 이번에는 이상하게 얼굴까지 달아올랐다.

"나오게 해서 미안해."

지효 스님은 봉두를 보며 미소를 지었다. 스님의 얼굴을 보는 순간 봉두는 법당에서 만난 부처님 생각이 났다. 스님은 부처님처럼 자기를 보고 웃고 계셨기 때문이었다.

"……."

봉두는 스님 옆에 놓여 있는 짐을 들고 일어서며 슬며시 고개를 돌렸다. 스님이 자신의 얼굴을 가까이서 보시면 이번에는 정말 놀라실지도 모른다는 생각이 들어서였다. 그러나 스님은 봉두의 그런 마음까지도 알고 계신 듯 태연하게 짐까지 같이 들어주셨다.

"무거워 보이는데 나하고 같이 들지."

스님의 말을 듣는 순간 봉두는 황송해서 어찌할 바를 몰랐다. 세상에 태어나서 이렇게 친절한 말을 들어 보기는 처음이었기 때문이다.

봉두는 달빛이 은은하게 내리비치는 잣나무 길을 스님과 함께 나란히 걸어 올라왔다. 잣나무 숲에선 쌉싸래한 송진 냄새가 풍겨왔다. 잣송이가 영글기 시작하는 이때쯤이면 숲속은 송진 냄새로 가득했다. 봉두는 송진 냄새만 맡고도 잣송이가 얼마나 영글었는지 알 수 있었다. 송진 냄새는 그가 가장 잘 아는 냄새 중의 하나였다. 봉두는 옆에서 걷고 있는 스님한테서도 자신이 잘 아는 냄새가 난다는 생각이 들었다. 그것은 부처님께 공양 올렸던 꽃에서 나던 향내하고 똑같았다. 봉두는 기분이 좋아져서 옆에서 걷고 있는 지효 스님을 슬그머니 돌아다보다가 들고 온 짐을 어깨에 메고 법당 뜰로 들어갔다.

"스님, 지효 스님 오셨습니다."

혜일 스님은 주지 스님 방 밖에서 안을 향해 말했다.

"어서 오너라."

혜조 스님 음성이 들려왔다.

"들어가시죠."

혜일 스님은 지효 스님을 데리고 방 안으로 들어갔다.

"스님, 문안드립니다."

지효 스님은 혜조 스님 앞에서 삼배를 드렸다.

"반갑다. 공부는 많이 했느냐?"

혜조 스님은 지효 스님의 시선을 주시하며 물었다.

"그렇지 못합니다."

지효 스님은 고개를 숙였다.

그렇지 못합니다. 가끔 산봉우리가 보이는 듯도 했지만 그 산봉우리는 눈만 돌리면 안개 속으로 사라졌습니다. 산은 어디 있습니까? 안개 속에 있음은 분명한데 산의 형체는 보이지 않습니다.

"건강을 해쳤다고 하던데 많이 안 좋으냐?"

"……."

"몸은 버려야 할 물건이지만 또 공경해야 할 물건이기도 하다. 선방에 있다고 해서 몸을 공경하지 않으면 끝내 버릴 수도 없게 되고 만다."

"……."

지효 스님은 앞에 앉은 혜조 스님을 가만히 바라보았다. 청정 비구니. 티끌 하나 떠 있지 않은 물을 보는 것 같기도 하고, 하늘 높이 떠 있는 새를 보는 것 같기도 했다. 아니, 밤이 없는 한낮을 보고 있는 것 같기도 했다. 티끌 하나 떠 있지 않은 물을 사람이 마실 수가 있을까? 먼지 한 톨 묻히지 않은 새가 땅 위로 내려올 수 있을까? 밤이 없는 한낮을 사람들이 견딜 수 있을까? 사람하고 인연이 없는 저 자리가 수도의 자리일까? 나는 지금 저 자리에 이르기 위해 계행을 지키고 있는 것인가?

지효 스님은 다시 막막해졌다. 그녀를 가장 괴롭히는 감정은 바로 그 막막함이었다. 입산한 후 10여 년 동안 지효 스님은 강원과 선방을 옮겨 다니면서 구도자의 길을 걸어왔다. 하지만 자신이 성불을 하겠다는 구체적인 의지를 가져본 적은 한 번도 없었다. 성불은 그녀에게 있어 너무 아득했다. 그 자리가 어떤 자리인지 그려지지가 않았다. 그려지지 않으므로 가슴에 와닿지 않았고, 가슴에 와닿지 않으므로 그 자리를 꿈꿀 수가 없었다.

그러면서도 지효 스님은 구도자의 길을 걸으려고 노력했다.

구도자의 길은 오관을 죽이는 일이었고 오욕을 죽이는 일이었다. 오관과 오욕을 죽여서 가슴을 얼음으로 채우는 일이었다. 꽃과 잎이 피어나지 못하도록 가지를 치고 줄기를 치는 일이었다. 지효 스님은 자신의 가슴이 얼음으로 채워지기를 빌었다. 얼음으로 채워져서 가슴을 조이지도 눈물을 흘리지도 않게 되기를 빌었다. 그러나 막상 그 자리에 이른 스님을 보면 막막해졌다. 나는 지금 저 자리에 이르기 위해 수행을 하고 있는 것인가. 그것은 그녀를 가장 괴롭히는 의문이었다.

"이번 결제엔 선방에 들어가지 못했으니 여기서 요양이나 잘해라. 다음 결제 때나 들어갈 수 있게."

"네."

"거처할 방은 혜일 스님 옆방이다. 혜일 스님이 오전 내내 치우는 것 같던데 가서 쉬어라."

"네."

지효 스님은 공손히 합장을 하며 자리에서 일어섰다.

"용화 보살님이 미숫가루를 다섯 말이나 해주셨습니다."

뒤에 있던 혜일 스님이 가지고 온 짐을 설명했다.

"알았다."

혜조 스님은 벼루에다 먹을 갈며 천천히 머리를 끄덕였다.

2장

Udambara

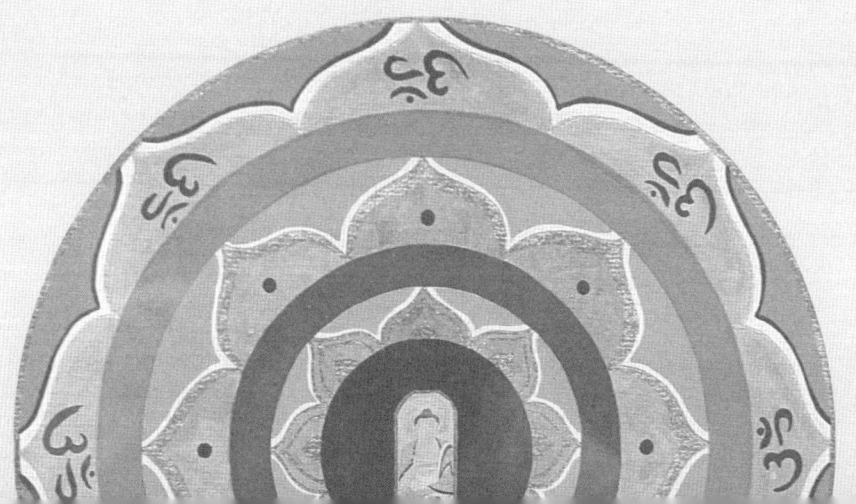

취재에서 돌아온 영옥은 목걸이를 풀어서 책상 위에 놓고 목뒤에 흐른 땀을 닦았다.

"날씨 되게 뜨겁죠?"

옆에 앉은 유 기자가 원고를 쓰며 물었다.

"하지만 나보단 덜 뜨겁던데요."

영옥은 다시 목걸이를 목에 걸며 유 기자를 돌아다봤다.

"도대체 민 선생님 정열은 몇 도기에 그렇게 큰소리를 치십니까?"

"직각의 반인 사십오 도요."

"사십오 도요? 야 이거 민 선생님한테 섣불리 다가갔다간 뼈까지 녹아버리고 말겠는데요."

"걱정 마세요. 유 기잔 내가 뼈까지 녹이고 싶은 사람이 아니니까요."

영옥의 말을 듣고 사무실에 있던 사람들이 와 하고 웃었다.

"사람 그렇게 모독하시깁니까?"

유 기자가 볼멘소리로 불평을 하자 편집장이 메모지를 들여다보며 영옥을 불렀다.

"민 선생, 유 기자 기죽이지 말고 나 좀 봅시다."

"말씀하세요. 취재 건이라면 여기서 들을게요."

영옥은 벗은 안경테를 바로잡으며 편집장을 쳐다봤다.

"잘하면 특종이 될 것도 같은데… 민 선생 강원도에 있는 청은사에 좀 다녀오십시오."

편집장은 생각을 굴리듯 혼자 중얼거리더니 영옥을 보며 말했다.

"사(寺)자가 붙은 걸 보면 절인 모양인데, 거기 가면 부처님 말고 뭐가 또 있는가요?"

"그 절엔 승도 속도 아니고 사람도 짐승도 아닌 그런 사람이 부처님을 만들고 있는데…….''

"스님도 속인도 아니고 사람도 짐승도 아니라면 그게 대체 뭐죠?"

영옥이 안경을 쓰며 묻자 원고를 쓰고 있던 기자들도 호기심을 나타내며 쳐다봤다.

"거기에 대해선 민 선생이 직접 가서 확인을 해보세요. 그런데 말입니다, 그가 만든 부처님이 어떻게 영험한지 그 부처님을 몸에 지니고 있으면 안 이루어지는 소원이 없답니다."

"됐어요. 사진 기자만 보내세요. 원고는 여기서 쓸게요."

영옥은 흥미 없다는 얼굴로 대답했다.

"아니 왜요?"

"부장님이 다 튀겨놨는데 저까지 찾아가서 튀겨올 게 뭐가 있어요?"

"내가 튀긴 건 이십 퍼센트 선이니 민 선생이 가서 마저 튀겨 오십시오."

"좋아요. 갔다 오죠. 저도 부처님이나 하나 얻어오게요."

편집장 말을 듣고 있던 영옥은 생각을 돌렸는지 이렇게 승낙했다.

"부처님을 얻어다가 뭘 하시게요?"

유 기자가 파지를 구겨서 휴지통에 넣으며 물었다.

"소원을 이루어 주신다잖아요. 혹시 알아요. 뻥튀기 장사 안 하고도 먹고 살게 해주실지."

영옥의 말을 듣고 사람들은 웃었다. 뻥튀기 장사. 여성을 상대로 한 월간지에서 르포라이터로 일하고 있는 영옥은 늘 자신을 뻥튀기 장사라고 부르고 있었다.

사람 사는 일이란 다 그렇고 그래서 다른 사람의 정신을 쏙

빼놓을 만큼 재미있게 살아주는 사람이 많은 건 아니다. 그렇기 때문에 월간지를 만드는 그들로서는 작은 꼬투리라도 붙들고 뻥튀기를 할 수밖에 없다. 미담도 그렇고 폭로 기사도 그렇다. 주로 취재 건을 맡고 있는 영옥으로선 더욱 능란하게 뻥튀기를 튀길 수밖에 없었다.

영옥은 그런 자신에 대해 목까지 차오르는 메스꺼움을 느꼈고 심할 때는 술이라도 퍼마시지 않고는 집에 들어가지 못했다.

"언제 가시겠습니까?"

편집장이 메모한 종이를 들고 와서 영옥의 책상 위에 놓으며 물었다.

"그건 다음 호에 해당하는 거 아니에요?"

"이왕이면 이번 호에 합시다. 미뤘다가 기사를 뺏길지도 모르니까요."

"그럼 다른 기사를 하나 빼야 하잖아요?"

"적당한 걸로 하나 빼죠 뭐."

"뺄 거면 제 걸 빼주십시오. 전원주택 말입니다. 흙이니 공기니 다 우려먹은 얘길 가지고 백매를 어떻게 긁습니까?"

"좋아. 그건 가을쯤 가서 싣도록 하지."

"그 부처님 과연 영험한데요. 찾아간다는 말만 듣고서도 절 살려주시니 말입니다."

유 기자는 살았다는 표정을 지으며 담배 한 개비를 찾아

입에 물었다.

"이걸 참고로 하시고 특종으로 잘 꾸며보십시오."

편집장은 메모지를 가리키며 말했다.

"하나만. 다방에 놓고 왔나 봐요."

영옥은 메모지를 한옆으로 밀어놓으며 손을 내밀었다.

"웬일이십니까? 목숨은 놓고 다녀도 담배는 가지고 다니신다며요."

"담배보다 목숨이 소중한 날도 있어야죠."

영옥은 뽑은 담배에 불을 붙이며 씩 웃었다. 오늘은 내 목숨이 담배보다 소중했던가?

"지금 무슨 생각하십니까?"

유 기자가 슬며시 고개를 돌리며 물었다.

"떨어진 정열을 사십오 도로 가열시켜야겠다는 생각이요."

영옥은 엉뚱한 말을 하고 있는 자기 자신에 대해 의아해졌다.

"지금의 정열 지수는 몇인데요?"

"삼십오 도요."

"십 도 가열시키려면 충격요법을 써야겠는데요."

"가열시켜 줄 힘도 없는 사람이 왜 이렇게 관심이 많아요?"

"계속 이렇게 모독하시깁니까?"

"그럼 기대해 볼까요?"

영옥은 가방을 메고 자리에서 일어서며 유 기자를 돌아다봤다. 그러자 사무실에 있는 사람들이 두 사람을 쳐다보며 웃었다.

"나가실 거면 출장비를 타가지고 가시죠."

"갔다 와서 타죠."

거리로 나온 영옥은 하늘을 쳐다봤다. 해는 아직도 중천에 떠 있었다. 이글거리는 해를 보는 순간 살아 있다는 사실이 고문처럼 느껴졌다. 어두워질 때까지 어디서 시간을 보내지? 그러고 서 있는 그녀 머릿속에 자신을 기다리고 있을 이랑의 얼굴이 떠올랐다. 영옥은 머리를 흔들어 그 얼굴을 지워버리고 인파 속으로 천천히 걸어갔다.

"민 선생 아닙니까?"

앞에서 오던 남자가 영옥의 앞에 멈춰 서며 말을 걸었다.

"……?"

영옥은 고개를 갸웃하며 그를 쳐다봤다. 안면은 있는데 얼른 기억이 나지 않았다.

"못 알아보시는군요. 저 양규택입니다."

"아, 양 교수님이시군요. 제가 뵈었을 때는 한복을 입으셨는데, 이렇게 양복을 입으시니까 못 알아봤죠."

영옥은 사과하는 뜻에서 웃었다. 약 반년 전에 '철학이 있는 남성'이라는 제목으로 취재를 했던 기억이 났다.

"못 알아본 데 대해서 유감은 없으니까 변명은 안 하셔도 괜찮고… 바쁘지도 않으신 것 같은데 어디 가서 차나 한 잔 하시죠."

"제 얼굴이 그렇게 보였어요?"

"저처럼 오늘 하루해를 지루해하시는 것 같더군요."

"철학 교수님도 하루해가 지루할 때가 있으신가요?"

"그런 날도 없다면 어떻게 철학을 하겠습니까."

두 사람은 웃으면서 같은 방향으로 걸어갔다.

"어떻게 저를 금방 알아보셨어요?"

"저하고 똑같은 얼굴로 걸어오는 사람이 있기에 신기해서 쳐다봤더니 바로 민 선생이더군요."

"제 얼굴이 사람 눈에 띌 만큼 이상하게 보였어요?"

"이상하다고 하진 않았습니다. 저하고 같다고 했죠."

"철학 교수님하고 얼굴이 같다니 영광이군요. 갑자기 철학적인 사람이 된 것 같아서요."

"그렇게 말씀하시면 영광이라는 말을 저도 한번 써야 하지 않겠습니까?"

"……."

영옥은 옆에서 걷고 있는 양 교수를 쳐다봤다. 가슴속이 신선해지며 갑자기 즐거워졌다.

"달빛자르기 어떻습니까? 이리로 들어갈까요?"

양 교수는 노란 덧문을 가리키며 말했다.

"달빛자르기, 달빛을 자르다니 철학적인데요."

영옥은 양 교수를 쳐다보며 웃었다.

"철학 교수도 해석할 수 없을 만큼 철학적이군요."

두 사람은 농을 하며 안으로 들어갔다. 노란색을 기조로 한 실내 장식은 마치 달무리 안에 갇힌 것처럼 환상적이었다.

"저쪽으로 앉읍시다."

양 교수는 빨간 벽돌을 서너 개 포개놓고 그 위에 한련화 화분을 올려놓은 창 밑을 가리키며 말했다.

"차는 뭘로 드실까요?"

"달빛 속에서 가장 운치 있게 마실 수 있는 차가 뭡니까?"

"달차를 드세요. 저희 집 특허예요."

"이 집은 달빛 위에 태워서 아주 달나라까지 데려다주실 모양이군요."

양 교수가 농을 하자 마담은 살짝 웃으며 돌아섰다.

"민 선생님은 원래 소설을 쓰셨던 모양이죠?"

"아니에요. 전 소설을 쓴 적이 없는데요."

"어떤 대담 기사를 보니까 민 선생님 사진 밑에 소설가라고 명기돼 있던데요."

"…아, 그걸 보셨군요."

영옥은 모 사회과 교수와의 대담 기사를 떠올리며 혼자 실소했다. 대학교를 졸업하던 해 단편으로 신춘문예에 당선된 영옥은 장래가 촉망되는 재원이라고 격찬을 받았다. 그러나 그 격찬과는 달리 영옥은 그 후 전혀 소설을 쓰지 않았고, 소설을 쓰지 않았으므로 주위 사람들은 물론 영옥 자신까지도 자기가 소설을 썼다는 사실을 잊고 있었다. 그런데 모 사회과 교수와 대담을 시킨 잡지사에서 엉뚱하게 소설가라고 명기를 해서 영옥을 곤혹스럽게 했다.

"이왕 시작했으면 소설을 쓰지 그러십니까?"

"다음 생애나 쓰죠."

"다음 생애라니, 내생 말입니까?"

양 교수는 이해가 안 간다는 얼굴로 물었다.

"네."

"이생에선 뭘 하시고요?"

"이생에선 몸으로 소설을 쓰고 다음 생엔 글로 소설을 써볼 참이에요."

영옥은 웃으며 양 교수를 쳐다봤다.

"몸으로 소설을 쓰신다니, 그럼 지금 소설 같은 생을 살고 있으시다는 뜻인가요?"

양 교수는 호기심을 나타내며 영옥을 바라봤다.

"다 살고 나면 장편 한 권 분량은 되겠죠."

"장편도 장편 나름일 텐데 어떤 종류의 장편입니까?"

"그건 저도 잘 모르겠어요. 아직은 삼 장 정도밖에 안 썼으니까요."

"앞으로 종종 만납시다. 그 정도의 분량이라면 제가 끼어들 여지도 있을 것 같은데."

"제 소설에서 필요한 사람은 주인공인데요."

"주인공이라면 더욱 좋죠. 어떤 자격을 갖춰야 합니까?"

양 교수가 싱글거리며 쳐다봤다.

"저하고 연애를 하셔야죠. 제가 쓸 소설은 연애 소설이니까요."

"그거야말로 제가 꿈꾸던 바군요."

"그렇게 쉬웠다면 제 소설의 주인공은 벌써 등장했겠죠."

영옥은 양 교수를 쳐다보며 쓸쓸하게 웃었다.

"……."

"철학 교수님한테 여쭤보고 싶은 게 있는데요. 진실한 감정은 윤리나 도덕을 초극할 수 있다고 생각지 않으세요?"

"조금 더 구체적으로 설명해보십시오."

"저는 완벽한 사랑이라면 도덕이나 윤리를 초극할 수 있고, 윤리나 도덕을 초극할 수 있는 사랑이라면 그 자체가 구원에까지 이른다고 생각하는데요. 철학 교수님은 어떻게 생각하세요?"

"……."

양 교수는 생각하는 표정을 지으며 천천히 머리를 끄덕였다.

"철학 교수님이 얼른 긍정을 안 해주시는 걸 보니 제 말이

틀린 모양이죠?"

"아, 아닙니다."

양 교수는 손을 저으며 영옥을 쳐다봤다.

"......?"

"민 선생님이 말씀하시는 초극이라는 것이 한 과정을 그냥 뛰어넘는 것이 아니라 완전히 채워서 넘쳐흐르는 것이라면 거기엔 이미 도덕이나 윤리 같은 것은 문제가 될 수 없겠죠."

"선생님은 그런 과정을 실천에 옮길 수 있다고 생각하세요?"

"계기가 온다고 하면요. 그런 건 운명처럼 다가와야 할 겁니다."

"사장님, 전화입니다."

종 도면을 들여다보고 있던 최길성은 수화기를 받아들었다.

"전화 바꿨습니다."

"날세. 한태서."

최길성은 귀에서 수화기를 떼며 어리둥절한 표정을 짓다가 물었다.

"한태서라니, 한 군 말인가?"

"목소리도 잊은 모양이군."

수화기 저쪽에서 울려오는 목소리는 분명히 한태서 목소리였다.

"자네가 웬일인가? 나한테 전화를 다 하고."

"얼굴이나 한번 보고 싶어서. 만나줄 텐가?"

"자네 있는 데가 어딘가?"

"사무실일세. 선약이 없으면 저녁에 신라로 오게."

"신라라니, 호텔 말인가?"

"응. 여덟 시에 로비에서 만나세."

한태서는 전화를 끊었다. 최길성은 찰카닥 하고 수화기 놓는 소리를 들으며 멍하니 서 있었다. 한태서, 그의 이름은 늘 가슴속에 있으면서도 지구 끝에 있는 사람처럼 아득하게 느껴졌었다. 아니, 가슴속에 있으면서도 아득하게 느껴진 것은 한태서가 아니라 어쩌면 채련이었는지도 모른다. 채련의 이름을 가슴속에 품고 있는데 그 이름이 왜 한태서로 착각해서 기억되어졌을까? 그들이 한때 부부였기 때문일까?

최길성은 수화기를 놓고 자리로 돌아와서 담배 한 개비를 뽑아 입에 물었다. 그리고 지그시 눈을 감았다. 그의 망막 위로 십 년 전의 채련 얼굴이 떠올랐다. 채련이 임신한 것을 처음 안 것은 2월 하순쯤이었다. 황사 현상인지 뿌연 흙먼지가 일던 날 오후, 채련은 까칠한 얼굴로 최길성을 찾아왔다. 사무실로 들어온 채련은 최길성과 마주앉으며 말했다.

"오빠, 저 사표 냈어요."

채련은 오빠라는 호칭을 어디다 잠시 유보해두었다가 도로 찾아온 것처럼 자연스럽게 사용했다.

최길성은 그런 채련의 감정을 충분히 헤아릴 수 있었으므로 반말로 물었다.

"왜?"

채련은 잠시 고개를 숙이고 있다가 최길성을 쳐다봤다.

"저 임신했어요. 삼 개월 됐어요."

"……."

최길성은 너무 놀라서 들고 있던 찻잔을 탁자 위에 내려놓았다. 커피가 출렁거렸는지 검은 액체가 찻잔을 타고 흘러내려 흰 접시 위에 번졌다.

"오빠도 놀라시는군요. 담시 아이예요."

채련은 최길성을 보고 웃는 듯하다가 도로 고개를 숙였다. 채련은 학교를 그만두었다는 사실과 담시 아이를 임신했다는 사실을 보고하러 온 사람처럼 그 말만 하곤 가만히 앉아 있다가 돌아갔다. 채련이 가버리자 최길성은 머릿속이 아득해지며 마치 진공 상태가 되는 것 같았다. 그런 그의 머릿속엔 첫눈 오는 날, 자신을 찾아왔던 담시의 얼굴이 떠올랐다. 입술이 부르터서 피가 흐르고 얼굴은 불덩이처럼 달아올랐던 담시.

'그날 밤이었을 거야.'

최길성은 단정적으로 중얼거리며 머리를 끄덕였다.

그날 이후 채련은 모습을 나타내지 않았다. 마치 이 세상에서 사라진 사람같이 그녀는 술래처럼 어딘가로 숨어버렸고, 그녀 소식을 아는 사람은 아무도 없었다. 채련이 모습을 감추자 최길성은 불안해지기 시작했다. 오늘은 오겠지. 전화라도 올 거야. 그는 자신의 불안을 이런 바람으로 달랬다. 그러나 그의 바람과는 달리 채련은 모습을 나타내지도, 전화를 걸어주지도 않았다. 채련의 소식이 끊기자 최길성은 비로소 채련이 얼마나 깊숙하게 자신 속에 들어와 있었는지를 알았다. 물론 그동안 세상에서 가장 가까운 사람은 채련이거니 하는 생각을 안 해 온 것은 아니었다. 그렇기 때문에 괴로울 때면 그녀를 찾아가 위로받고 싶어 했고 어려운 일이 생겨도 그녀를 만나 의논하고 싶어 했다. 누이동생의 친구로 어린 시절부터 한 마을에서 자라온 채련에 대해 최길성도 누이동생 같은 정을 느꼈다. 아니, 누이동생인 금자보다 훨씬 더 누이동생 같은 정을 느꼈다.

사춘기를 함께 지나면서, 청년기를 함께 지나면서 마치 그림자처럼 그녀와 어울려 다녔지만 그녀에 대해 특별한 감정을 가지고 있진 않았다. 그런데 채련이 자신의 친구인 한태서와 결혼을 하겠다는 말을 하러 왔을 때 그때 최길성은 머릿속이 아득해지며 진공 상태가 되는 듯했다. 자신의 심장 한쪽이 도려지는 것 같기도 했고, 자신의 가슴속에 있는 심장을 누군가가 떼어가는 것 같기도 했다. 최길성은 채련의 결혼 소식을 듣고 3일간이었는지 4일간이었는지 확실한 기억은 없지만 며칠 동안 술을 마시고 밤늦게 집에 들어갔다. 그때 그는 술보다 잠이 오는 약을 먹고 며칠 동안 자고 싶다는 생각을 했다.

    그 후 채련은 예정대로 한태서와 결혼을 했고 최길성도 그 사실을 현실로 받아들였다. 채련이 친구 부인이 되자 두 사람은 서로 경어를 썼고 그리고 선생님이라는 호칭도 사용했다. 하지만 그들은 여전히 가장 가까운 사람이었고, 서로의 고통을 가장 잘 이해해주는 사람이기도 했다. 그 후 최길성도 결혼을 했지만 두 사람 다 결혼에선 실패를 했다. 최길성은 아내를 잃었고 채련은 남편과 헤어졌다.

    그 무렵 채련에겐 담시가 나타났다. 도다가의 종을 만들어놓고 종 속으로 사라져버린 사내. 그는 전혀 현실적인 사람이 아니었지만 가장 현실적인 표현으로 채련한테 임신을 시켰다. 채련의 임신 소식을 받아들이는 것은 최길성에게 있어서 또 한 번의 고통이었다. 전처럼 깨지 않고 며칠 동안 자고 싶다는 생각을 했고, 심장 한쪽이 떨어져 나가는 것처럼 통증이 느껴진다는 생각도 했다. 그런 감정을 느끼고 있는 자기 자신이 싫어서 최길성은 3일 동안 계속 술을 퍼마시고 밤늦게 집에 들어갔다.

    종적을 감춘 것으로 알았던 채련은 자신의 아파트 안에서 그대로 살고 있었다. 그녀는 문을 잠그고 전화 코드를 빼놓은 채 하늘 아래 조그만 하늘을 따로 만들어놓고 17평짜리 아파트 안에서 칩거하고 있었다. 채련은 아침 일찍 일어나서 목욕을 하고 신대 앞에 향 하나를 피워 놓고 앉아서 향이 다 타들어갈 때까지 차를 마셨다. 대나무 줄기를 연상시키는 진녹색 향이 다 타는 시간은 대개 30분 정도였는데, 채련이 차 한 잔을 마시는 시간도 그 정도 걸렸다. 거실 안에 향내가 서서히 퍼지는 것을 느끼며 차를 마시고 있으면 자신의 몸 안에도 향기로운 냄새가 퍼져가고 있는 것이 느껴졌다.

차를 다 마시면 채련은 가운을 입고 젖은 흙을 잘 반죽해서 배 속의 아이를 빚기 시작했다. 그녀의 머릿속에 떠오르는 아이는 한쪽 무릎과 한쪽 팔을 앞으로 내밀고 자기를 향해 고개를 쳐들고 기어 오는 한 살배기 꼬마였다. 채련의 머릿속에서는 항상 그 꼬마가 기어 왔다. 채련은 가끔 일손을 놓고 자신을 향해 기어 오는 꼬마를 숨을 죽이며 바라보았다. 그럴 때면 배 속의 아이도 자기 존재를 확인시켜주듯 쿡쿡 배를 찼다. 채련은 불쑥불쑥 요동치는 자신의 배를 내려다보며 배 위에 살그머니 손을 얹었다. 그러면 아기의 심장 뛰는 소리가 쿵쿵 하고 들려왔다.

심장 뛰는 소리를 들을 때마다 채련은 눈물이 핑 돌았다. 아픔 같은 행복이라고 할까, 아픔 같은 슬픔이라고 할까? 생명의 실체에 대한 한없는 경이로움과 함께 표현하기 어려운 연민이 느껴졌다. 그럴 때면 채련은 책에서 읽은 어느 여류 작가의 수필 생각이 났다. 아이한테 젖꼭지를 물리고, 빨갛게 힘든 얼굴로 젖을 빨고 있는 아이 얼굴을 내려다보고 있으면 표현할 수 없는 아픔이 느껴지면서 눈물이 핑 돌더라는 얘기를. 채련은 자신의 배가 두 팔로 싸안을 수 있을 만큼 불룩해지는 것을 거울 속에 비춰보다가 신대 위의 기어가는 아이를 바라보았다. 배 속에 있는 아이도 태어나는 순간 고개를 쳐들고 자기를 향해 기어 올 것만 같았다.

최길성이 채련의 전화를 받은 것은 채련이 종적을 감춘 그해 가을 이른 새벽이었다. 자리 속에 누워서 신문을 뒤적이고 있을 때 벨소리가 울렸다.

최길성은 이상하게 채련일지도 모른다는 예감이 들어 얼른 수화기를 들었다.

"여보세요."

최길성은 숨을 죽이며 저쪽 목소리를 기다렸다.

"저 채련이에요. 오빠, 빨리 좀 와주세요."

예감했던 대로 채련이었다. 그녀는 기진맥진한 듯 알아들을 수 없을 만큼 힘없는 목소리로 말했다.

"어디야? 지금 있는 데가 어디야?"

최길성은 다급하게 물었다.

"아파트예요."

수화기가 제대로 놓이지 않은 듯 전화는 끊어지지 않았는데도 아무 소리도 들려오지 않았다. 최길성은 점퍼만 걸치고 거리로 나왔다. 불길한 예감 때문에 몸이 와들와들 떨렸다. 최길성은 자동차 키를 꺼냈다가 지나가는 택시를 세웠다. 제발. 아, 제발. 최길성은 차창 밖을 내다보며 신음 소리를 냈다. 차는 새벽 거리를 백 킬로 이상 달리고 있었지만 기어가는 것처럼 답답하게 느껴졌다.

최길성은 아파트 앞에 서서 손잡이를 돌렸다. 그가 올 것을 대비해 문을 잠그지 않은 듯 문은 쉽게 열렸다. 최길성은 문을 열고 급히 안으로 들어갔다. 그 순간 그는 너무 놀라서 눈을 크게 뜨며 채련을 내려다보았다. 방 안에 모로 누운 채련의 얼굴은 백지장처럼 창백했고 그녀의 아랫도리는 붉은 피로 휘감겨 있었다. 최길성은 채련의 앞으로 달려가 어깨를 감싸 안았다. 그러자 채련은 희미하게 눈을 뜨고 최길성을 바라보았다. 그러던 그녀는 다시 진통이 오는지 배를 움켜잡으며 신음 소리를 냈다. 이 지경에 이르도록 혼자서 고통을 감당했다니…. 채련의 어깨를 감싸 안은 최길성은 가슴이 메었다.

"병원으로 가야지."

최길성은 채련의 상체를 안아서 일으켰다. 치마를 갈아입히고 싶었지만 차마 그렇게 할 수는 없어서 벽에 걸린 가운을 내려서 몸을 감쌌다. 채련을 안고 거실로 나오던 최길성은 자신도 모르는 사이에 걸음을 멈췄다. 거실 송판 위에서 조그만 사내아이가 고개를 쳐들고 기어 오고 있었다. 한쪽 무릎을 앞으로 내밀고 기어 오는 아이의 얼굴이 하도 천진무구해서 그 아이를 보는 순간 최길성은 그만 자신도 모르게 미소를 지었다. 자신이 미소를 짓고 있다는 것을 안 순간 최길성은 스스로의 감정에 전율했다. 비록 찰나이긴 했지만 생사를 헤매는 채련을 안고 있는 자기가 어떻게 그런 여유를 가질 수 있었을까?

최길성은 채련을 안고 아파트 앞 병원으로 달려갔다. 채련을 본 의사는 곧바로 수술실로 데려갔다.

"전치태반입니다. 곧 수술을 해야겠으니 보호자는 빨리 수술 준비를 하십시오."

"수술만 하면 괜찮습니까?"

최길성은 다급하게 물었다.

"최선을 다해보겠습니다만 아기에 대한 기대는 갖지 마십시오. 산모도 위험한 상탭니다."

"위험하다니요, 생명이 말입니까?"

"산모가 너무 허약합니다. 어떻게 이렇게 되도록 그냥 뒀습니까?"

의사는 최길성을 남편으로 보았는지 아내를 돌보지 못한 허물을 탓했다.

모든 준비는 끝나고 채련은 수술을 받기 시작했다. 최길성은 수술실 앞에 서서 자신의 심장 소리를 들었다. 쿵쿵 심장 뛰는 소리는 째각째각 하는 시계 초침 소리로 바뀌어 들렸다. 심장 뛰는 소리는 살아 있음을 증명하고, 초침 지나가는 소리는 죽어가고 있음을 증명했다. 최길성은 죽음이 삶 끝에서 기다리고 있는 동굴이 아니라 같은 레일 위를 달리고 있는 쌍두마차라는 생각이 들었다.

"응아."

채련이 있는 수술실 안에서 어린애 울음소리가 들려왔다. 아기 울음소리를 듣는 순간 최길성은 조종된 사람처럼 수술실 앞에 다가가 섰다. 문이 열리고 수술복을 입은 의사들이 몰려나왔다. 최길성은 긴장한 얼굴로 그들을 쳐다봤다. 그때 한 의사가 쓰고 있던 마스크를 벗으며 말했다.

"아들입니다."

"산모는요?"

최길성은 한 발 앞으로 다가서며 물었다.

"치료를 해봐야 알겠습니다만 현재로선 위독합니다."

의사는 몸을 돌려 일행들 뒤를 따라갔다. 최길성은 넋 나간 사람처럼 의사 뒤통수를 바라보았다.

"비켜주세요."

수술실 문이 열리고 채련이 바퀴 달린 침대에 실려서 밖으로 나왔다.

"채련."

최길성은 얼른 채련 옆으로 다가갔다.

"좀 비켜나세요. 환자한테 자극을 주면 안 됩니다."

간호사는 최길성을 옆으로 밀며 말했다.

흰 홑이불을 뒤집어쓴 채련은 홑이불처럼 새하얀 얼굴로 침대 위에 누워 있었다. 최길성은 간호사가 말한 자극이라는 말이 무엇을 의미하는지는 모르지만 자신을 알아보게 해서는 안 된다는 말로 해석하고 침대 뒤에 멀찍이 떨어져 따라갔다. 엘리베이터를 타고 두 층이나 아래로 내려간 채련은 중환자실로 들어갔다. 중환자실 문 위에는 빨간 불이 꺼져가는 심장처럼 위태롭게 껌벅였다. 중환자실로 들어간 채련은 밤 11시쯤 돼서 죽었다. 마치 이 세상에 자신의 몸과 아이의 몸을 서로 맞바꿔놓기라도 하듯.

의사는 최길성을 찾아 환자가 죽었음을 알리고 몇 마디 위로를 하더니 복도 끝으로 사라져갔다. 중환자실 문 위에 켜져 있던 빨간 불도 그녀의 죽음을 알리듯 꺼져버렸다. 최길성은 그날 밤 영안실을 혼자 지켰다. 채련도 자신이 혼자 지켜주는 것을 좋아하리라 생각하면서. 이생을 하직하는 첫 밤이니 그녀로서도 조용하게 하룻밤을 보내고 싶을 것이다. 최길성은 가물거리는 촛불을 바라보면서 아이 양육 문제를 생각했다. 그런 그의 머릿속에 이 씨 얼굴이 가장 확실하게 떠올랐다.

채련이 아파트로 거처를 옮긴 며칠 후 최길성은 채련의 짐을 옮겨 주기 위해 한태서의 집을 찾아갔었다. 그때 이 씨는 최길성의 손을 잡고 말했다.

"새아기는 내 자식일세. 저는 나를 어떻게 생각할지 몰라도 나는 저를 자식이라고 믿고 있네. 자네가 옆에서 지켜보다가 부모 힘이 필요하다고 느껴지는 일이 있거든 나한테 연락해주게."

최길성은 채련의 아이를 자신이 맡아서 기를까 하는 생각도 해 봤지만 여자가 없는 집에서 핏덩이를 키운다는 것은 불가능하게 느껴졌고, 금자한테 맡길까 하는 생각도 들었지만 마음이 내키지 않았다.

이튿날 아침 최길성은 채련을 아끼는 동료들한테 연락을 했다. 정의동 교수, 엄준태 변호사, 미술 평론가 유준, 그리고 희곡 작가 하일도. 그 외에도 채련을 알고 있는 사람 중에서 생각나는 대로 연락을 했다. 그리고 시골에 있는 이 씨한테도 연락을 했다. 최길성의 연락을 받고 제일 먼저 달려온 사람은 하일도였다. 그는 채련의 영정 앞에 무릎을 꿇고 앉더니 꺽꺽 소리를 내며 울었다. 오후 늦게 이 씨도 달려와서 영정을 끌어안고 오열했다. 채련을 아끼던 동료와 선후배들은 영정 앞에 분향을 하고, 꽃을 바치고, 눈물을 흘리고 돌아갔다. 정의동 교수, 엄준태 변호사, 하일도, 유준은 마지막 밤을 채련과 함께 지내겠다면서 술 한 잔씩을 마시려고 나갔고 영안실에는 이 씨와 최길성만 남게 되었다.

최길성은 힘들게 아이 문제를 꺼냈다.

"그러잖아도 아이는 내가 데려가려고 했네."

"……."

"어쩐 일인지는 모르지만 처음부터 그 아이는 내가 키우게 되겠거니 하는 생각이 들었다네."

"그럼 어머님은 채련이 임신한 것을 알고 계셨습니까?"

최길성은 놀라서 물었다.

"지난여름 나한테 다녀갔네. 살다가 정 외로우면 어머니를 찾아갈게요, 하고 떠나더니만 정말 찾아왔었네."

이 씨는 손바닥으로 눈물을 닦으며 향불 뒤에 서 있는 채련의 사진을 바라보았다.

'가엾은 것, 나를 찾아왔을 때 심정이 오죽했을꼬?'

이 씨는 다시 손바닥으로 흐르는 눈물을 닦아냈다. 그런 이 씨를 바라보며 최길성은 심한 혼란을 느꼈다. 이 씨를 찾아갈 만큼 외로웠다면 왜 자기를 찾아오진 않았을까? 그것은 지금까지도 풀리지 않는 의문이었다. 이튿날 채련은 친구들이 덮어준 꽃에 싸여 화구 속으로 들어갔고, 채련이 한 줌 재로 화구 속에서 나왔을 때 최길성은 유골을 안고 도다가로 갔다. 담시가 만든 종 밑에 채련을 뿌려주기 위해서.

"사장님, 감로사에서 연락이 왔는데요."

미스 조가 최길성 앞에 와서 말했다.

"무슨 연락?"

최길성은 천천히 고개를 들며 미스 조를 바라보았다.

"조각을 한번 보고 싶다고요."

"내일 오전 중으로 나오라고 해."

"알겠습니다."

미스 조는 하이힐 소리를 내며 돌아섰다. 최길성은 책상 위를 다 정리하고도 한참 동안 더 앉아 있다가 자리에서 일어섰다.

"나 먼저 나갈게."

최길성은 미스 조가 있는 사무실 안을 들여다보며 말했다.

"네."

콤팩트를 꺼내 들고 얼굴을 두드리고 있던 미스 조는 소스라치게 놀라며 콤팩트를 뒤로 숨겼다.

거리로 나온 최길성은 차를 세워둔 주차장 쪽으로 가다가 양품점 앞에서 발을 멈췄다. 아들 점퍼나 하나 사야겠다고 생각하면서. 그가 안을 기웃거리고 있을 때 누가 팔을 잡았다.

"어머, 선생님."

최길성은 고개를 돌리고 옆을 돌아다보다가 영옥임을 알고는 웃었다.

"민 군이군."

"선생님, 제 입에서 술 냄새 나죠?"

영옥은 장난기 어린 얼굴로 훅 하며 입김을 불었다.

"해도 안 졌는데 웬 술이야?"

"살짝 취하게 하는 남자를 만나서 좀 취해봤어요."

"그럼 사람한테만 취할 일이지 술한테까지 취했어?"

"저 취하지 않았어요. 괜히 해본 소리죠. 선생님, 지금 어디로 가시는 길이에요?"

영옥은 별일 없으면 같이 동행하고 싶다는 얼굴로 물었다.

"친구하고 약속이 있어서 가는 길이야."

"어떤 친군데요?"

"변호산데 십년 만에 연락이 왔더군."

"어머, 반가우시겠네요."

"응……."

반갑다는 말이 어색하게 들려서 최길성은 얼버무렸다.

"선생님도 저처럼 기분 좋게 마시세요."

영옥은 빠이빠이 하듯 한 손을 흔들며 돌아섰다. 최길성은 그런 영옥의 얼굴을 웃음 띤 얼굴로 바라보다가 양품점 문을 열고 들어갔다.

"우리 스님이야말로 부처님이시지. 동진 출가하셔서 공부만 하셨으니 죄를 지으셨겠어, 세상일 모르고 사시니 근심 걱정이 있으시겠어."

최 보살은 차를 마시며 사설 읊듯 이렇게 말했다.

"그렇께 모두 부처님처럼 모시지라우. 말이사 바른 말이지만 세상에 우리 스님만큼 깨끗한 스님도 없을 거구만요잉."

지효 스님은 신도들이 나누는 얘기를 들으며 법당 뜰을 보고 있었다.

죄를 모르고도 부처가 될 수 있을까? 근심 걱정을 모르고도 부처가 될 수 있을까? 먼지 한 톨 묻히지 않고도 부처가 될 수 있을까? 죄를 모르는 부처가 인간의 죄를 이해하실 수 있을까? 근심 걱정을 모르는 부처가 인간의 근심 걱정을 이해하실 수 있을까? 먼지 한 톨 묻지 않은 부처가 먼지 속을 뒹굴어야 하는 인간의 고뇌를 이해하실 수 있을까? 지효 스님은 부처라는 말을 스님이라는 말로 바꾸어보았다. 그러던 그녀는 천천히 고개를 저었다. 스님 역시 그래서는 안 될 것 같은 생각이 들었다. 중생을 모르는 부처라면, 중생을 모르는 스님이라면 그 자리가 중생하고 무슨 관계가 있겠는가?

"스님, 무슨 생각 하고 계셨어라우?"

한 보살은 더운지 블라우스 앞 단추를 끄르며 지효 스님을 바라보았다.

"생각은요. 그냥 뜰을 보고 있었어요."

"참, 스님. 선방 얘기 좀 해주세요. 삼 년 결제를 마치고 나오셨으니 스님은 한 소식 얻으셨겠지요?"

최 보살은 무릎걸음으로 다가앉으며 졸랐다.

"한 소식은요. 제가 본 건 벽밖에 없었는데요."

"아이, 스님도. 삼 년 동안이나 묵언 참선을 하셨는데 벽만 보셨을 리가 있나요?"

지효 스님은 들고 있던 찻잔을 가만히 내려다봤다. 그녀의 머릿속엔 선방 댓돌 밑에 피어 있던 노란 민들레가 떠올랐다.

지난해 봄, 입선(入禪)에 들어 있던 지효 스님은 마음이 산란해지면서 화두가 전혀 잡히지 않았다. 그러면서도 마음속에선 끝없는 의문이 일었고, 생각은 한 자리에 단 몇 분도 머물지 못했다. 입선 시간을 억지로 끝낸 지효 스님은 댓돌 위에 놓여 있는 흰 고무신을 신고 뜰 아래로 내려섰다. 그때 발밑에 피어 있는 노란 민들레가 눈에 띄었다. 민들레를 보는 순간 형언할 수 없는 감동이 느껴졌다. 이 작은 꽃은 씨앗 속에 자신의 생명을 숨기고 죽은 듯이 침묵하면서 지난겨울을 견뎌왔을 것이다. 죽은 듯 침묵하면서 자신의 생명을 지켜왔다는 것, 절망과 암흑뿐인 긴 겨울을 지나면서 겨울 뒤에 봄이 오고 있음을 믿고 있었다는 것, 그래서 마침내 한 송이의 노란 꽃을 피울 수 있었다는 것. 이런 생각을 하면서 민들레꽃을 들여다보고 있는 지효 스님의 가슴속에선 아픔 같기도 하고 슬픔 같기도 한 감정이 치받쳐 올랐다. 지효 스님은 민들레 앞에 무릎을 꿇고 앉아 노란 꽃송이를 두 손으로 받쳐 들었다. 가슴이 뭉클하면서 눈물이 쏟아졌다. 한참 동안 꽃송이를 들여다보고 있던 지효 스님은 흙바닥에 무릎을 꿇고 앉아 소리 죽여 울었다.

그때 내가 붙들고 운 것은 어쩌면 내 자신의 생명이었는지도 몰라.

지효 스님은 천천히 고개를 들어 법당 뜰을 바라보았다. 그때 등산복 차림의 남녀가 법당 앞으로 걸어오고 있었다. 그들은 누군가 사람을 찾는 듯 경내를 두리번거리더니 요사채 쪽으로 걸어왔다.

"신도는 아닌 것 같은데 누굴까?"

최 보살이 넓적한 엉덩이를 무겁게 들며 자리에서 일어났다.

"어디서 오셨어요?"

최 보살은 마루로 나가며 물었다.

"서울서 왔는데 스님 좀 뵐 수 없을까요?"

포물선을 그으며 상승하는 것 같은 여자의 목소리를 듣는 순간 지효 스님은 깜짝 놀라서 여자를 쳐다봤다. 등산모 밑에 얼굴을 가리고 있는 여자는 예상했던 대로 영옥이었다.

"스님 계시면 만나게 해주세요."

영옥은 신도하고는 상관없는 용무라는 듯 약간 무시하는 투로 말했다.

"스님, 잠깐 나와 보세요."

영옥의 감정이 전달됐는지 최 보살은 떨떠름한 얼굴로 안을 들여다봤다. 지효 스님은 혼란을 느끼며 자리에서 일어섰다. 영옥을 어떤 자세로 맞이해야 할지 얼른 판단이 서지 않았다. 스스로 출가를 한 건 아니지만 어떤 인연으로든 절에서 살게 되었고, 그 자신이 스님의 길을 택한 이후 지효 스님은 지금까지 세상에서 알던 사람을 만난 적이 없었다.

노 교수를 따라 절로 들어온 처음 2년은 그녀 자신이 건강하지 못했기 때문에 주위 사람들이 의식적으로 외부인의 접근을 막아주었고, 사미니승이 된 이후로는 강원과 선방에서만 있었기 때문에 아는 사람은 물론 일반 신도들까지 거의 만날 기회가 없었다. 십 년이란 세월은 모든 것을 변화시켜 놓기에 충분하듯 지효 스님을 산중 사람으로 변모시켜 놓는 데도 충분한 세월이었다.

지효 스님은 긴장하며 마루로 나섰다. 그러자 수첩을 꺼내 들고 무엇인가를 메모하고 있던 영옥이가 고개를 들고 지효 스님을 쳐다봤다. 그러던 그녀의 눈이 점점 커지더니

"어머, 너 현지잖아?"

하며 놀랐다.

"영옥이구나."

"어머 세상에, 널 여기서 만나다니……."

영옥은 달려와 지효 스님의 손을 덥석 잡았다. 그녀의 눈엔 눈물이 핑 돌았다.

"……."

"스님 됐다는 소식은 들었어. 어쩜 이렇게……."

영옥은 십 년 세월을 갑자기 좁힐 수 없는지 지효 스님의 얼굴을 쳐다보며 허둥댔다.

"들어와."

지효 스님은 친구의 손을 잡고 안으로 데려갔다. 그러자 방 안에 있던 보살들은 호기심에 찬 얼굴로 두 사람을 바라보았다.

"앉아."

지효 스님은 영옥을 좌복 위에 앉게 했다.

"우린 나가지."

최 보살이 눈짓을 하자 한 보살도 따라 일어났다.

"너를 여기서 만나다니. 너 있는 데를 알려달라고 최길성 씨를 몇 번 찾아갔었어."

최길성이라는 이름을 듣는 순간 지효 스님은 목젖이 콱 잠겼다. 함박눈이 내리던 날, 폐인이 된 노 교수와 자기를 절 마당에 내려놓고 사천왕문 기둥을 붙들고 울음을 터뜨리던 사나이. 지효 스님은 그 후에도 사천왕문 기둥을 붙들고 울던 최길성의 모습을 여러 번 떠올렸었다.

"그런데 너 있는 데를 모른다고 하시면서 안 가르쳐주셨어."

"나중엔 정말 모르셨을 거야."

"절은 좀 이상하더라. 성당 같으면 신부님이나 수녀님이 어디 계시는지 금방 아는데……."

"절은 스님들이 공부하고 싶은 곳을 마음대로 찾아다니면서 공부하기 때문에 본인이 알리지 않으면 모를 수도 있어."

"동화도 널 찾아서 여러 군델 헤맸어. 미국 가기 전에 너 있는 데를 알려고 전라도 지방은 다 돌았나 봐. 네가 전라도에 있다는 말을 어디서 듣고……."

"…….."

지효 스님은 고개를 숙였다. 지난번 동미를 만났을 때처럼 두꺼운 얼음이 두 동강으로 갈라지면서 그 밑에 숨어 있던 꽃이 고개를 쳐드는 것 같은 환각이 느껴졌다. 얼음덩이 밑에서도 죽지 않고 살아 있는 한 송이 꽃, 이 꽃마저 죽여야 나는 스님이 되는 것인가? 한 송이 꽃마저 살지 못하도록 내 가슴을 얼음덩이로 채워야만 나는 스님이 되는 것인가?

"미안해. 내가 괜한 말을 했구나."

영옥은 앞에 앉은 사람이 현지가 아니라 스님임을 확인한 듯 이렇게 사과했다.

"부모님은 안녕하셔?"

"아버진 돌아가시고 어머닌 나하고 함께 사셔."

"어머니하곤 사이가 좋아?"

"아니, 옛날하고 똑같아. 세월은 너를 변화시키고 나를 변화시켰는데 어머니하고 나 사이만 변화시키지 못하고 그냥 흘러갔어."

영옥은 가만히 고개를 숙이는 지효 스님을 바라봤다. 너를 변화시키고 나를 변화시켰는데… 라는 자신의 말이 갇힌 연기처럼 목 속에 꽉 차 있었다. 영옥은 고개를 숙이고 있는 지효 스님의 가는 목을 물끄러미 바라보다가 손을 꼭 잡았다.

"왜 이렇게 말랐니? 손도 말랐구나."

지효 스님은 영옥이 자신의 손을 잡고 싶어 한다고 생각하며 천천히 고개를 들었다. 그런 그녀의 눈엔 눈물이 가득 고여 있었다. 영옥은 지효 스님의 눈에 고인 눈물을 보자 참고 있던 울음이 폭발한 듯 흑 하고 흐느꼈다. 한참 동안 고개를 숙이고 울던 영옥은 눈물을 닦으며 말했다.

"미안해. 이러지 않으려고 했어. 넌 스님이니까 너한테 눈물을 보이면 안 된다고 생각했어."

지효 스님은 두 사람 사이에 흐르는 감정이 괴로워서 화제를 돌렸다.

"오늘 가야 돼?"

"응. 취재만 끝나면 가야지. 애 때문에."

"결혼했어?"

"아니. 애는 있지만 남편은 없어."

"그게 무슨 말이야?"

"연애만 하고 결혼은 안 했어."

"왜?"

"깨고 보니 허무해서."

"……."

"너도 도깨비 얘기 알지? 밤새도록 껴안고 뒹굴었는데 아침에 보니 빗자루더라는 거. 그건 남녀 관계를 상징적으로 설명한 말 같아."

"……."

"참 이상해. 난 인간관계라는 것이 얼마나 허망한 것인가를 뼛속까지 느끼고 있는데 왜 인간에 대한 꿈을 버리지 못하는지 몰라."

"……."

"난 아직까지 신에 의해서 구원받고 싶다는 생각을 해본 적이 없어. 수없이 절망하면서도 구원을 기대하는 쪽은 언제나 인간이야."

"……."

"아이 아버지가 누군지 궁금하지 않아?"

"내가 아는 사람이야?"

"응. 세혁이."

"세혁이?"

지효 스님은 몹시 놀란 얼굴로 영옥을 쳐다봤다.

"졸업식이 끝난 직후였으니까 이월 말쯤이었나 봐."

영옥은 쓸쓸하게 말했다.

신경 쇠약으로 시달리던 현지는 폐인이 되다시피 해서 노교수를 따라 절로 들어갔고, 현지를 신경 쇠약으로까지 몰고 갔던 동화 역시 몽유병 환자처럼 거리를 헤매고 다니면서 모습을 나타내지 않았다. 그럴 무렵 종규와 세혁이가 영옥을 찾아왔다. 그들은 합판 공장에서 임금 인상을 주동하다가 경찰로부터 수배를 받자 밤에 몰래 찾아왔다고 했다. 그들 셋은 처음 다방에서 만나 차를 마셨고, 그다음 술집으로 옮겨 술을 마셨다. 빈속에 술을 마셔서인지 종규는 다른 때보다 빨리 취했고, 술이 취하자 그는 탁자를 움켜잡고 울분을 토하더니 약속이 있다면서 먼저 가버렸다. 바람이 휘몰아치는 거리 위엔 세혁과 영옥이만 남았고 짙은 동지애 같은 감정을 느끼고 있던 두 사람은 팔짱을 끼고 거리를 배회했다. 어둠으로 뒤덮인 거리에서 그들이 확인할 수 있었던 것은 서로에게 전달되는 따뜻한 체온 밖에 없었다.

한참 동안 그렇게 거리를 배회하던 두 사람은 붉은 불이 켜져 있는 여관 앞에 멈춰 섰다. 여관 앞에서 세혁은 영옥의 손을 꼭 잡으며 그녀의 눈을 들여다봤다.

'괜찮겠어?'

그의 시선은 이렇게 묻고 있었다.

'응, 괜찮아. 너를 위로해줄 수 있는 일이라면 나는 뭐라도 할 수 있어.'

영옥은 지친 세혁의 눈을 보며 마음속으로 이렇게 대답했다. 정말 세혁을 위로해줄 수 있는 일이라면, 그에게 힘과 용기를 줄 수 있는 일이라면 자기는 무엇이든 다 해주고 싶었다. 침울한 얼굴로 서 있던 세혁은 영옥의 등을 밀었다.

그날 밤 영옥은 처음으로 이성의 육신을 끌어안았고, 그와 함께 고독과 절망을 나누며 하룻밤을 보냈다. 그러나 여관 문을 나서는 순간 영옥은 자신이 끌어안은 것은 더 무서운 절망이었음을 알았다. 새벽에 집에 오자 어머니는 빨갛게 충혈된 눈으로 딸의 팔을 낚아챘다.

"어디서 밤을 새웠니?"

"친구 집에서요."

"어떤 친구 집?"

"어머닌 모르는 친구예요."

영옥은 귀찮다는 생각이 들어서 쌀쌀맞게 대답하고 제 방으로 들어갔다. 빨갛게 충혈된 눈으로 딸의 뒷모습을 지켜보던 어머니는 바싹 마른 입술을 축이며 벽에 기대었다. 어머니를 무시하고 방으로 들어온 영옥은 방바닥에 주저앉아서 한참 동안 울었다. 무엇인지 이유는 알 수 없었지만 울지 않고는 배길 수가 없었다.

그런 얼마 후 영옥은 자신이 임신한 사실을 알았다. 영옥은 충격과 두려움으로 며칠 밤을 새웠다. 어떻게 할까? 어떻게 해야 할까? 그녀의 머릿속에 제일 먼저 떠오르는 얼굴은 세혁이었다. 영옥은 세혁을 만나서 자신한테 생긴 엄청난 일을 의논하고 싶었다. 그래서 세혁을 찾아 나섰다. 그러나 세혁은 바람에 날리는 낙엽처럼 그녀가 찾아가면 어딘가로 날아가고 그 자리에 없었다.

영옥은 혼란과 두려움 속에서 두 달 가까이 세혁을 찾아 헤맸고, 그런 어느 날 마침내 세혁이 머무는 방을 찾아낼 수 있었다. 그런데 그 방엔 세혁이와 함께 노동 운동을 하던 여학생이 같이 살고 있었다. 세혁은 그녀와 동거 생활을 하고 있었던 것이다. 영옥은 절망을 느꼈고 더 깊은 혼란 속으로 빠져들었다.

영옥의 얼굴을 본 세혁은 놀랐고 두 사람은 밖으로 나왔다.

"나 임신했어."

"뭐야?"

"어떻게 해야 하지?"

"어떻게 하다니, 그건 네가 알아서 해야지."

"그럴 수 있어?"

"괜찮다고 했잖아?"

영옥은 아무 말도 하지 않고 돌아섰다. 하고 싶은 말이 없었다. 집에 돌아온 영옥은 이불을 뒤집어쓰고 누워서 꼼짝도 하지 않고 며칠을 보냈다. 어머니는 불안한 얼굴로 딸의 기색을 살폈다. 영옥은 그런 어머니가 싫었다. 어머니가 두려워하는 것은 딸이 불행해졌을 때 함께 불행해질 수밖에 없는 자신의 운명에 대한 공포였다. 어머니의 이기적 성격을 누구보다도 잘 아는 영옥으로선 불안해하는 그 자체까지도 혐오스럽게 느껴졌다. 영옥은 자신의 문제를 누군가와 상의하고 싶었다. 어떻게 해야 할까에 대한 답을 타인의 목소리로 듣고 싶었다. 그런 그녀의 머릿속에 최길성의 얼굴이 떠올랐다. 현지의 행방을 알기 위해 처음 최길성을 만난 이래 최길성은 그녀가 신뢰할 수 있는 유일한 어른이었다.

영옥은 최길성을 찾아갔다. 영옥의 이야기를 다 듣고 난 최길성은 한참 동안 눈을 감고 생각에 잠겨 있다가 말했다.

"자립을 해야겠군."

그 말을 듣는 순간 영옥은 모든 문제가 해결된 것처럼 명쾌해져서 자리에서 일어났다. 자립하면 된다. 그리고 내 힘으로 내 아이를 키우는 것이다.

영옥은 최길성한테 묵례를 하고 나왔다. 그런 그녀의 가슴 속에선 본능적으로 모성애 같은 감정이 생겼다. 집으로 돌아온 영옥은 며칠 동안 일거리를 찾아 헤맸다. 그런 그녀에게 전자 회사의 사보 편집일이 생겼다.

"그래서 집을 나왔어?"

지효 스님이 물었다.

"응."

영옥은 담배를 피우고 싶다는 생각을 하며 고개를 숙였다. 집을 나올 때의 참담했던 자신의 모습이 떠올랐다.

"세혁인 그다음 어떻게 했어?"

지효 스님은 화가 난 얼굴로 물었다.

"안 만났어. 내가 아이를 유산시킨 것으로 알고 있겠지."

"……."

"난 세혁이가 임신에 대한 책임을 지지 않았다는 사실보다 노동운동을 하고 있다는 사실에 더 분노를 느꼈어. 노동자를 모독하는 것 같아서."

"……."

"걘 가짜였으니까."

"……."

그때 법당에 들어가서 참배를 하고 있던 사진 기자가 법당 밖으로 나왔다.

"내 정신 좀 봐. 저 사람하고 같이 온 걸 까맣게 잊고 있었네."

영옥은 기분 전환을 하고 싶은지 쿡 하고 웃었다.

"동행인 거 같은데 누구야?"

"잡지사에서 같이 일하는 사진 기자야."

"잡지사에서 일하니?"

"아니, 르포라이터야."

"…그런데 여긴 어떻게 왔어?"

"사실은 취재 때문에 왔는데, 우리를 만나게 하려는 운명의 끈이 나를 이리로 데려왔나 봐."

두 사람은 서로 얼굴을 쳐다보며 웃었다. 정말 그렇다는 생각이 들어서였다.

"취재라니, 무슨 취재야?"

"여기 부처님 만드는 사람이 있다면서?"

"봉두를 말하는 거니?"

"이름은 모르겠고 편집장 표현에 의하면 승도 속도 아니고 사람도 짐승도 아닌 그런 사람이라던데."

"……."

영옥의 얘기를 들으면서 지효 스님은 생각에 잠겼다. 봉두 얘기가 어떻게 나서 잡지사에서까지 취재를 왔는지는 모르지만 사람도 짐승도 아니라는 말이 마음에 걸렸다. 그건 너무 잔인한 표현이었기 때문이다.

"취재를 꼭 해야 돼?"

지효 스님은 가능하다면 말리고 싶었다.

"하려고 왔으니까 해가야지."

그때 법당 층계를 내려온 사진 기자가 영옥이 있는 요사채 쪽으로 걸어왔다.

"그 사람 어디 있니?"

영옥은 가방을 들고 일어서며 물었다.

"봉두를 만나려면 주지 스님한테 먼저 승낙을 받아야 할 거야."

"주지 스님은 어디 계시는데?"

"내가 안내해 줄게."

두 사람은 방을 나와 법당 뜰로 내려섰다. 그때 사진 기자가 두 사람 쪽으로 다가왔다.

"지루하셨지요? 노 기자가 동행했다는 사실마저 잊어버릴 만큼 충격적인 일이 생겨서요."

영옥은 사진 기자를 보며 씩 웃었다.

"무슨 일이었는데요?"

"그 설명을 다 하자면 여기선 안 되고… 잠깐만 더 기다려 주세요. 주지 스님한테 승낙받고 올게요."

영옥은 지효 스님을 소개할까 하다가 그만두고 이렇게 말했다. 소개를 하는 일 자체가 번거롭기도 했지만 굳이 소개하고 싶은 마음도 생기지 않아서였다.

"그러죠. 다녀오십시오."

"저쪽 마루에서 기다리세요."

"네."

"어느 쪽이니?"

영옥은 경내를 두리번거리며 물었다.

"이쪽으로 와."

지효 스님은 앞장서며 말했다.

"여긴 햇볕마저 정념을 벗어버린 거 같구나. 칠월 복중인데도 어쩜 이렇게 가을볕처럼 하야니?"

"주지 스님 방 앞이라서 그럴 거야."

지효 스님은 영옥을 보며 나직이 웃었다.

"주지 스님 방 앞은 햇볕도 달라?"

영옥은 어리둥절해하며 물었다.

"소리 내지 말고 조용히 와."

지효 스님은 어리둥절해하는 영옥을 돌아다보며 눈짓을 했다. 주지 스님이 거처하는 별채는 고요 그 자체처럼 깊은 정적에 싸여 있었다.

"스님, 지흡니다."

지효 스님은 댓돌 위에 서서 자신이 왔음을 밝혔다.

"무슨 일인데?"

"용무가 좀 있습니다."

"들어오너라."

지효 스님은 영옥에게 같이 들어가자고 눈짓을 하며 방문을 열었다. 방 안에는 묵향이 가득했고, 혜조 스님은 빳빳하게 올이 선 모시옷을 입고 앉아서 난초를 치고 있었다.

"……."

난초 선을 곧게 그어 올리던 혜조 스님은 붓을 놓고 두 사람을 돌아다봤다.

"학교를 같이 다니던 친굽니다."

지효 스님이 인사를 시켰다.

"처음 뵙겠습니다. 민영옥이라고 합니다."

영옥은 방 안의 분위기에 압도당한 듯 긴장한 얼굴로 인사를 했다.

"아, 그러세요."

"이 친구는 지금 잡지사에서 일을 하고 있는데 봉두를 취재하려고 왔답니다."

"봉두를 취재하다니……?"

혜조 스님은 의아한 얼굴로 되물었다.

"봉두 얘기가 서울에까지 퍼진 모양입니다."

"어떤 얘기가?"

혜조 스님은 두 사람을 번갈아보며 다시 물었다.

"그 사람이 만든 부처님이 영험하다고 해서 취재를 왔습니다."

지효 스님이 대답을 하지 못하고 머뭇거리자 영옥이가 온 용무를 대신 설명했다. 영옥의 설명을 듣고 있던 혜조 스님은 어이없어하는 얼굴로 한참 동안 영옥을 바라보더니 물었다.

"영험하지 않은 부처님도 계신가요?"

영옥이 말뜻을 알아듣지 못하고 얼떨떨해하자 혜조 스님은 영옥의 말을 한 마디로 일축했다.

"그런 얘긴 절에서 하지 않습니다."

"……."

영옥은 무안해하며 가만히 혜조 스님을 쳐다봤다.

"봉두한테 일러서 다시는 그런 장난을 못 하게 해야겠군."

혜조 스님은 혼잣말처럼 말하더니 다시 붓을 잡았다.

"나가자."

지효 스님은 무안해하는 영옥을 보고 눈짓을 했다. 그러자 영옥은 그 말을 기다리고 있었던 사람처럼 얼른 자리에서 일어났다.

"스님, 가겠습니다."

지효 스님은 합장을 하며 허리를 굽혔다.

"지효 스님은 그만한 분별도 못해서 손님을 모셔 왔소?"

"……."

지효 스님은 아무 말 안 하고 고개를 숙였다.

"취재할 생각은 마시고 먼 길 오셨으니 하루 묵어가십시오."

혜조 스님은 영옥을 보며 미소를 지었다.

"감사합니다."

영옥은 허리를 굽히며 인사를 했다. 밖으로 나온 영옥은 댓돌 밑으로 내려서며 크게 심호흡을 했다.

"저 스님 정말 고고한 학 같으시다."

영옥은 감탄하며 말했다.

"스님들도 신도들도 모두 그렇게 말해."

지효 스님은 영옥을 돌아다보며 웃었다.

"그런데 말이야, 학은 땅으로도 내려오니?"

영옥은 고개를 갸웃하며 지효 스님을 쳐다봤다. 정말 학은 땅으로도 내려오는 건가? 지효 스님도 같은 의문에 잠겼다.

"스님, 그쪽에 계셨군요."

혜일 스님이 요사채 쪽으로 걸어오며 반겼다.

"찾으셨어요?"

"네. 친구분이 오셨다고 해서 과일 공양을 올리려고요."

혜일 스님은 눈을 찡긋하며 웃었다.

"가서 과일 좀 먹고 가."

"글쎄……."

영옥은 취재를 못 하게 된 게 마음에 걸리는지 망설였다.

"제 방으로 오세요. 찻물도 끓여놨어요."

혜일 스님은 두 사람이 따라오리라고 생각했는지 앞에서 걸어갔다.

"잠시 쉬었다 가. 아직 시간도 많잖아."

"그럴까?"

"사진 기자는 어떻게 할까?"

"저쪽에서 과일 먹고 있는데."

사진 기자를 찾던 영옥은 마루에 앉아서 과일을 먹고 있는 사진 기자를 보며 말했다.

"너보다 먼저 과일 공양을 받았구나."

지효 스님이 웃자 영옥도 따라 웃었다.

"기다리고 계실 텐데 얼른 가자."

지효 스님은 영옥의 손을 잡았다. 두 사람이 혜일 스님 방으로 들어갔을 때 혜일 스님은 다관에다 찻물을 따르고 있었다.

"여기 앉으세요."

혜일 스님은 왕골 좌복을 밀어주며 권했다.

"네."

자리에 앉은 영옥은 방 안을 둘러보았다. 방 안엔 불교 경전에서부터 월간지, 외국 잡지, 신문, 연애 소설에 이르기까지 어수선하게 쌓여 있었다.

"편하게 앉으세요. 제 방이 우리 절에서 두 번째로 편한 방이에요."

혜일 스님은 영옥을 돌아다보며 눈을 찡긋했다.

"그럼 제일 편한 방은요?"

영옥도 기분이 좋아져서 물었다.

"그건 봉두 방인데 거긴 금녀의 방이라서 갈 수가 없어요."

혜일 스님은 금녀의 방이라고 한 자신의 말이 재미있는지 씩 웃었다. 봉두라는 말을 듣는 순간 영옥은 호기심이 동했지만 주지 스님한테 일언지하에 거절을 당했기 때문에 달리 어떻게 해볼 수가 없었다.

"그럼 제일 불편한 방은요?"

영옥은 괜히 장난이 하고 싶어져서 실없는 말을 물었다.

"그거야 뻔하죠. 조금 전에 손님도 가보셨잖아요?"

혜일 스님의 말을 듣고 영옥은 웃었다. 주지 스님 방은 정말 지금까지 자기가 가본 방 중에서 가장 불편했던 방이라는 생각이 들어서였다.

"스님은 좋으시겠어요. 편한 방에서 편하게 사셔도 되니까요."

"사람 못 되면 중 된대요. 제가 부러우시면 사람이 못 되면 돼요."

"사람 못 되면 중이 돼요?"

"그럼요."

혜일 스님은 태연하게 대답했다.

"그럼 중이 못 되면 뭐가 되죠?"

영옥은 재미있어서 이렇게 물었다.

"중이 못 되면 부처되죠."

혜일 스님은 눈을 찡긋했다.

"그럼 못 되는 쪽으로 계속 발전해야겠군요."

"물론이죠."

영옥은 태평하게 앉아 있는 혜일 스님을 보며 그녀가 한 말을 곰곰이 새겨봤다. 그러던 영옥은 큰 소리로 웃었다. 못 된다는 말은 역으로 해석하면 이미 속성을 벗어났다는 얘기가 아닌가?

"스님은 성불하시겠네요. 중 못 되면 부처되는 이치를 알고 계시니까요."

"그럼 손님은 성불하는 이치를 모르세요?"

"모르니까 이렇게 속인이죠."

"그건 속인이 더 잘 아는데요."

혜일 스님이 씩 웃었다.

"또 무슨 말씀을 하시려고 그러세요?"

지효 스님이 웃으면서 쳐다보았다.

"짝사랑 얘기요. 스님은 성불과 짝사랑이 같은 이치라는 거 모르세요?"

"참, 스님도. 여긴 부처님 계신 절이에요."

"절이니까 더 그렇죠. 절에서 스님들이 노상 하는 말 있잖아요. 자나 깨나, 앉으나 서나, 일할 때나 놀 때나, 밥 먹을 때나 뭐 할 때나 항상 마음속에 부처님 상호를 그리고 일념으로 흠모하라고요. 그게 뭔 줄 모르면 짝사랑해 보면 단박에 알 수 있어요."

"……."

지효 스님은 어이없는 얼굴로 혜일 스님을 쳐다보며 웃었다.

"이성을 짝사랑하듯 부처님을 짝사랑하면 성불 못할 중생이 하나도 없을 텐데… 그렇죠?"

혜일 스님은 영옥을 쳐다보며 물었다.

"그건 저보다 이 친구한테 물어보세요."

영옥은 유쾌해져서 지효 스님 어깨 위에 손을 얹으며 말했다.

"이 스님이 그런 걸 알면 벌써 부처됐게요."

"그런 걸 알아야만 부처가 되는가요?"

"그거야 당연하죠. 인간을 사랑해봐야 허무를 알고, 허무를 알아야 진정으로 부처님을 사랑하게 되죠."

"……."

영옥은 혜일 스님을 가만히 바라보았다. 어쩐지 인간의 맛을 알고 있는 것 같은 느낌이 들었다.

"스님도 짝사랑해 보신 적 있으세요?"

영옥은 혜일 스님을 보고 물었다.

"있죠. 지금 그런 열정을 가지고 있으면 부처님을 짝사랑할 텐데… 무슨 조화인지 중이 되고 나니 남자를 봐도 무덤덤, 여자를 봐도 무덤덤, 부처님을 봐도 무덤덤……."

영옥과 지효 스님이 웃으며 쳐다보았다.

"이러다간 해태굴에 빠져서 잠만 자다가 한세상 보내고 말 것 같아요."

"여긴 해태굴 같지 않은데요."

영옥은 부처님 경전에서부터 연애 소설까지 어수선하게 널려 있는 방 안을 둘러보며 말했다. 그런 그녀의 머릿속엔 정말 해태굴은 묵향으로 가득 차 있는 주지 스님 방이 아닐까 하는 생각이 들었다. 그리고 영원히 성불을 할 수 없는 사람도 학처럼 고고하고 오만한 바로 그 스님이 아닐까 하는 생각이 들었다.

3
장

Udambara

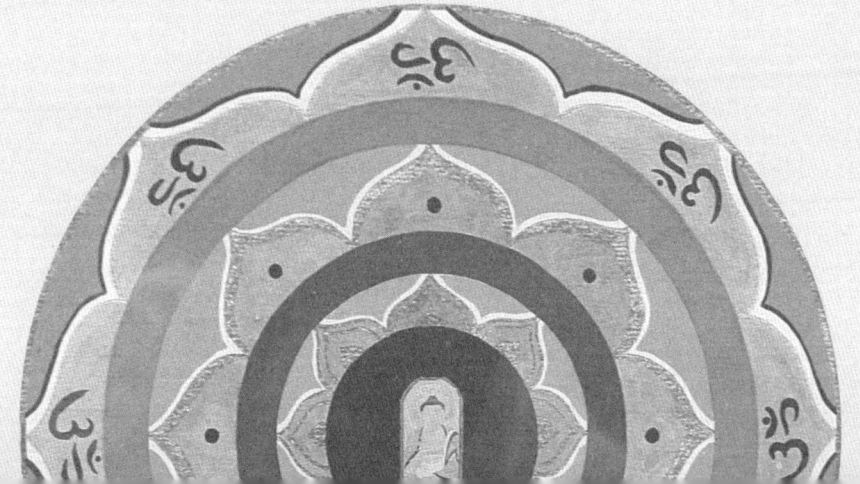

"오늘 병원에 가서 진찰을 받았네."

"진찰을 받다니, 왜?"

"몸이 안 좋아서. 예상했던 대로 후두암이라고 하더군."

"뭐야?"

"암이라는 선고를 받는 순간 자네 얼굴이 제일 먼저 떠올랐다네. 자식도 처도 노모도 아닌 자네 얼굴이 말일세."

"……."

"자네를 만나지 않고 있었던 사실에 대해 나는 상당한 강박관념을 가지고 있었던 것 같네."

"강박관념이라니?"

"해야 할 일을 하지 않고 있다는 자책 때문이었겠지."

"……?"

"난 자네를 만나서 진심으로 한마디 사과를 하고 싶었네. 아니, 솔직히 말하겠네. 사과를 하고 싶었던 상대는 자네가 아니라 채련이었네."

"채련?"

"사랑하면서도 괴롭힐 수밖에 없었던 여인, 나는 채련을 붙들고 꼭 한마디 사과를 하고 싶었네."

"……."

"용서해 달라고."

"……."

"내가 만약 사후를 믿는다면 저승에 가서 채련한테 사과할 생각을 했겠지. 그러나 나는 사후를 믿지 않네. 그래서 자네를 택한 걸세. 채련이 대신으로 말일세."

최길성은 며칠 전 한태서와 나눈 대화를 떠올리며 창가에 서 있었다. 고약한 친구. 지고 있던 짐을 나한테 떠맡기고 홀가분하게 떠나가겠다는 심산인가? 나더러 어떻게 하라고.

"선생님, 거기 계시면서도 못 본 척하세요? 아래서 한참 손을 흔들었는데요."

영옥이가 불평을 하며 들어왔다.

"만나기 시작하니 자주 만나는군. 웬일이야? 날 다 찾아오고."

"선생님한테 말씀드릴 게 있어서요. 선생님도 제 얘기 들으시면 아마 놀라실 거예요."

"내가 놀랄 일이 있을까? 지구가 박살이 난다고 해도 나하곤 상관없는 일 같은데."

"지구가 박살이 나는 건 저하고도 상관없어요. 박살이 나지 않을 때 상관이 있죠."

영옥의 말을 들으며 최길성은 웃었다. 웃고 있는 얼굴이 지쳐 보였다.

"그래, 무슨 말이야?"

"저 현지 만났어요."

"현지를 만나다니?"

최길성은 눈을 크게 뜨고 반문했다.

"선생님도 놀라시는군요."

영옥은 놀라는 최길성의 얼굴에서 현지에 대한 애정이 남아 있음을 확인하고 따듯하게 바라보았다.

"어디서 현지를 만났어?"

"청은사에서요. 취재를 갔더니 그 절에 현지가 있더군요. 법명은 지효 스님이라고 했어요."

"……."

최길성은 영옥을 물끄러미 바라보았다. 그러나 영옥을 보고 있는 것 같지는 않았다.

"선생님은 현지를 언제 보고 못 보셨어요?"

"노 교수님 다비 때."

최길성의 머릿속엔 노 교수의 유골을 끌어안고 소리 죽여 울던 현지의 모습이 떠올랐다. 노 교수의 장례가 치러진 것은 1월 초순 한참 추운 때였다. 그렇기 때문에 다비가 끝나고 습골을 할 때쯤엔 다비장에 네댓 사람밖에 남아 있지 않았었다. 그들은 모두 입을 굳게 다물고 검불 같은 재를 물끄러미 내려다보고 있었다. 그때 현지가 땅바닥에 주저앉으며 검은 재를 두 손으로 끌어안고 오열했다. 노 교수는 결국 현지의 전송을 받으며 한 많은 이승을 하직한 셈이다.

"선생님, 운명이란 참 묘한 거죠? 현지가 동화를 만나지 않았다면 스님도 되지 않았을 텐데 말이에요."

"글쎄……."

최길성은 애매하게 대답하며 담배 한 개비를 뽑아 입에 물었다.

'그 친구가 동미한테 그 일만 저지르지 않았어도 현지는 스님이 되지 않았을지도 모르지. 그랬다면 동화도 몽유병 환자처럼 거리를 헤매고 다니지는 않았을 테니까 말이야.'

최길성은 조금 전에 떠올렸던 한태서의 얼굴을 다시 떠올리며 이렇게 중얼거렸다. 업연이란 매듭이 지어진 한 오리의 실이 아니라 얽히고설킨 실타래 같다는 생각이 들었다.

"동화를 현지한테 소개해 준 사람은 전데, 스님이 된 현지를 보고 있으려니까 제가 한 일에 대해서 묘한 생각이 들었어요."

"스님이 되기 위해서 동화를 만났는지도 모르지."

"그럼 현지가 스님이 된 건 운명이었다는 얘긴가요?"

"알 수 없으니까 그렇게 말해본 거야. 알 수가 없으니까……."

최길성은 어깨를 의자 등받이에 기대며 창 쪽을 바라보았다. 우리가 무엇을 알 수 있겠는가. 어려운 일이 닥칠 때마다 운명이라는 가장 합리적인 말로 둘러대는 것 외에는. 사람들은 살아가면서 자신의 생 앞에 놓이는 불가항력의 힘에 대해서 언제나 운명이라는 말로 달랜다. 운명이라는 말은 누구나 공평하게 쓸 수 있는 말이며 또 공평하게 위안받을 수 있는 말이기 때문이다.

"지효 스님은 뭐라고 하던가?"

"깊은 얘긴 할 수 없었어요. 그럴 시간이 없었으니까요. 하지만 제 느낌으로는 뭔가 회의하고 있는 것 같았어요."

"회의를 하다니, 수도에 대해서?"

"이젠 지효 스님이라고 불러야겠죠?"

영옥은 연습을 하듯 지효 스님이라는 호칭을 입 속으로 한번 불러 보더니 말했다.

"지효 스님은 이런 말을 하더군요. '난 요즈음 이런 생각이 들어. 가장 인간적인 자리가 부처의 자리가 아닐까 하는 생각 말이야.' 지효 스님은 부처의 자리가 인간의 자리와 같다는 강한 신념을 가지고 있는 것 같았어요."

"……."

최길성은 영옥의 말을 들으며 천천히 머리를 끄덕였다.

"그 말을 듣는 순간 전 어떤 의문이 느껴지더군요."

"의문이라니?"

"전 부처의 자리는 인간의 자리하곤 다르다고 생각하거든요. 굼벵이하고 매미처럼 말이에요. 굼벵이가 매미가 되는 건 사실이지만 땅속에 있는 굼벵이가 하늘을 나는 매미하고 같을 수는 없잖아요?"

"굼벵이하고 매미가 다르다고 느끼는 건 우리의 생각이겠지."

"그럴까요? 그렇다면 매미가 제 얘기 듣고 웃을지도 모르겠네요. 알지도 못하면서 떠든다고요."

영옥은 최길성을 보며 씩 웃었다. 그런 그녀는 결론도 나지 않을 얘기를 붙들고 입씨름을 하고 싶어 하지 않는 눈치였다.

"십 년 세월이 흘렀으니 지효 스님도 많이 변했겠군."

"네. 많이 변했어요. 재기 넘치던 발랄함은 사라지고 가슴속에 얼음 한 덩어리를 품고 있는 것 같은 침착함만 보여주었어요."

"……."

"선생님, 수도를 한다는 건 가슴속에 얼음을 품는 일일까요? 얼음 속에선 꽃도 풀도 자랄 수 없을 텐데 말이에요."

"그건 정말로 좋은 꽃 한 송이를 피워내기 위해서겠지. 그런 과정을 겪지 않으면 꽃을 피우기 전에 잡초만 무성하게 자라고 말 테니까."

"선생님 말씀을 듣고 보니 그럴 것도 같군요."

영옥은 이해가 간다는 얼굴로 머리를 끄덕였다.

"해도 다 졌는데 어디 가서 술이나 한잔하지."

"오늘은 약속이 있어서 안 돼요. 다음에 한 번 올게요."

"살짝 취하게 한다던 그 친구를 또 만나기로 했나?"

"어머, 선생님. 기억하고 계셨군요. 오늘 한번 더 만나봐야겠어요. 절 계속 취하게 할 수 있는지 어떤지요."

"민 군을 계속 취하게 할 수 있었으면 좋겠구먼."

최길성은 장난처럼 웃으며 말했지만 그의 말속엔 진심이 깃들어 있었다.

"계속 취하게 하면 선생님한테 보고하러 올게요."

영옥은 살짝 윙크를 하며 가방을 어깨에 멨다.

"아, 잠깐. 지효 스님의 주소 좀 알려주고 가."

최길성은 메모지를 찾으며 말했다.

"이리 주세요. 제가 써드릴게요."

영옥은 메모지를 받아서 지효 스님의 주소를 써주고 사무실을 나왔다. 밖으로 나온 영옥은 시계를 들여다봤다. 양 교수와의 약속 시간은 10분 정도 남아 있었다. 영옥은 택시를 탈까 하다가 걷기로 하고 가로수 밑을 걸었다. 종일 하늘이 흐려 있어선지 머릿속은 유황 속에 갇혀 있는 것처럼 띵했다.

영옥은 흐린 하늘을 보며 입학 무렵의 지효 스님 얼굴을 떠올렸다. 교정의 개나리가 채 피기 전이었으니까 3월 하순쯤이었다고 생각되었다. 심리학 개론인가 하는 시간이었는데 영옥은 창가에 앉아서 하늘을 쳐다보고 있었다. 비가 올 것 같지도 않은데 하늘은 시커멓게 흐려 있었다. 아, 제발 비라도 왔으면… 하고 하늘을 보고 있을 때 뒷문 열리는 소리가 들렸다.

강의를 듣고 있던 학생들은 본능적으로 고개를 돌렸고, 고개를 돌린 학생들은 경악을 금치 못하며 현지를 바라보았다. 그녀 입술엔 새빨간 루주가 선혈처럼 붉게 칠해져 있었다. 칠해져 있다기보다는 짓문질러놓은 것 같다는 표현이 더 정확할는지도 몰랐다. 파마머리를 한 아이가 간혹 있기는 했지만 고등학교 때의 머리 모양을 그대로 지키고 있는 아이가 대부분이었던 그 시기에 새빨간 루주를 바르고 나타난 현지는 너무도 충격적인 존재였다.

그 후 현지와 친해진 영옥은 그날 왜 그렇게 빨간 루주를 바르고 왔느냐고 물었다. 그때 현지 대답은 '외로워'서였다. 영옥은 그녀가 말한 외로워서는 엄마가 보고 싶어서라는 말임을 나중에 알았다. 현지는 그 후에도 비가 오거나 하늘이 흐려 있으면 빨간 루주를 덧칠하듯 바르고 나타났다. 유별스럽게 외로움을 타던 현지는 그녀 나름대로 외로움을 달래는 방법을 개발하고 있었다. 깜깜한 밤에 주택가 골목을 수없이 돌기도 하고, 비 오는 날 풀밭에 누워서 쏟아져 내리는 비를 흠뻑 맞기도 했다.

  그런 날 다음이면

  "얘, 깜깜한 밤에 창문 너머로 보이는 사람은 사람이 아니고 가족인 거 있지."

  하며 영옥을 쳐다봤다.

  영옥을 쳐다보던 현지 얼굴은 일주문 앞에 서서 손을 흔들던 지효 스님의 얼굴로 바뀌었다. 헐렁한 승복 소매 속으로 드러난 팔은 가냘팠고, 가냘픈 팔은 외로움의 상징처럼 느껴졌다.

  '달빛자르기' 간판을 확인한 영옥은 지효 스님의 영상을 떨쳐버리며 안으로 들어갔다. 한련화 화분이 놓여 있는 창가에 양 교수가 앉아 있었다.

  "저보다 일찍 오셨군요."

  영옥은 양 교수 앞에 앉으며 인사를 했다.

  "저도 지금 막 왔습니다. 신문사에 들렀다간 민 선생님과의 약속을 지킬 수 없을 것 같아서 교정지만 넘기고 바로 나왔습니다."

양 교수는 영옥을 보며 미소를 지었다. 영옥은 그런 양 교수를 가만히 바라보았다. 최소한 자기와의 만남에 대해 성실하다는 확신이 들었다.

"신문사에서 책을 내시는가요?"

"네. 초교는 봤으니까 이달 안으로 나올 것 같습니다."

그때 마담이 왔다. 그녀는 두 사람을 알아보고 미소를 지었다. 풀어진 듯한 표정이 천한 느낌을 주면서도 한편으로는 상당히 깊이 있는 여자 같은 인상을 주었다. 천함과 고귀함을 양손에 쥐고 있는 묘한 분위기였다.

"차는 뭘로 드실까요?"

마담이 두 사람을 번갈아보며 물었다.

"월궁에 왔으니까 달차를 마셔야죠."

영옥이가 웃었다.

"아 참, 그렇지. 달차를 주십시오."

양 교수도 따라 웃었다. 마담은 알았다는 얼굴로 미소를 짓고 돌아섰다.

"취재를 간다고 하시더니 잘하고 오셨습니까?"

"아니에요. 만나지도 못하고 왔어요."

"왜요?"

"취재를 못 하게 해서요."

"못 하게 한다고 안 하시고 온 걸 보니 상당히 양심적이시군요."

"취재 건보다 더 충격적인 일이 있어서 떼를 쓸 겨를이 없었어요."

영옥은 양 교수를 보며 웃었다. 그때 출입구 쪽이 떠들썩하더니 시골 노인 세 사람과 젊은 남자 한 사람이 들어왔다. 그들은 구석 자리를 찾느라고 두리번거리다가 영옥의 옆자리에 와 앉았다.

"이 사람아, 불원천리라고 자네를 찾아 천 리 길을 왔네. 우리 성의를 봐서라도 그만한 청은 들어줘야지."

노인들은 자리에 앉자마자 야속하다는 얼굴로 말했다.

"어르신네들도 참, 들어드릴 청이 따로 있지요. 제가 그걸 어떻게 들어드립니까?"

젊은 사람은 답답하다는 얼굴로 노인들을 바라봤다.

"신문사에 있으면서 그만한 것도 못 해주나?"

"신문사에 있어도 제 마음대로 할 수 있는 건 하나도 없습니다. 그리고 신문에 낼 일이 따로 있지 아무거나 다 신문에 낼 수 있습니까?"

"이 사람아, 부모 때려죽인 패륜아도 신문에 나는 판에 훌륭한 어른을 찾아달라는데 그것도 안 된다는 얘긴가?"

"그건 어르신네들이 신문을 몰라서 그러시는 겁니다."

젊은이는 난감한 얼굴로 말했다.

"여보게, 한 번 더 고쳐 생각해보게. 박 영감 자부가 사경을 헤매고 있네. 촌각을 다투는 일이니 자네가 손을 좀 써주게나."

옆에 앉은 다른 노인네가 젊은이를 설득했다.

"알겠습니다. 저도 최선을 다해서 수소문해 볼 테니 어르신네들도 그만 돌아가십시오."

젊은이는 이해시키는 일을 포기한 듯 이렇게 달랬다.

"그럼 자네만 믿고 우린 돌아가겠네. 이건 자네가 맡아두게나."

노인들은 탁자 위에 소주 다섯 병을 올려놓고 자리에서 일어섰다.

"이걸 저를 주고 가시면 어떻게 합니까? 가지고 가셔야죠."

젊은이가 난처한 표정을 지으며 따라 일어났다.

"다 생각이 있어서 가지고 온 거니 받아두게."

노인들은 앞서거니 뒤서거니 하면서 출입구 쪽으로 걸어 나갔다. 멍한 얼굴로 노인들의 뒷모습을 보고 있던 젊은이는 소주병을 챙겨 들고 따라 나가려다가 소주 다섯 병을 한꺼번에 들 수 없었는지 그냥 탁자 위에 놓고 쫓아 나갔다. 그러고는 카운터 쪽으로 가서 찻값을 계산하고 출입구로 나가 노인들을 배웅했다.

양 교수는 그런 젊은이의 모습을 처음부터 관심을 나타내며 지켜보았다.

"아시는 분이세요?"

영옥이가 물었다.

"네. 신문사에 있는 친군데 무슨 일이 있는 모양이군요."

젊은이가 다시 돌아왔다. 그는 소주병을 싸안고 나가려다가 자신을 지켜보고 있는 양 교수를 발견하고는 인사를 했다.

"선생님 아니십니까?"

"자넨 웬 선물을 그렇게 받았나?"

양 교수는 웃으면서 젊은이를 쳐다봤다.

"선생님도 참, 제가 잠깐 그쪽으로 앉아도 되겠습니까?"

"그러게."

양 교수는 창 쪽으로 들어가며 앉을 자리를 만들어 주었다.

"실례하겠습니다. 안 기잡니다."

"처음 뵙겠습니다."

영옥도 안 기자를 향해 묵례를 했다.

"방해가 안 된다면 노인들 얘기를 좀 하고 싶은데 괜찮으시겠습니까?"

안 기자는 양 교수를 쳐다봤다.

"노인들 얘기라니?"

"고향 어르신네들인데 하도 엉뚱한 얘기를 가지고 와서요.

선생님한테 말씀을 좀 드리고 싶습니다."

"그러고 싶으면 말을 해보게."

"죄송합니다. 재미있는 얘기니까 같이 들어주십시오."

안 기자는 영옥에게 양해를 구했다.

"아까 그 노인네들이 이 소주병을 들고 와서 스님 한 분을 찾아달라는 겁니다."

"그러니까 이 술은 자네한테 준 게 아닌가?"

"아닙니다. 그 스님한테 전해주라고 놓고 가신 겁니다."

"스님한테 소주병을 전해주라니? 노인들이 찾고 있는 스님은 소주를 좋아하시는 모양이구먼."

양 교수는 농을 하며 웃었다.

"전설의 고향에나 나오는 얘기 같습니다만 듣고 보면 황당한 거 같지만은 않고… 저로선 종잡을 수가 없습니다."

"이왕 꺼낸 말이니 계속해 보게."

"네. 들어보시고 선생님 의견을 좀 말씀해주십시오. 노인들 표현에 의하면 그들이 찾고 있는 스님은 얼굴에 광채가 돌고 발은 복숭아 꽃잎처럼 붉은데 걸망 하나를 짊어지고 발길 닿는 대로 떠돌아다닌다고 하더군요."

"……."

양 교수는 생각하는 표정을 지으며 천천히 머리를 끄덕였다.

"그런데 그 걸망이라는 게 엉뚱합니다. 그 속에는 염주, 목탁, 불경에서부터 소주, 담배, 껌, 과자… 심지어는 여자 속옷까지 들어 있답니다."

"계속해 보게."

"네. 그 스님은 걸망 속에 온갖 잡동사니를 다 넣어가지고 다니다가 만나는 사람 근기에 맞게 나누어주며 환심을 산다는군요."

"환심을 사다니?"

"환심을 산다는 말은 노인들 표현인데 법문을 하기 위해서 그러고 다니는 거 같습니다."

"……."

"그 스님은 어려운 얘긴 하나도 하지 않고 옛날얘기만 한답니다. 그 얘기가 어찌나 재미있는지 남녀노소 할 것 없이 다 넋을 놓고 듣는데, 다 듣고 나면 부처님 상호가 떠오르면서 들끓고 있던 파도가 가라앉듯 마음이 평화로워진다는군요."

안 기자 얘기를 듣고 있던 영옥은 소리 내어 웃었다.

"혹시 픽션 아니세요?"

"아닙니다. 절대로 아닙니다."

안 기자는 손이라도 내저을 것처럼 강하게 부정했다.

"아까 그 노인들이 스님을 신문에 내달라고 하던데 그건 뭔 소린가?"

"아, 그거 말입니까? 그건 그 스님을 찾아달라는 얘깁니다."

"신문에 내서까지 스님을 찾아야 하는 이유가 뭔데?"

"아무 말도 안 하고 있던 노인 있잖습니까? 그 노인 며느리가 아파서랍니다."

"그 스님은 사람 병도 고치는 모양이구먼."

"그렇죠. 그들이 걸망 스님한테 관심을 가지기 시작한 건 같은 마을에 있는 어느 할머니를 살린 후부터랍니다. 그 할머니는 온갖 약을 다 썼지만 효험을 못 봤는데 걸망 스님이 그 집에 며칠 머무르자 병이 말끔히 나았다더군요."

"설마 주문을 외웠다는 얘기를 하시려는 건 아니겠죠?"

영옥은 장난기 서린 얼굴로 쳐다봤다.

"주문을 외웠다면 차라리 극적인 분위기나 느껴지죠. 노인들 말에 의하면 그 스님은 밤낮 나흘간을 할머니 옆에 앉아서 할머니가 하는 얘기를 들어주기만 했답니다."

"……."

"그런데 나흘이 지난 날 아침, 할머니는 천근 같던 가슴이 날아갈 것처럼 가볍구나 하면서 일어나더랍니다. 그러자 옆에 있던 아들이 신기해서 '스님께선 어떻게 저희 어머니 병을 고치셨습니까?' 하고 물으니 스님은 손바닥 위에 해(解)자 하나를 쓰더랍니다."

"해 자를요?"

영옥은 고개를 갸웃하며 안 기자를 쳐다봤다.

"네."

"그거 참 이상하군요."

"이상할 게 없죠."

양 교수가 말했다.

"……?"

영옥은 양 교수를 쳐다보았다.

"나는 당신의 어머니를 이해하고 있다는 뜻이겠지요. 그 스님이 말하는 이해는 우리가 피상적으로 생각하는 그런 이해가 아닐 겁니다."

"……."

"일종의 합일의 경지라고 할까요? 상대방의 고통이 내 고통이 되고, 상대방의 아픔이 내 아픔이 되는 그런 경지 말입니다. 그 경지에 이르러야 비로소 사랑도 진실일 수 있고 연민도 진실일 수 있을 겁니다."

"……."

영옥은 강한 충격을 받으며 양 교수를 쳐다보았다. 자신이 이해하고 있는, 그러면서도 형체가 잡히지 않던 얘기를 양 교수가 분명하게 하고 있기 때문이었다.

"선생님 말씀을 듣고 보니 뭔가 이해가 되는 것도 같습니다."

"신문에 낼 수야 없겠지만 수소문해서 그 스님을 좀 찾도록 해보게."

"왜요?"

"나도 좀 만나고 싶어서. 아무래도 내가 알고 있는 스님하고 같아서 그러네."

"선생님도 그분을 만나보셨습니까?"

"직접 만나본 건 아니고 얘기만 들었네. 몇 년 전 일인데 내가 잘 아는 철학과 교수 셋이 겨울 한철을 스님하고 지내면서 《화엄경》 강의를 들었다고 하더군. 교수들한테 강의했다는 스님이 지금 자네가 말한 그 스님 같다는 생각이 들어서 그러네……."

"어떻게 말입니까?"

"얼굴엔 광채가 돌고 발은 복숭아 꽃잎처럼 붉다는 말이 그렇구먼."

"……."

안 기자는 머리를 끄덕이며 생각에 잠겼다.

"교수님들한테 강의를 하신 걸 보면 그 스님은 실력도 대단하신가 보죠?"

"그 친구들 표현에 의하면 그 스님하고 함께 공부했던 삼 개월이 자신들의 생애 중에서 가장 행복했던 순간이었다고 하더군."

양 교수는 미소를 지었다.

"그러고 보니 어르신네들을 괄시만 해서 보낼 게 아니었던 거 같습니다."

"……?"

"저는 말 같지도 않은 말을 하고 계신다고 생각했는데 지금 선생님 말씀을 듣고 보니 말 같은 말을 하셨네요."

안 기자의 말을 듣고 세 사람은 유쾌하게 웃었다.

"걸망 스님이 계셨다는 토굴은 어디 있는데요?"

영옥은 호기심을 나타내며 물었다.

"민 선생님도 한번 찾아가 보시려고요?"

양 교수는 웃으며 영옥을 쳐다봤다.

"네."

"안 기자가 찾아주면 저하고 동행을 하십시다. 거처만 알면 저도 한번 찾아가려고 벼르고 있으니까요."

"그분이 계셨다는 토굴에 가면 될 거 아니에요?"

"지금 안 기자가 하는 말 못 들으셨습니까? 그분은 걸망 속에 여자 속옷까지 넣어가지고 발길 닿는 대로 떠돌아다닌다지 않습니까."

"그렇다면 속옷 받을 인연만 기다리고 있어야겠군요."

영옥은 어깨를 으쓱하며 웃었다.

"걸망 스님 만날 인연이 저보다 선생님이 더 크신 거 같은데 이 술은 선생님이 보관하시지요."

"그러다가 스님 만나기 전에 내가 다 마시면 어쩌려는가?"

"그러면 더 좋고요."

안 기자는 웃으며 일어섰다.

"가려고?"

"네. 초면에 실례 많았습니다."

소주병을 가슴에 싸안은 안 기자가 영옥을 향해 머리를 숙였다.

"아니에요. 재미있는 얘기 들었는데요."

영옥도 안 기자를 향해 묵례를 했다.

"선생님 책이 저희 신문사에서 나오는 거 같던데요?"

"진행하던 거라서 떠나기 전에 내고 가려고."

"외국 나가십니까?"

"교환 교수로 이 년 미국에 가 있게 됐네."

"언제 떠나시는데요?"

"연말쯤."

"다음에 신문사에 오시면 한번 모시겠습니다."

"안고 있는 소주병 떨어뜨리지 않을 걱정이나 하게."

"네, 알겠습니다."

안 기자는 소주 다섯 병을 가슴에 안고 조심조심 나갔다.

"슈퍼에 도착할 때까지 떨어뜨리지 말아야 할 텐데요."

"전 지금 사무실까지로 생각하고 있었는데 민 선생님은 슈퍼까지로 생각하고 계셨습니까?"

"다음에 만나시면 물어보세요. 어디까지 가지고 갔는지."
"그러려면 저 친구를 부득이 한 번 더 만나야겠군요."
두 사람은 즐거운 얼굴로 웃었다.

영옥을 떠나보낸 지효 스님은 자기 자신을 돌아다보았다. 물을 길어 항아리를 반쯤 채우고 돌아섰다는 기분이 들었다. 항아리가 넘치도록 물을 채웠어야 했는데, 물을 채우지도 뚜껑을 덮지도 못하고 말았다. 그렇다고 해서 떠나온 세상에 미련이 있는 것은 아니었다. 미련을 갖기엔 이미 모든 것은 너무 멀어져 있었고, 그것들은 그녀를 유혹할 별다른 힘을 지니고 있지 못했다. 그러면서도 삶의 한 과정을 매듭짓지 못하고 다른 과정으로 이월해 왔다는 감정만은 떨쳐버릴 수 없었다.

지효 스님이 처음 계(戒)를 받고 사미니가 되었을 때 은사 스님은 지효 스님을 불러서 분심(忿心)을 내라고 일러주었다. 생명을 이끌어 왔던 허깨비들에 더 이상 이끌려가지 않도록 분한 마음을 내라는 당부였다. 그 허깨비들은 실체가 아니므로 생 안에서 모습을 드러내는 것 역시 실체가 아니라는 것이었다. 그런데도 사람들은 실체가 아닌 것들에 이끌려서 슬퍼하고 절망하고 탄식하고 그리고 때로는 행복해하기도 한다는 것이다.

은사 스님 말처럼 삶이란 것은 어쩌면 허깨비 장난같이 실체가 아닌 것인지도 모른다. 그렇기 때문에 실체가 아닌 놀이에 정신이 빠져 해 지는 줄 모르고 노는 것은 어리석음일 것이다. 그러나 어리석은 놀이일망정 그것에 몰두해보지 않고 그 놀이가 어리석음이라는 것을 어떻게 알겠는가? 아이의 세계가 유치하다 해서 어른이 바로 되는 것은 아니다. 청년기의 방황이 괴롭다 해서 청년기를 거치지 않고 장년이 되는 것도 아니다. 한 과정을 철저하게 거쳤을 때 비로소 다음 과정을 받아들일 수 있는 힘이 생기고, 그 힘을 길렀을 때 도약도 비약도 가능해지는 것이다.

사시예불에서 돌아온 지효 스님은 장삼을 벗어 벽에 걸어놓고 주지 스님 방으로 갔다. 아랫마을에서 온 한의사가 진맥을 하기 위해 기다리고 있다는 전갈이 와서였다.

"스님, 저 왔습니다."

지효 스님은 댓돌 위에 서서 자신이 왔음을 밝혔다. 한의사와 함께 있어서인지 주지 스님의 방문은 활짝 열려 있었다.

"들어와서 진맥을 받아라."

혜조 스님은 밖에 서 있는 지효 스님을 보고 말했다.

"네."

지효 스님은 방에 들어가서 공손하게 합장을 하고 자리에 앉았다.

"아까 말씀드린 제 상좌입니다. 진맥부터 해보시지요."

"네."

한의사는 지효 스님 앞으로 다가앉았다. 칠십 노인인 그는 머리와 수염은 하얀데 얼굴에는 청년 같은 화색이 돌았다.

"스님도 가까이 다가앉지."

혜조 스님이 말했다.

"네."

지효 스님은 무릎걸음으로 한의사 앞으로 다가앉았다.

"진맥을 좀 해볼까요?"

"……."

지효 스님은 소매를 끌어 올리면서 왼팔을 한의사 앞으로 내밀었다. 한의사는 가운데 손가락 셋을 지효 스님의 손목 위에 포개놓고 한참 동안 맥을 짚어보더니 말했다.

"노권내상증입니다."

"……?"

두 스님이 그의 말뜻을 알아듣지 못하고 어리둥절해하자

"원기가 부족할 때 과로하면 발병하게 됩니다."

라고 일러주었다.

"약은 어떻게 지어야 합니까?"

혜조 스님이 물었다.

"원기만 부족할 때는 보중익기탕을 쓰면 되는데 스님은

원기도 부족하지만 피도 부족한 거 같으니 향사육군자탕에 익위승양탕을 함께 쓰도록 하십시오."

한의사는 뒤로 물러앉으며 말했다.

"그럼 처방대로 지어주십시오."

"약이 되는 대로 제가 가지고 오겠습니다."

"아니에요. 언제쯤 되는지 알려주시면 제가 찾으러 가겠습니다."

지효 스님은 노인의 흰 수염을 보며 사양했다.

"약재는 있으니 내일 오전 중이면 되겠습니다."

"알겠습니다. 그때 들르겠습니다."

"그렇게 하십시오. 그럼 전 내려가 보겠습니다."

한의사는 자리에서 일어났다.

한의사를 전송하기 위해 일행이 마루로 나섰을 때 마루 끝에 봉두가 서 있었다. 그는 언제 왔는지 알 수 없지만 자신이 왔음을 알리지도 못하고 마루 밑에 서 있었다. 봉두를 본 한의사는 움찔 놀라며 한 발 뒤로 물러섰다. 그런 한의사를 바라보던 봉두도 자신의 모습을 보여준 걸 당황해하며 얼른 벽 쪽으로 몸을 숨겼다.

"산길인데 조심해서 내려가십시오."

혜조 스님은 서둘러 한의사를 보내려는 듯 이렇게 인사를 했다.

"네."

한의사는 합장을 하고 법당 쪽으로 돌아갔다.

"여긴 나오지 말라고 했는데 왜 왔느냐?"

"스님이 오라고 하셨다고 하셔서 왔습니다."

'하셨다고'는 혜조 스님을 가리키고 '하셔서'는 부목 할아버지를 가리키고 있었다.

"아 참."

혜조 스님은 잠시 잊었던 일이 생각난 듯 봉두를 내려다보았다.

"……."

봉두는 걱정스러운 얼굴로 눈을 끔벅끔벅했다.

"너한테 일러줄 말이 있어서 오라고 했다."

"……?"

"오늘부터 부처님 조성하는 장난은 하지 마라."

혜조 스님은 봉두한테 준열하게 이르고는 방으로 들어갔다.

"……."

봉두는 멍한 얼굴로 혜조 스님이 들어간 방문을 바라보았다. 그런 그의 얼굴 위로 한 줄기 맑은 눈물이 흘렀다. 지효 스님은 그런 봉두를 물끄러미 바라보았다. 그의 눈에서도 맑은 눈물이 흐를 수 있다는 게 신기했고, 눈물을 흘릴 수 있는 감정을 지니고 있다는 게 신기했다. 한참 동안 그렇게 눈물을 흘리던 봉두는 점점 설움이 북받치는 듯 주먹으로 이리저리 눈물을 닦더니 마침내 댓돌 밑에 주저앉으며 흐느끼기 시작했다.

지효 스님은 당황해서 봉두 가까이 다가갔다.

"부처님을 조성할 수 없게 돼서 슬픈 모양이구나."

지효 스님은 봉두를 위로해주고 싶다는 생각을 하며 따뜻하게 말했다.

"……."

봉두는 고개를 들고 지효 스님을 쳐다봤다. 그의 얼굴은 한쪽 눈밖에 없다고 느껴질 만큼 기이했다.

'영옥이만 오지 않았어도 이런 일은 없었을 텐데…….'

지효 스님은 안쓰러운 표정을 지으며 봉두를 내려다봤다. 봉두는 눈을 끔벅끔벅하며 지효 스님을 쳐다봤다. 자기를 보고 그런 슬픈 표정을 짓는 사람은 부처님 외엔 본 적이 없었다. 자신이 만든 부처님을 얻고 싶어 하는 보살들이나 자기한테 심부름을 시키고 싶은 스님이 말을 건넨 적은 있었지만 지효 스님처럼 자기 마음을 위로해주려고 일부러 말을 건 사람은 아직까지 한 사람도 없었다. 봉두는 지효 스님이 부처님처럼 자꾸 친근하게 느껴졌다.

"슬프더라도 그만 울고 봉두 방으로 가. 여긴 주지 스님 방 앞이잖아."

지효 스님은 나직이 말했다. 주지 스님한테 다시 야단을 맞을까 봐 겁이 나는 것 같았다. 봉두는 그런 스님이 한없이 고마워서 '네.' 하고 돌아섰다. 지효 스님은 그 자리에 그대로 서서 봉두의 뒷모습을 물끄러미 바라보고 있었다.

봉두는 자신의 발목에 와 닿는 스님의 시선을 느끼며 바지를 아래로 끌어내렸다. 그러나 발목에서 한 뼘쯤 올라간 바지를 아무리 끌어내려도 발목이 나오긴 마찬가지였다. 봉두는 왠지 부끄럽다는 생각이 들었다. 봉두가 부끄럽다는 생각을 느껴본 건 이번이 두 번째였다. 지효 스님이 처음 절에 오시던 날, 그때도 봉두는 자신의 발목을 바라보고 계신 스님이 부끄러워서 잣나무 뒤에 슬쩍 몸을 숨긴 적이 있었다. 부끄러움이라는 감정은 참 이상했다. 괜히 가슴을 울렁거리게 했고 어딘가에 슬쩍 몸을 숨기고 싶게 했다. 그래서 봉두는 얼른 사천왕문 밖으로 나갔다. 사천왕문 밖으로 나가면 지효 스님이 보실 수 없기 때문이었다.

그런 봉두를 지효 스님은 슬픈 마음으로 바라보았다. 소년이라고 부르기엔 조금 나이가 많고, 청년이라고 부르기엔 아직 어린 그는 영옥이 말처럼 사람대접도 짐승 대접도 받고 있지 못했다. 하지만 그에게도 감정은 있었고, 감정이 있으므로 눈물을 흘릴 줄도 알았다. 하지만 아무도 그가 감정을 지닌 인간이라고는 생각지 않았다. 아니, 감정은 고사하고 육신을 지닌 인간이라고도 생각지 않았다. 하기때문에 아무도 그가 옷을 필요로 한다고 느끼지 못했다.

이튿날 지효 스님은 한약방 위치가 그려진 약도를 들고 읍내로 나갔다. 보라색 꽃이 소박하게 피어 있던 감자밭엔 검푸른 잎이 무성하게 뒤덮였고, 물만 채워졌던 논에도 푸른 벼가 자라고 있었다. 대지는 어느 한 곳 빈 곳 없이 생명을 가득 채우고 생명과 함께 숨 쉬고 있었다. 지효 스님은 감나무 사이로 모습을 드러내고 있는 검은 기와집을 물끄러미 바라보았다. 이씨 얼굴이 떠오르고 동미 얼굴이 떠오르고 그리고 채련을 닮은 소년의 얼굴이 떠올랐다. 지효 스님은 법당에서 예불을 드리다가도, 포행을 하다가도 대청마루 밑에 두 손을 맞잡고 서 있던 동미 얼굴을 떠올렸다. 떠올렸다기보다 그냥 떠올랐다. 한 덩어리의 무기질처럼 슬픔도, 고통도, 아픔도 전혀 느끼고 있지 않은 것 같던 동미. 그녀에게서 감정을 빼앗아 간 것은 가장 절망적인 순간에 자신의 절망을 아무에게서도 위로받을 수 없었다는 데서 오는 또 다른 절망이었음을 지효 스님은 알고 있었다.

동미 얼굴을 떠올리던 지효 스님은 동화와의 약혼 준비를 서두르고 있을 때의 일이 생각났다. 그때 두 사람은 동미를 화제에 올린 적이 있었다. 그들은 살 집을 설계했고 동미 방을 어디에 둘 것인가로 서로 의견을 나누었다. 자신과 집 설계를 하고 있던 동화는 가장 햇빛이 잘 드는 방을 가리키며 그 방을 동미 방으로 하자고 제안했다. 그의 제안은 의견이라기보다는 확고부동한 주장 같아서 이쪽에서 이의를 제기할 염도 낼 수 없었다. 동화는 가장 햇빛이 잘 드는 방에 동미를 살게 하면서 그녀에게 밝음을 느끼게 해주고 싶어 했다. 햇빛이 든다 해도 밝음을 느낄 리 없었지만 그건 그냥 누이한테 쏟는 애정이었다. 그런 애정을 가지고 있었음에도 불구하고 동화는 결정적인 순간에 동미한테 힘이 돼주지 못했다. 가장 비참한 순간에 누이를 버렸고 그녀는 엄청난 공포를 혼자 감당해야만 했다.

지효 스님은 동화와 마주 앉아 함께 살 집을 설계했던 자신의 모습을 생각하곤 씁쓸하게 웃었다. 그때 그들 세 사람은 같은 공간에서 함께 일생을 살리라 믿고 있었다. 그러나 세월은, 아니 운명은 그들 세 사람을 따로따로 떼어다가 하나는 검은 기와집 속에, 하나는 깊은 산 속에, 그리고 하나는 멀고 먼 미국 땅에 데려다 놓았다. 마치 뿌리를 같이 내리고 있는 세 그루의 나무를 따로따로 이식시켜 놓듯이. 동미는 내가 스님이 돼서 자신을 바라보고 있다는 것을 안다면 어떤 표정을 지을까? 그런 생각을 하고 있던 지효 스님은 머리를 흔들었다. 나는 왜 아직도 과거의 인연에서 고개를 돌리지 못하고 있는가?

그러나 그것은 미련은 아니었다. 십 년이라는 구도 생활은 그런대로 이쪽 언덕에서 저쪽 언덕을 가르는 강물이 되어주었고, 강물 이쪽에서 저쪽을 바라보는 시선에도 담담함을 지닐 수 있게 해주었다. 그러면서도 자신의 가슴속에 남아서 숨 쉬고 있는 한 송이 꽃, 그 꽃은 미련이라기보다는 아쉬움이었다. 동화와의 마지막 감정을 확인하지 못하고 막을 내리고 말았다는 아쉬움. 그 아쉬움은 그녀 가슴속에서 꽃으로 살아남을 수밖에 없었다.

지효 스님이 감나무 밑을 지날 때 융과 송강이 가방을 메고 토마토밭 사이로 걸어오고 있었다. 그들은 학교에서 돌아오는 길인 듯 아카시아 잎을 양손에 들고 가위바위보를 하면서 웃고 있었다. 그때 그들보다 조금 작은 아이가 주먹만 한 돌을 들고 쫓아가더니 융의 발등을 짓찧어놓고는 도망을 쳤다. 융은 몹시 아픈 듯 오만상을 찡그렸고, 옆에 있던 송강은 땅바닥에 주저앉으며 자신의 손으로 융의 발등을 만져주고 또 만져주고 하면서 울먹였다.

그러던 송강은 입을 앙당그려 물더니 메고 있던 가방을 밭 가에 팽개치고 달아난 꼬마를 잡으려고 뛰어갔다. 송강이 쫓아오는 것을 안 꼬마는 논둑으로 도망을 쳤고, 송강이도 바람에 치마를 팔락이면서 쏜살같이 달려갔다. 그러던 송강은 마침내 꼬마 팔을 낚아챘고, 꼬마를 향해 호되게 야단을 치면서 등판을 후려갈겼다. 꼬마는 불만스러운 얼굴로 항의를 했지만 맞서지는 못하고 기죽은 모습으로 터벅터벅 따라왔다. 송강은 전리품 하나를 끌고 오듯 당당한 얼굴로 걸어왔는데 그런 그 아이의 모습은 작은 이 씨를 보고 있는 것 같았다.

지효 스님은 시선을 돌려 토마토밭 쪽에 서 있는 융을 바라보았다. 융은 조금 전에 자신의 발을 짓찧은 꼬마에 대해서는 아무런 원한도 가지고 있지 않은 무심한 얼굴로 송강을 기다리고 있었다. 지효 스님은 마치 투시도를 들여다보듯 세 아이의 심성을 들여다보며 논 사이로 난 길을 걸어갔다. 송강은 동미의 딸이 분명했지만 채련을 닮은 융과 꼬마는 누군지 짐작이 가지 않았다. 융을 처음 본 후로 그 아이에 대한 궁금증을 지워버릴 수가 없어서 언젠가 혜일 스님한테 융에 대해서 물어본 적이 있었다. 그러나 혜일 스님은 이 보살의 손자라는 말 외에는 더 이상 자세한 것을 알려주지 않았다.

지효 스님은 채련을 빼닮은 융을 보면서 채련의 얼굴을 떠올렸다. 그녀의 얼굴을 떠올리는 순간 통증 같은 그리움이 밀려왔다. 자신을 산으로 떠나보내던 날, 채련은 목에 둘렀던 실크 머플러를 풀어서 자신의 목에 감아주고 다시 두꺼운 목도리를 풀어서 머플러 위에 둘러주면서 속으로 울고 있었다. 지효 스님은 채련에 대한 걷잡을 수 없는 그리움을 느끼며 가만히 허공을 바라보았다. 오 선생님은 지금도 학교에 계실까? 학교로 연락을 하면 오 선생님 소식을 알 수 있을까? 그런 생각을 하고 있던 지효 스님은 다시 논 사이로 난 작은 길을 걸어가기 시작했다. 회색 동방을 입은 가냘픈 몸이 하늘을 떠가는 구름과 함께 눈물 속에 잠겼다.

한약방에 들러서 지은 약을 찾아가지고 나오던 지효 스님은 가게 앞에서 발을 멈췄다. 진열대 안에 걸려 있는 남자 바지가 눈에 띄어서였다. 지효 스님은 안을 기웃거리다가 가게 안으로 들어갔다. 가게 안에는 철 지난 옷들까지 뒤섞여서 어수선하게 쌓여 있었다. 지효 스님은 봉두의 키를 가늠하며 눈으로 바지를 고르다가 짙은 회색 바지 하나를 집어 들었다.

"아주머니, 이거 좀 싸주세요."

가게 주인은 의아한 얼굴로 지효 스님을 바라보더니 바지를 접어서 비닐 주머니 속에 넣어주었다. 지효 스님은 바지만 들고나올까 하다가 남방 하나를 더 골랐다. 자신의 몫으로는 러닝셔츠 하나 얻어 입어보지 못했을 봉두를 위해 이왕이면 한 벌로 사주고 싶어서였다.

봉두는 지게를 지고 산을 내려오다가 지게를 풀 섶에 세워놓고 그 옆에 주저앉았다. 눈물이 자꾸만 나려고 해서 눈을 끔벅끔벅하며 참다가 하늘을 올려다봤다. 푸른 하늘에는 납작납작한 조개구름이 가득 떠 있었다. 조개구름을 보고 있던 봉두는 가슴이 답답해졌다. 부처님한테 하고 싶은 얘기는 하늘에 떠 있는 조개구름보다 더 많은데 그 얘기를 하나도 할 수 없었기 때문이었다. 봉두는 자기 얘기를 한마디도 듣지 못하시는 부처님도 지금 자기처럼 답답해하시리라는 생각이 들었다. 아니, 부처님은 자기보다 더 답답해하실 것만 같았다. 자기는 그래도 산을 마음대로 왔다 갔다 하지만 부처님은 조그만 법당 안에만 갇혀 계시기 때문이었다.

봉두는 주지 스님이 참 이상했다. 자기한테 부처님을 만들지 못하게 하는 것도 이상했지만 부처님을 법당 안에만 가둬두시는 건 더욱 이상했다. 혼자 가만히 앉아 계시면 심심하실 텐데 스님들은 왜 부처님이 심심하다는 생각을 안 하시는지 그걸 알 수가 없었다. 스님들은 하루에도 몇 번씩 법당에 왔다 갔다 하시니까 자기보다는 훨씬 더 부처님하고 친하실 것 같은데 왜 자기보다도 부처님 마음을 모르고 있는지 그것도 알 수가 없었다.

봉두는 부처님이 자기 얘기를 재미있어하신다는 걸 알고 있었다. 자기 얘기 중에서도 부처님은 산 얘기를 제일 좋아하셨다. 그건 얘기를 해보면 금방 알 수 있는 일이었다. 봉두는 산 얘기를 할 때면 저절로 신이 났다. 해는 새벽마다 산에서 떠오르지만 떠오를 때마다 얼굴이 다르다는 것, 싱글싱글 웃을 때가 제일 많지만 울 것처럼 슬퍼할 때도 있고 또 뭔가를 속상해하거나 괴로워할 때도 있다는 것, 이런 얘기를 할 때면 봉두는 저절로 신이 났다. 싱글벙글 웃는 해가 떠오를 때는 햇빛을 들이마시는 봉두의 몸도 싱글벙글 웃음으로 가득 찼다. 그러나 슬픈 해가 떠오를 때는 봉두의 몸도 슬픔으로 가득 찼다. 그때는 봉두만 슬퍼하는 게 아니라 꽃이나 나무도 슬퍼했고 토끼나 새도 슬퍼했다. 속상해하거나 괴로워할 때도 마찬가지였다. 해가 괴로워하거나 속상해지면 봉두도 괴롭거나 속상해지고, 그러면 산에 있는 나무나 꽃들도 괴롭거나 속상한 얼굴들을 했다.

그런 날은 부처님한테도 슬픈 얘기를 할 수밖에 없었다. 그러면 부처님도 슬픈 얼굴로 자기 얘기를 들어주었다. 그런데 이상하게 스님들이나 보살들은 부처님이 항상 웃고만 계신 줄로 알고 있었다. 자기가 슬픈 부처님을 만들어 주면 꼭 웃는 부처님을 다시 만들어 달라고 했다. 그들은 슬픈 얼굴을 한 부처님은 부처님이 아니라고 생각하는 것 같았다. 봉두는 그런 생각들을 하는 스님이나 보살들이 이상했다. 부처님이 항상 웃기만 하신다면 슬픈 얘기는 어떻게 할 수 있는지 그걸 알 수가 없어서였다. 봉두는 하늘을 쳐다보며 한숨을 쉬었다. 하늘에는 납작납작한 조개구름이 가득 떠 있고 자기 가슴에도 조개구름보다 더 많은 얘기가 꽉 차 있는데 그 얘기들을 한마디도 할 수가 없었다.

스님들은 자기가 부처님한테 얘기를 못 해서 답답해하는 건 알지도 못하는 것 같았다. 스님들은 왜 자기 마음을 하나도 알지 못하는지 그것도 이상했다. 그러나 모든 스님이 다 그런 건 아니었다. 지효 스님만은 그래도 자기 마음을 알아주셨다. 그 스님은 부처님을 만들 수 없어서 슬퍼하는 자기를 슬픈 눈으로 바라보아 주었고, 그리고 자기 마음을 위로까지 해주었다. 봉두는 지효 스님이 보고 싶어졌다. 부처님한테 얘기를 못하는 대신 지효 스님한테라도 얘기를 들려주고 싶었다. 해는 웃는 얼굴로 떠오르지만 슬픈 얼굴로 떠오를 때도 있다는 얘기, 꽃들도 가끔씩 싸움을 할 때가 있다는 얘기, 새들도 사람처럼 속상한 일이 많다는 얘기, 봉두는 산에서 들은 얘기를 지효 스님한테 그대로 들려주고 싶었다.

그러나 지효 스님은 요사채에 계셨기 때문에 자기로선 만날 수가 없었다. 답답해진 봉두는 한참 동안 눈을 끔벅이며 슬픔을 참다가 지게를 지고 일어났다. 그때 오솔길 아래에서 지효 스님이 올라오고 계셨다. 지효 스님을 보는 순간 봉두는 자기 가슴이 너무 뛰어서 아프다는 생각이 들었다. 그래서 걷지도 못하고 가만히 서 있는데 지효 스님이 다가오며 미소를 지었다.

"봉두를 찾아왔더니 여기서 만나는구나. 지게 내려놓고 이거 한번 대봐."

지효 스님은 들고 온 비닐 주머니를 끌러서 바지를 봉두 몸에 대주었다.

"한 번만 접으면 되겠구나. 조금 있으면 키가 더 클지도 모르니까 그냥 접어서 입어."

지효 스님은 바지를 도로 싸서 비닐 주머니 속에 넣으며 말했다.

"이 안에 윗도리도 있으니까 내일부터 새 옷으로 바꿔 입어."

지효 스님은 보따리를 건네주며 미소까지 지었다. 봉두는 가슴이 터질 것처럼 뛰어서 눈만 끔벅끔벅했다. 지효 스님만 가까이서 볼 수 있다면 자기 가슴 같은 건 터져도 괜찮다는 생각이 들었다.

"내려갈 거면 같이 내려가."

지효 스님은 왔던 길을 되돌아가려고 몸을 돌렸다. 그 순간 봉두는 지효 스님의 손을 잡고 싶어서 견딜 수가 없었다. 법당에서 부처님을 처음 뵈었을 때도 봉두는 부처님 손을 잡고 싶어서 견딜 수가 없었다. 하지만 법당 안의 부처님은 높이 앉아 계셨기 때문에 손을 잡을 수가 없었다. 눈을 끔벅이고 섰던 봉두는 얼른 지효 스님의 손을 잡았다. 그러자 지효 스님은 소스라치게 놀라더니 봉두의 손을 핵 뿌리쳤다.

"이게 무슨 짓이지?"

지효 스님은 날카롭게 야단을 쳤다.

"……."

봉두는 다시 눈을 끔벅이며 스님을 바라보았다. 스님이 왜

화를 내시는지 자기로선 알 수가 없어서였다. 지효 스님은 몹시 화난 얼굴로 서 있더니 아무 말 없이 몸을 돌렸다. 그러곤 왔던 길을 도로 내려갔다. 걸음을 조금 빨리해서. 지효 스님의 뒷모습을 바라보고 있던 봉두의 가슴은 아까보다 더 아팠다. 아까는 그냥 쿵쿵 뛰면서 아팠지만 이번에는 미어지는 것처럼 아팠다.

4장

Udumbara

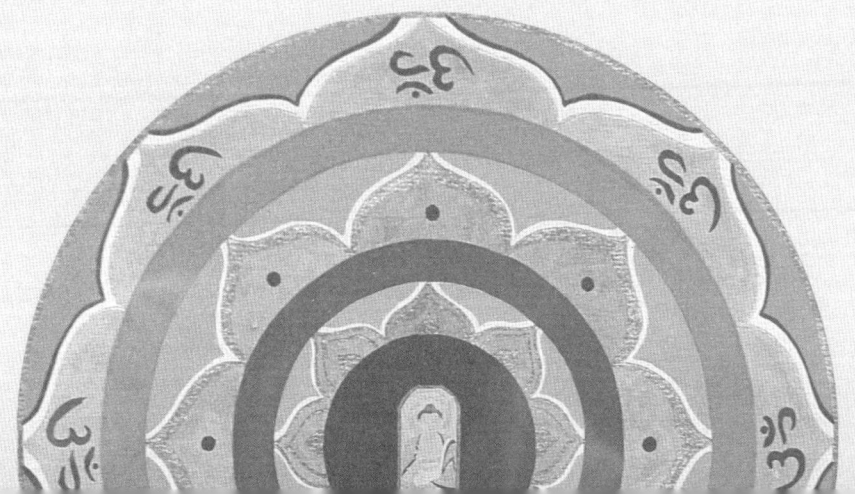

"보살님."

지효 스님은 댓돌 위에 놓여 있는 신발을 보며 공양주를 불렀다. 방 안에선 두런두런 얘기 소리가 들려왔다.

"아유, 스님이시군요. 전 또……."

공양주는 문 쪽으로 나오며 안도의 표정을 지었다.

"제 약 좀 봐주세요."

"포행을 다녀오시려고요?"

"네."

"그러실 거면 이리로 잠깐 들어오세요. 한 보살이 스님을 좀 뵈었으면 하던데요."

"보살님은 안에 계세요?"

"네. 보살님, 지효 스님 오셨어요."

공양주는 고개를 돌려 지효 스님이 왔음을 알렸다.

"아이구, 스님이구만이라우. 싸게 들어오시요잉."

한 보살은 반색을 하며 지효 스님의 손을 잡아끌었다.

"보살님이 어떻게 여기 와 계세요?"

"얘기 좀 하느라고 왔재요. 발소리가 들리기에 주지 스님인 줄 알고 가슴이 뜨끔했구만이라우."

한 보살은 몸을 움츠리며 웃었다.

"주지 스님이 들으시면 안 될 비밀 얘기를 하셨나 보죠?"

"아이, 스님도. 비밀 얘기가 있간디요. 그냥 팔자타령을 했재요."

"그런데 왜 주지 스님이 들으실까 봐 그렇게 놀라셨어요?"

"부처님 같은 스님이니까 그렇재요. 이녁들 얘기야 썩은 냄새가 푹푹 나는 것들인디 스님한테 들려드릴 수가 있남요."

"부처님 같은 스님이라면 더욱 그런 얘길 들려드려야죠."

"주지 스님이 이녁 얘기 들으셨다간 절에도 못 오게 하실 거구만요. 더러운 년이라고요잉."

"네?"

"평생 남자라곤 옷깃 한번 스쳐본 일 없이 살아오신 스님이 서방 갈고 자식 갈고 산 년을 사람으로나 보시겠어라우?"

"누군 그렇게 살고 싶어서 살았나. 다 그렇게 살 수밖에 없었으니 산 거지."

공양주는 한 보살을 두둔하듯 이렇게 말했다.

"보살님도 힘들게 세상을 살아오셨나 보죠?"

지효 스님은 한 보살을 보며 물었다.

"힘든 걸로 치면 세상에서 이녁 덮을 사람이 없을 거구만요잉. 저는 여지껏 내일 걱정이라곤 해보지도 못하고 살아왔어라우."

한 보살은 손에 들고 있던 염주를 굴리며 말했다.

"……."

"오늘 닥친 근심거리를 해결하기도 숨이 턱까지 찬디 닥치지 않은 내일 일까지 걱정할 사이가 있었남요. 저는 부처님한테 와서도 복 달라는 말은 빌어보지도 못했구만이라우. 그저 코앞에 닥친 고통만 넘기게 해달라고 빌었재요잉."

그녀의 고통이 어떤 것이었는지는 알 수 없었지만 아무튼 감당하기 힘든 어려움이 하루하루를 가득 채우고 있었다는 것만은 짐작할 수가 있었다.

"그래도 등판에 지고 있던 짐 반은 벗어놨는데 뭘 그래요?"

공양주가 수박 한쪽을 집어주며 말했다.

"보살님도 참. 아 이녁 나이가 사십이 넘었는디 반만 벗어놨어라우?"

"그러니까 앞으로도 몸 위하고 사세요. 명대로 살아야 지고 있는 짐 다 벗어놓고 가지요."

"이녁도 그 생각은 하구 있구만이라우. 저승문 들어갈 때는 지고 있던 짐을 내려놓고 홀가분하게 들어가야재 하는 생각 말이요잉."

지효 스님은 두 여인의 말을 들으며 어떤 감동 같은 걸 느꼈다. 그들은 자신의 몫으로 돌아온 고통을 등짐 지듯 등에 지고 살면서 그것들을 세월과 함께 하나하나 벗어내려고 하고 있었다. 그들이 명대로 살지 못하고 갈까 봐 걱정하는 것은 자신의 몫으로 돌아온 고통을 다 감당하지 못하고 떠날까 봐서였다. 그들의 표현대로 서방 같고 자식 같고 살아오는 동안 사람대접 한번 제대로 받지 못했겠지만 그랬기 때문에 그들은 다른 사람들이 알지 못하는 고통의 실체를 알고 있는 듯했다. 고통의 실체를 알고 있다는 것은 다른 사람들이 알지 못하는 인생을 알고 있다는 말과도 같지 않을까?

"요즈음은 절에 올 맘도 없구만이라우."

"왜요?"

"와봐야 법당에 부처님만 덩그렇게 앉아 계시지 사람 구경을 할 수가 있어야재요잉."

"얘기를 하려면 곧바로 하세요. 그렇게 빙빙 돌려 말하지 말고."

공양주가 옆에서 거들었다.

"무슨 말씀인데요?"

"봉두가 다시 부처님을 만들 수 있도록 주지 스님한테 잘 말씀드려 달라는 얘기를 하려는 거예요."

"……?"

"봉두한테 부처님을 못 만들게 하고서부터 신도들 발길이 뚝 끊겼잖어라우?"

"그렇긴 하지만 주지 스님이 결정한 일인데 얘기를 한다고 되겠어요?"

"그래도 같은 스님이 말씀드리면 들어주시지 않겠어라우."

"같은 스님이니까 더욱 그런 말씀을 드릴 수가 없죠."

"부처님 만들어서 신도들 나눠주는디, 뭐가 잘못됐다고 못하게 허시는지 이녁은 알다가도 모르겠어라우."

"……."

지효 스님은 웃으면서 한 보살을 바라봤다. 그녀가 납득할 만한 설명을 하기가 어려워서였다.

"스님, 지혜 스님, 빨리 좀 나와 보세요."

지원 스님의 목소리가 법당 쪽에서 들려왔다. 그리고 잠시 후 스님들의 웃음소리와 함께 놀라움을 나타내는 목소리가 뒤섞여서 들려왔다.

"무슨 일이 있나?"

공양주가 몸을 일으키며 밖으로 나갔다. 그러던 공양주는 놀라움으로 입을 다물지 못하고 법당 쪽을 바라보고 서 있었다.

"왜 그란데요?"

한 보살도 궁금증을 나타내며 몸을 일으켰다.

"봉두가 새 옷을 입고 저기 서 있네."

"어디요? 워매 정말."

"저 옷이 어디서 났을까?"

"그러게 말씨. 그런디 왜 저렇게 왜가리 여울목 넘겨다보듯 하고 서 있디야."

"누굴 찾고 있는 것 같은데… 스님들 있는 쪽을 자꾸 기웃거리고 있잖아요."

"정말 그러네요잉."

지효 스님은 긴장하며 그들의 말을 듣고 있었다. 봉두가 왜 거기 서 있는지 짐작이 갔기 때문이다. 그는 새 옷을 입은 모습을 보여주기 위해 자기를 찾고 있는 것이 분명했다.

"봉두, 누가 새 옷 해줬어? 봉두는 행복하겠네. 새 옷 해주는 사람도 다 있고……."

봉두를 놀리는 지원 스님의 목소리가 다시 들려왔다.

"우리한테 인물 보여주려고 왔어?"

지혜 스님도 따라 놀렸다. 그러자 와그르르 하는 웃음소리가 들려왔다. 지효 스님은 밖으로 나가야겠다고 생각하면서도 얼른 몸이 일으켜지지 않았다.

"왜 저렇게 뻗치고 서 있지? 얼른 제 방으로 가면 놀림은 받지 않겠구먼."

공양주는 안타까운 듯이 말했다.

"그러게 말씨. 그런디 새 옷 자랑을 하려고 왔으면 벙글벙글 웃어야재 왜 저렇게 산에서 방금 내려온 짐승처럼 슬픈 얼굴을 하고 섰디야?"

지효 스님은 자리에서 일어나 법당 쪽으로 걸어갔다. 그러자 봉두가 팔을 벌리며 지효 스님 쪽으로 몸을 기울였다. 그런 그의 모습은 마치 어머니를 본 아이가 어머니한테 매달리려는 몸짓 같았다. 하지만 그는 발을 앞으로 내디딜 수가 없었으므로 그냥 팔만 허우적대고 있었다. 언젠가 주지 스님이 막대기로 금을 그으면서 이 안으로는 한 발도 들여놓지 말라고 한 명령을 지키고 있었다.

"어머 스님, 봉두가 스님을 찾고 있었나 봐요."

지원 스님이 이상하다는 얼굴로 지효 스님을 쳐다봤다.

"……."

지효 스님은 잠자코 봉두를 바라보았다. 그러자 봉두는 다시 어머니한테 매달리려는 어린애처럼 두 팔을 쳐들며 몸을 앞으로 기울였다. 어떻게 할까? 잠시 망설이던 지효 스님은 봉두 앞으로 걸어갔다. 스님들은 물론 공양주, 한 보살까지 호기심에 찬 눈으로 그들을 바라보았다.

지효 스님은 봉두뿐 아니라 자신까지도 우리 속에 갇힌 원숭이처럼 사람들의 구경거리가 되고 있다는 생각을 하며 봉두 앞에 가 섰다.

"날 보려고 여기 왔어?"

지효 스님은 냉정하게 물었다. 전날 자신의 손을 잡으려고 했던 일이 생각나서였다.

"……."

봉두는 아무 말도 못 하고 겁먹은 눈으로 껌벅껌벅 쳐다보기만 했다.

"새 옷 입은 걸 보여주려고 왔어?"

"……."

"그런 건 안 보여줘도 괜찮아. 봉두 옷이 작아서 사준 거니까 옛날 옷처럼 입고, 하고 싶은 일 하면 돼."

"……."

"어서 가. 그리고 다신 이쪽으로 오지 마."

"……."

봉두는 금방 울 것 같은 얼굴로 지효 스님을 쳐다봤다. 양철을 쭈그려놓은 것 같은 안면 근육이 조금씩 경련을 일으켰고 치켜 달린 왼쪽 눈엔 맑은 눈물이 가득 고였다. 지효 스님은 그런 봉두를 가만히 바라보았다. 가슴이 쓰려오는 연민이 느껴지면서도 소름이 오싹 끼치는 징그러움도 떨쳐버릴 수가 없었다.

봉두는 한 번 더 지효 스님을 쳐다보더니 몸을 돌렸다. 양쪽 눈에 가득 고여 있던 눈물이 뺨을 타고 흘러내렸다. 그런 그의 뒷모습은 쫓겨 가는 짐승처럼 슬프게 보였다.

봉두는 지게를 지고 산으로 올라갔다. 하지만 삭정이를 줍고 싶은 생각은 조금도 없었다. 그래서 나무 밑에 지게를 내려놓고 그 옆에 쭈그리고 앉았다. 가슴 전체가 낫으로 손가락을 베었을 때처럼 쓰리고 아팠다. 봉두는 눈을 끔벅끔벅하며 하늘을 쳐다봤다. 전에는 납작납작한 조개구름들이 가득 떠 있는 것이 보였는데 이번에는 뭉게구름이 떠 있는지 새털구름이 떠 있는지 눈에 들어오지 않았다. 봉두는 눈을 끔벅이며 다시 하늘을 쳐다봤다. 그런데 이상하게 하늘에는 구름 대신 지효 스님의 얼굴이 떠올랐다. 아니, 하늘뿐 아니라 몸속에도 지효 스님이 조금씩 조금씩 차올라오고 있었다. 전에는 부처님이 몸속에 가득 차 있었는데 부처님은 어느새 반쯤 빠져나가고 대신 지효 스님이 들어와 있었다.

하지만 지효 스님은 부처님하고 달랐다. 부처님은 자신이 웃으면 같이 웃으시고 자신이 슬퍼하면 같이 슬퍼하시고 자신이 울면 같이 따라 우시려고 금방 눈 밑이 불그스름해지는데 지효 스님은 그렇지 않았다. 자신을 위로해주고 마음 아파하시는 건 부처님과 같았지만 자신이 손을 잡고 싶어 할 때 화를 내며 뿌리치시는 거라든지, 보고 싶어서 찾아갔을 때 쌀쌀맞은 얼굴로 다시는 찾아오지 못하게 하는 건 부처님하고 달랐다. 봉두는 그런 스님이 아무리 생각해도 이상했다. 부처님 같았으면 자신이 손을 잡고 싶어 하면 같이 손을 잡고 싶어 하시고, 자신이 보고 싶어 하면 같이 보고 싶어 하실 텐데 스님은 왜 그렇지 않은지 그걸 알 수가 없었다.

알 수 없는 것은 그것만이 아니었다. 스님을 생각하는 자기 마음도 알 수 없기는 마찬가지였다. 부처님이 자기 몸을 가득 채웠을 때는 한없이 편했는데 부처님이 반쯤 빠져나가고 그 자리에 스님이 들어앉은 후부터는 군불을 땔 때 연기를 마신 것처럼 답답하기도 하고 또 낫으로 손가락을 베었을 때처럼 쓰리고 아프기도 했다. 그러나 꼭 답답하고 쓰리고 아픈 것만은 아니었다. 어떤 때는 하늘에 뜬 무지개를 두 팔로 잡고 있는 것처럼 마음이 붕붕 뜰 때도 있었고, 또 가슴속에 예쁜 꽃 한 송이가 피어 있는 것처럼 몽롱해질 때도 있었다.

봉두는 자신의 그런 마음을 지효 스님한테 알려주고 싶었다. 전에는 그런 일이 있으면 부처님한테 알려주고 싶었는데 이제는 부처님보다 지효 스님한테 더 알려주고 싶었다. 하지만 어떻게 그걸 알려야 할지 알 수가 없었다. 스님은 왜 내 마음하고 다르실까? 그런 생각을 하자 봉두의 가슴속은 또 연기를 마신 것처럼 답답해졌다. 그래서 다시 눈을 끔벅끔벅하며 하늘을 쳐다봤다. 하늘에 떠 있는 지효 스님의 얼굴이 희뿌옇게 보였다. 봉두는 주먹으로 눈물을 닦아내고 또 닦아내고 했지만 스님 얼굴이 희뿌옇게 보이기는 마찬가지였다.

봉두는 자리에서 일어나 지게를 지고 산으로 올라갔다. 잣나무도, 개암나무도, 오리나무도, 원추리꽃도 모두 울고 있느라고 희뿌옇게 보였다. 자기가 울 때 그래도 따라 우는 것은 나무하고 꽃밖에 없었다. 봉두는 지게를 진 채 하늘까지 올라간 잣나무 둥치를 껴안고 가만히 가슴을 댔다. 그러자 자기 마음이 잣나무 둥치 속으로 빨려 들어가고 잣나무 마음도 자기 몸속으로 빨려 들어왔다. 한참 동안 서로 마음이 오고가자 연기를 마신 것처럼 답답하던 가슴이 조금씩 시원해지기 시작했다.

봉두는 잣나무가 고마워서 손으로 몇 번 둥치를 어루만져 주고 산으로 올라갔다. 개암나무도, 원추리꽃도 생기를 되찾아 바람에 한들한들 몸을 흔들었다. 그리고 뭉게구름도 머리 위로 느릿느릿 기어 나오고 있었다.

"죄송합니다. 숙녀를 십오 분이나 기다리게 했군요."
양 교수가 웃으며 영옥의 앞에 앉았다.
"선생님도 별수 없는 남자시군요."

"별수 없는 남자인 건 확실합니다만 굳이 그런 생각을 왜 하셨습니까?"

"몇 번 만난 여자는 늦어도 기다려줄 거라고 믿고 있으니까요."

"그건 잘못 보셨습니다. 저는 상대편 여성이 그런 생각을 할까 봐 몇 번 만난 여성과의 약속은 꼭 지키고 있습니다."

"그런데요?"

"오늘은 건망증 때문입니다. 책을 사려고 서점에 들렀는데 나와 보니까 먼저 책방에서 산 책을 두고 나왔더군요."

"작은 책방이었던 모양이죠? 사신 책을 보태주려고 하신 걸 보면요."

"유감스럽게도 큰 책방이라서 기어이 찾아오느라고 늦었습니다."

두 사람은 즐겁게 웃었다. 만나면 편하고 서로 이해되고 있다는 묘한 감정이 느껴졌다.

"차는 뭘로 하시겠습니까?"

종업원이 와서 물었다.

"저는 칵테일을 마시고 싶은데요."

영옥은 양 교수를 보며 말했다.

"어떤 걸로 드시겠습니까?"

종업원은 검은 책 표지 같은 메뉴판을 펴며 물었다.

"이거요."

영옥은 핑크레이디를 손으로 가리켰다.

"손님은 뭘로 드시겠습니까?"

종업원은 다시 양 교수한테 물었다.

"남자가 마셔도 된다면 나도 그걸로 주십시오."

"알겠습니다."

종업원은 메뉴판을 접어들고 돌아섰다.

"선생님이 요즈음 관심을 가지고 계신 문제는 어떤 것인가요?"

영옥은 엽차를 한 모금 마시며 양 교수를 쳐다봤다.

"제가 쑥스러워할까 봐 철학이라는 단어는 빼시는군요."

"철학이라는 말은 알쏭달쏭해서요."

"알쏭달쏭한 게 바로 철학입니다. 쉬운 문제를 알쏭달쏭하게 만드는 게 철학자들이 하는 일이지요."

"그럼 선생님은 지금 무슨 문제를 알쏭달쏭하게 만들고 계시는가요?"

"만들고 있진 않고 저 혼자 관심을 가지고 있는 건데… 제가 요즈음 관심을 기울이고 있는 것은 넘나듦의 문젭니다."

"넘나듦이라니요?"

"내가 너 쪽으로 넘어가 보고 네가 내 쪽으로 넘어와 보는, 그래서 서로가 이해되고 종국에는 합일의 경지까지 이를 수 있는… 이게 제가 추구하고 있는 세계입니다."

"그릇의 물이 넘나들 듯이 말인가요?"

"그렇지요."

"그러려면 우선 그릇을 채우는 일부터 해야겠네요."

"종국에 가서는 그래야겠지만 그러려고만 했다간 넘나듦의 관계는 경험해보지 못하고 맙니다. 그릇을 채우는 일을 실천에 옮길 수 있는 사람은 거의 없을 테니까 말입니다."

"……."

"그보다는 자기의 그릇을 돌이나 유리가 아니라 종이나 헝겊으로 만들려는 노력이 우선돼야지요. 그것이 오히려 더 시급합니다."

"작은 부분이나마 서로 투과하기 위해선가요?"

"그렇지요."

"하지만 종이나 헝겊을 통해서 넘나들 수 있는 부분이 얼마나 될까요?"

"미미하게나마 해야지요. 서로가 평화롭게 살기 위해서는 작은 부분이나마 넘나듦의 관계가 맺어져야 합니다."

"……."

영옥은 양 교수의 말을 들으며 생각에 잠겼다. 서로가 평화스럽게 살기 위해서라는 그의 말은 공소하게 들렸다. 영옥은 그런 자신의 변화가 의아하게 느껴졌다. 한때는 이웃의 행복이, 사회 전체의 행복이 개인에 우선해야 한다고 생각했는데, 요 근래에 와서는 전혀 그런 생각이 들지 않았다. 모든 문제는 자기 자신 하나 속에 국한되었고, 자신의 문제가 해결되지 않는 한 다른 어떤 것에도 의미를 부여할 수가 없었다.

"무슨 생각을 하고 계십니까?"

양 교수가 물었다.

"그릇의 물은 형이상학적인 것으로만 채워질 수 있는 것인가 하는 생각을 해봤어요."

"형이상학적이라든가 형이하학적이라든가 하는 것은 따로 구별 지을 수 없습니다. 보통 인간에게 있어서 형이상학적인 것은 질서를 가져다주고, 형이하학적인 것은 혼란을 가져다주기 때문에 형이상학적인 것을 우위에 둘 뿐이지요. 하지만 질서나 혼란에 구애받지 않을 수 있는 경지에 이르면 형이상학적이라든가 형이하학적이라는 개념은 초극되어 버립니다."

"그러니까 그릇의 물은 형이하학적인 것으로도 채워질 수 있다는 말씀이군요."

"민 선생님이 생각하고 계신 형이하학적인 것은 어떤 것인데요?"

"이성이 아니라 감정 같은 거요."

"이성이나 감정도 실은 구별되는 게 아닙니다. 한 덩어리 속에 있으면서 두 개의 얼굴을 보이는 것뿐이죠."

"철학 교수님이라서 역시 알쏭달쏭하게 말씀하시는군요. 선생님 말씀을 듣고 있으니 제가 알던 부분까지도 혼란이 오는데요."

"그렇습니까?"

영옥의 말을 듣고 양 교수는 유쾌하게 웃었다.

"선생님과 제가 함께 알고 있는 부분만 얘기하죠. 선생님은 넘나듦의 경험을 해보셨는가요?"

"작은 부분이라면 해봤다고 해야겠지요."

"종이나 헝겊 그릇을 통해서 말이죠?"

"그렇죠."

"그건 너무 미미해요. 그 정도를 가지고 인생을 살았다고는 말할 수 없을 것 같아요. 다른 사람은 몰라도 저 자신은 그래요."

"……."

"저는 합일의 경지까지 이를 수 있는 완전한 만남이 아니라면 아무 의미도 없다고 생각해요. 인간에 의해서 구원될 수 있다는 희망을 아직 버리지 못해서 그런가 보죠?"

영옥은 양 교수를 보며 쑥스럽게 웃었다.

"그건 저도 같습니다. 넘나듦의 문제에 관심을 기울이는 것도 바로 그런 희망을 가지고 있기 때문이죠."

양 교수는 영옥의 쑥스러움을 달래주려는 듯 진지하게 말했다.

"희망은 같지만 희망에 거는 기대치는 서로 다른 것 같군요. 선생님은 부분을 거는데 저는 전체를 걸고 있으니 말이에요."

"제가 민 선생님보다 조금 더 속물이라서 그런가 보죠."

"속물이 아니라 현명해서 그러시겠죠."

영옥은 쓸쓸하게 창밖을 내다봤다.

"맛있게 드십시오."

종업원이 핑크레이디 두 잔을 테이블 위에 놓고 돌아섰다.

"매혹적인 여자 같군요."

양 교수가 술잔을 내려다보며 웃었다.

"선생님은 분홍색이 도는 여자한테서 매혹을 느끼시는 모양이죠?"

"물론이죠."

두 사람은 술잔을 부딪치며 함께 웃었다. 즐거움을 느끼며.

양 교수와 헤어진 영옥은 늦은 시간에 집으로 돌아왔다. 13평짜리 아파트 창문마다 불이 환하게 켜져 있었다. 영옥은 클로버, 고양이 풀이 뒤엉켜서 자라고 있는 화단을 지나 아파트 안으로 들어갔다. 온종일 먹이를 찾아 헤매고 다니던 새들이 호로록호로록 날아와서 새끼를 끌어안고 잠을 청하는 둥지 같은 아파트지만, 그래도 새끼들과 행복을 나누는 웃음소리도

간간이 들려왔다. 5층까지 한 계단 한 계단 다 올라간 영옥은 잠시 어둠 속을 응시하다가 벨을 눌렀다. 잠시 후 현관문이 열리고 어머니가 고개를 내밀었다.

"다녀왔어요."

영옥은 어머니와 등을 비끼며 안으로 들어갔다. 그러던 그녀는 넋 나간 얼굴로 어머니를 쳐다보았다. 부엌이라고도 할 수 없고 마루라고도 할 수 없는 손바닥만 한 공간에는 서랍장이 나와 있었고, 장에서 뽑힌 다섯 개의 서랍은 옷들을 쏟아놓은 채 이리저리 나동그라져 있었다. 옷 속에는 가습기와 이사 다닐 때마다 끌고 다니는 어머니의 요강도 뚜껑이 벗겨진 채 파묻혀 있었다.

"왜 이러세요, 어머니?"

영옥은 현관에 선 채 어머니를 쳐다봤다.

"답답해서 살 수가 있어야지. 나 숨넘어가는 거 안 보려거든 아무 소리 마라."

어머니는 선고를 하듯 하고 자신의 방으로 들어갔다. 지저분한 세간을 다 끌어낸 어머니의 방 안은 깨끗하게 치워져 있었고 아랫목에 돗자리가 하나 깔려 있었다. 영옥은 벽이라도 끌어안고 통곡하고 싶은 감정을 억지로 참으며 안으로 들어갔다. 이랑은 방석에 배를 깔고 모로 누워서 자고 있었다.

나더러 어떻게 하라고 이러는가? 나더러 어떻게 하라고….

영옥은 방바닥에 주저앉으며 자신의 머리를 움켜잡았다. 정말 무엇인가로 충전되지 않고서는 이나마 가정도 끌고 갈 힘이 이젠 자신한테 없다는 생각이 들었다.

최길성이 월정리에 도착한 것은 땅거미가 지고 있는 저녁때였다. 그는 감나무 숲에 싸여 있는 검은 기와집을 바라보며 아련한 슬픔에 잠겼다. 마치 아내가 죽은 처갓집을 찾아오고 있는 것 같은 기분, 허전하고 쓸쓸하지만 고개를 돌릴 수 없는 그리움이 배어 있는 곳. 최길성은 이상하게 검은 기와집에서 늘 채련의 체취를 느꼈다. 그건 융 때문이겠지. 최길성은 자신의 감정에 이런 설명을 붙여보았다. 채련의 아들이 한태서의 본가로 내려간 후 최길성은 일 년에 한두 번씩 융을 보기 위해 일부러 이 씨를 찾아갔다. 최길성이 찾아가면 이 씨는 아들이 온 것처럼 좋아했고 어려운 문제가 있으면 아들한테 의논하듯 자신한테 의논했다.

한태서가 후두암을 앓고 있다는 사실을 이 씨한테 알린다는 것은 너무도 괴로운 일이었지만 그 일을 알릴 사람은 자기밖에 없다는 생각이 들어서 일부러 내려왔다. '고약한 친구, 끝까지 괴로운 짐을 떠맡기는군.' 최길성은 혼자 중얼거리며 분홍 꽃송이가 마디마디 피어 있는 참깨밭 사이로 차를 몰았다.

밭을 지나 감나무 밑에까지 온 최길성은 차를 세우고 목 운동을 하듯 고개를 뒤로 젖히고 하늘을 쳐다보다가 감나무 위에 앉은 융을 보고 깜짝 놀랐다. 나무 위에 앉아 있던 융도 고개를 숙이고 나무 아래를 내려다보다가 차 문을 닫고 나오는 사람이 최길성임을 확인하고는 얼굴에 웃음을 가득 담았다.

"아저씨."

융은 마음이 급한지 신고 있던 신발을 벗어서 밑으로 던지고는 맨발로 나무를 타고 내려왔다.

"야, 융이구나. 잘 있었어?"

최길성은 융을 덥석 안아서 하늘 위로 치켜올렸다.

"감이 익으면 온다고 하셨는데 어떻게 오셨어요?"

융은 최길성이 온 게 믿어지지 않는다는 얼굴로 최길성의 머리를 끌어안았다.

"융이 보고 싶어서 빨리 왔지."

최길성은 안고 있던 융을 내려놓고 나무 밑에 떨어진 신발을 주워서 신겨주었다.

"자, 할머니한테 가자."

최길성은 융의 손을 잡았다.

"아니, 이게 누군가. 자네가 소식도 없이 웬일인가?"

이 씨가 한쪽 팔을 흔들며 쫓아 나왔다.

"차 소리가 나길래 누군가하고 나와 봤더니만… 어서 들어가세."

이 씨는 반가움을 숨기지 못하며 최길성의 손을 잡았다.

"건강은 괜찮으셨습니까?"

최길성은 이 씨를 보며 인사를 했다.

"그럼. 별 탈 없네."

최길성을 데리고 대문 안으로 들어서던 이 씨가 말했다.

"안에는 여자들이 많이 있으니 자네는 사랑으로 가게."

안채에서는 여자들의 웃음소리가 들리고 음식 냄새도 진하게 풍겨왔다.

"내일이 송강의 생일이라서 불공드릴 준비를 하고 있네."

"네……."

잔칫집이라는 것을 안 순간 최길성은 한태서의 이야기를 어떻게 꺼내야 하나 걱정을 하면서 사랑채 쪽으로 발길을 돌렸다.

"텃밭에 얼른 가서 아저씨를 오시라고 해라. 서울서 손님 오셨다고."

이 씨는 융한테 곽 씨를 불러오도록 심부름을 시켰다.

"네."

융은 잡고 있던 최길성의 손을 놓고 텃밭 쪽으로 뛰어갔다.

"자네 먼저 가 있게. 저녁상 차려 내보냄세."

이 씨는 최길성을 사랑채로 보내고 안으로 들어갔다. 최길성은 그런 이 씨의 뒷모습을 보며 미소를 지었다. 자기가 올 때마다 한 가지라도 더 챙겨 먹이려고 애를 쓰는 이 씨의 마음이 그대로 전달되어서였다. 융을 보기 위해 처음 시골집을 방문했을 때 최길성은 폐를 끼치지 않겠다는 생각으로 시내에서 식사를 하고 왔었다. 그러나 이 씨는 최길성이 아무리 식사를 하고 왔다고 사양을 해도 굳이 새로 밥을 짓게 했고, 그가 주발에 담긴 밥을 반 넘게 먹는 것을 보고서야 자리에서 일어섰다. 최길성은 그런 이 씨의 친절이 번거롭게 느껴졌지만 회를 거듭하면서 그건 친절이라기보다 하나의 생활 습관임을 알게 되었다. 이 씨는 자신의 집을 찾아온 사람은, 심지어는 물건을 팔러 온 장수마저도 손님으로 생각하고 있었다. 그렇기 때문에 자기 집 대문 안에 발을 들여놓은 사람은 하다못해 곶감 하나라도 대접해서 보내야 마음이 편했다.

사랑으로 나온 최길성은 대청마루에 앉아서 어둠 속으로 가라앉는 연당을 바라보았다. 싱그러운 연잎 사이로 꽃잎을 접은 연꽃 송이가 아련하게 모습을 숨기고 있었다.

"아유, 최 선생님 오셨군요."

곽 씨네가 상을 들고 오며 인사를 했다.

"안녕하셨습니까?"

최길성은 얼른 상을 받으며 마주 인사를 했다.

"연락도 없이 어떻게 오셨습니까?"

"네, 그럴 일이 좀 있어서요."

최길성은 다시 한번 자신이 온 용무에 난감해하며 말끝을 얼버무렸다. 그때 이 씨가 나왔다.

"이 사람은 아직 안 왔는가?"

"저기 오네요."

곽 씨네는 중문으로 들어서는 남편을 보며 말했다.

"아유, 최 선생님 오셨군요."

곽 씨도 아내와 똑같은 인사를 했다.

"네, 안녕하셨습니까?"

"재 너머 깨밭에 가 있었더니 융이 거기까지 찾아왔더군요."

곽 씨는 옆에 선 융을 돌아다보며 대견해했다.

"구구도 넓지. 거기까지 찾아갈 궁리를 어떻게 했노."

이 씨는 융의 엉덩이를 두들기며 끌어안았다.

"식사를 같이 하시죠."

최길성은 곽 씨를 보며 권했다.

"먼저 드십시오. 저는 우선 좀 씻고 와야겠습니다."

"자네 먼저 들게."

"네."

최길성은 상을 둘러보다가 놀랐다.

"아니, 이게 다 뭡니까?"

"콩자반이 열두 가지라고 지금 상 위에 있는 튀김이 열두

가질세."

이 씨가 웃었다.

"정말 그렇군요. 그런데 웬 튀김을 이렇게 많이 하셨습니까?"

"절에 계신 스님들은 본래 튀김을 좋아하시네. 부처님한테 공양 올릴 음식이지만 스님들 좋아하시는 걸 해야지."

"……."

"너도 아저씨하고 여기서 먹어라."

이 씨는 안고 있던 융을 상 앞에 앉히며 자리에서 일어섰다. 최길성은 융과 식사를 하면서 융의 얼굴을 가만히 들여다봤다. 이마와 콧잔등에 솜털이 보송한 융의 얼굴은 송판 위로 기어오던 채련의 조각품을 떠올리게 했다. 최길성은 심장에 비수가 날아와 꽂히는 것 같은 통증이 느껴져서 머리를 저었다.

"아저씬 언제 가실 거예요?"

융이 고개를 들고 물었다.

"내일 가야지."

"내일요?"

"응. 그런데 그건 왜 묻지?"

"아저씨하고 바다에 가고 싶어서요."

"바다에?"

최길성은 의외의 말에 어리둥절해하다가 다시 물었다.

"융은 바다를 좋아하니?"

"네."

"왜?"

"갈매기 때문에요."

최길성은 수저를 든 채 약간 놀란 얼굴로 융을 보았다. 지금까지 채련을 닮았다고 생각했던 융의 얼굴은 담시 얼굴을 그대로 빼닮은 것처럼 느껴졌다. 최길성은 그런 융의 얼굴을 물끄러미 바라보다가 물었다.

"내일 갈까?"

"내일은 안 돼요."

"왜?"

"송강의 생일이라서 절에 가야죠."

"융도 가니?"

"네."

"그럼 나중에 가자. 아저씨가 다음에 와서 융이 데리고 꼭 한번 갈매기 보러 갈게."

"네."

융은 무심한 얼굴로 식사를 했다. 담시를 보고 있는 것 같군. 최길성은 다시 한번 같은 생각을 하며 천천히 머리를 끄덕였다.

저녁 식사를 끝낸 최길성은 연당으로 나왔다. 검은 연못 위로 반딧불이 두 마리가 포물선을 그리며 날고 있었다. 최길성이 앉을 자리를 찾느라고 풀밭을 두리번거리고 있을 때 곽 씨가 최길성의 뒤를 따라오며 중얼거렸다.

"저놈의 뜸부기 소리."

"아, 저게 바로 뜸부기 소리군요."

최길성은 신기한 얼굴로 뜸부기 소리에 귀를 기울였다.

"속없는 짐승일 텐데 왜 저렇게 청승스럽게 우는지……."

곽 씨는 최길성의 옆에 서며 중얼거렸다.

"어디서 들리는 거죠?"

최길성은 어둠 속을 두리번거리며 물었다.

"앞 논에서 들리는 건데 요즈음 부쩍 울음소리가 많이 들리는군요."

"뜸부기는 정말 논에서 사는가 보죠?"

최길성은 동요 가사를 떠올리며 웃었다.

"그럼요. 논 속에 있는 골뱅이나 미꾸라지를 잡아먹고 살지요."

"네."

최길성은 어둠 속을 바라보며 머리를 끄덕이다가 풀 위에 앉았다.

"우리 여기 잠깐 앉읍시다."

"이슬이 많이 내렸을 텐데요."

곽 씨는 손으로 풀 위를 쓸어보며 최길성의 옆에 앉았다.

"한 군은 언제 한번 다녀갔습니까?"

최길성은 담배 한 개비를 뽑아 곽 씨한테 건네주며 물었다.

"웬걸요."

"편지나 전화도 없었고요?"

"그 양반이 언제 그런 걸 했나요?"

최길성은 잠자코 어둠 속을 응시했다. 한태서의 일을 집안 식구들이 모르고 있는 것이 분명했다.

"서울 서방님한테 무슨 일이 생겼습니까?"

곽 씨가 조심스럽게 물었다.

"네. 좀 심각한 일입니다……."

"심각한 일이라니요?"

곽 씨는 불안한 얼굴로 쳐다봤다.

"……."

최길성은 곽 씨한테 먼저 말을 하는 것이 일의 순서상 오히려 나을지도 모른다는 생각이 들었다. 곽 씨는 아무래도 타인이니까 일의 처리를 객관적으로 할 수 있으리라는 판단에서였다.

"얼마 전에 한 군한테서 전화가 왔었습니다. 병원에 다녀오는 길이라고 하면서 전화를 했더군요."

"……."

곽 씨는 긴장하며 들고 있던 담배에 불을 붙였다.

"본인 말로는 후두암이라고 하는데 자세한 건 저도 아직 모르겠습니다."

"네?"

곽 씨는 자신이 잘못 듣지 않았나 하는 얼굴로 되물었다.

"일부러 전화까지 해서 만나자고 한 걸 보면 사실무근은 아닌 것 같습니다. 그래서 어머님한테 알려드리려고 일부러 왔습니다."

"……."

곽 씨는 넋 나간 사람처럼 허공을 응시했다. 그의 머릿속은 이 씨가 받을 충격에 대한 두려움으로 가득 차 있었다. 흔히 운명은 가혹하다는 말로 표현하고 있지만 이 씨한테 던져지는 운명은 지나치게 가혹하다는 생각이 들었다. 이 씨가 어떻게 한 평생을 살아왔는가를 누구보다도 잘 알고 있는 그로서는 더욱 그런 생각을 하지 않을 수가 없었다.

"서울에 있는 한 군의 처는 가끔 여길 다녀갑니까?"

최길성은 조심스럽게 물었다. 일이 잘못되었을 경우 그녀에 대한 처리를 어떻게 할 것인지에 대해 미리 생각해두는 것이 좋을 것 같아서였다.

"네. 달포 전에도 와서 호적 정리를 해달라고 행패를 부리고 갔습니다."

곽 씨는 그녀에 대해 적의를 품고 있는지 행패라는 말을 썼다.

"……."

"가끔씩 와서 마님을 괴롭히고 가는데 제가 보기에도 야속합니다. 자기가 무슨 권리가 있다고 그런 행패를 부리는지 원……."

곽 씨는 이 씨가 시달림을 받는 것이 자기도 괴로운 듯 이렇게 말했다.

동미가 송강을 낳았을 때 이 씨는 며칠 밤을 뜬눈으로 밝혔다. 그런 며칠 후 이 씨는 곽 씨를 불렀다.

"자네 얼른 서울에 가서 며늘아기 호적을 떼어오게."

이 씨는 결심을 굳힌 후인지 담담한 얼굴로 말했다. 곽 씨는 그날로 서울에 가서 동미의 호적을 떼어왔다. 그리고 면사무소에 가서 자신의 손으로 한태서와 동미의 혼인 신고를 했다. 송강의 출생 신고를 하기 위해서였다. 그런 석 달쯤 후 이 씨는 서울에 가더니 핏덩이 하나를 안고 내려왔다.

"내 손잘세. 모두들 그렇게 알고 있게. 그리고 자네는 면사무소에 가서 이 아이 출생 신고를 하게."

이 씨는 집안 식구들을 불러놓고 이렇게 당부했다. 이 씨의 부탁을 받은 곽 씨는 면사무소에 가서 자신의 손으로 출생 신고를 했고, 융은 한태서와 동미의 아들로 입적이 되었다. 동미와 한태서가 부부가 된 호적은 그들의 삶만큼이나 서로에게 아무 영향을 주지 못하고 서류 더미 속에 묻혀 있었다. 그러던 것이 한태서가 카페 마담을 아내로 맞이하면서부터 동티를 내기 시작했다.

그녀는 자기가 한태서와 혼인 신고가 된 정식 아내이기를 요구했다. 그녀의 집념은 대단했고 그 집념을 꺾을 수 없었던 한태서는 그녀와 혼인 신고를 하겠다고 나섰다. 이 씨는 그런 아들의 요구를 일언지하에 거절했다. 그것은 있을 수도 없는 일이며, 있어서도 안 되는 일이라고 생각했다. 이 씨가 아들의 청을 거절하자 한태서와 이 씨 사이엔 심각한 갈등이 벌어졌다. 하지만 이 씨는 어떠한 희생을 치르더라도 그 일만은 막아야 한다는 생각으로 버텼다.

이 씨가 아들과 갈등을 빚으면서까지 그의 요구를 들어주지 않은 것은 동미에 대한 신의를 지키겠다는 뜻도 있었지만, 그보다는 새로 들어온 며느리가 아들을 데려왔기 때문이었다. 만약 그녀를 정식 며느리로 입적시킨다면 그녀가 데려온 아들도 손자로 입적시켜야만 했다. 그렇게 됐을 때 10년 후 20년 후에 어떤 결과가 올 것인지는 불을 보듯 명확한 일이었다. 한 씨 피가 하나도 섞이지 않은 융을 손자로 입적시킬 때 이 씨는 전혀 갈등을 느끼지 않았다. 오히려 주위 사람들이 융에 대해서 이상하게 생각할까 봐 이 씨 자신이 나서서 단속을 했다. 그러나 새 며느리가 데려온 아들만은 한 씨 가문에 넣을 수가 없었다. 그렇게 하면 커다란 파국을 몰고 올 것 같은 불길한 예감이 들어서였다.

예감이란 하나의 추측에 불과하지만 이 씨는 자신의 예감을 따르면서 살아왔다. 모든 문제를 혼자 판단하면서 살 수밖에 없었던 이 씨에겐 예감이 단순한 추측이 아니라 길을 안내해주는 나침반 같은 구실을 해줬다. 이 씨의 태도가 완강해지자 며느리는 시어머니에 대해서 적의를 품기 시작했고 아들도 거의 불목하다시피 하며 지냈다. 이 씨는 그런 자식의 태도가 괴로웠지만 불을 보듯 뻔한 결과를 앞에 놓고 아들 비위를 맞추기 위해 그릇되게 일을 처리할 수가 없었다.

"그렇게 성미가 고약하니 같이 사는 양반이 병이 들 수밖에요."

곽 씨는 내내 그 여자만 생각한 듯 혼자 이렇게 중얼거렸다.

이 씨는 깍지 낀 두 손을 무릎 위에 올려놓고 가만히 눈을 감았다. 한 씨 가문을 지켜야 한다는 자신의 집념이 아들을 죽게 하고 있는지도 모른다는 생각이 들었다. 아들 내외와의 갈등이 첨예화되면서부터 이 씨 마음 한구석엔 그들의 가정이 파괴되었으면 하는 생각이 가끔 들었다. 특히 명년 봄에 데리고 올 아이가 학교에 입학해야 하기 때문에 그런 생각을 안 할 수가 없었다. 학교에 입학을 시키려면 호적 정리를 해야 했고, 호적을 정리할 수 있는 뾰족한 수가 달리 없었기 때문에 더욱 그러했다.

'내가 그런 모진 생각을 하고 있었으니…….'

이 씨는 깍지 끼고 있던 손을 풀며 속으로 괴롭게 중얼거렸다. 그런 이 씨를 물끄러미 바라보고 있던 최길성이 물었다.

"태서를 만나러 가시겠습니까?"

"절부터 다녀와서 가겠네."

이 씨는 눈을 감은 채 대답했다.

"자네한테 한 가지 물어보고 싶은 게 있는데……."

이 씨는 천천히 최길성을 쳐다봤다.

"말씀하십시오."

"자네는 절 일을 많이 하니 발이 넓을 것 같아서 그러는데, 혹시 불상을 조성할 나무를 구할 수 있겠나?"

"부처님을 조성하시려고요?"

"응."

이 씨는 물끄러미 허공을 응시했다.

"……."

"나는 한평생을 부처님한테 의지하면서 살아왔네. 넘어질 뻔할 때도 부처님한테 의지했고 주저앉고 싶을 때도 부처님한테 의지했네. 지금 이 순간도 나는 부처님밖엔 의지할 수가 없네."

"……."

"흙바닥에 앉아서 놀던 애들이 오줌 싼 흙으로 부처님을 만들어도 공덕이 한량없다고 했는데 지극정성으로 부처님을 조성하는데 설마 공덕이 없겠나?"

이 씨 머릿속엔 아들의 얼굴이 떠올랐다. 한 씨 가문에 기둥이 되기를 스스로 거부하면서 발길마저 끊고 지내는 아들. 그렇게 살자니 전들 마음이 얼마나 괴로웠을라고. 이 씨는 목이 잠기는지 '음 —' 하고 신음 소리를 냈다. 최길성은 그런 이 씨를 바라보다가 슬그머니 고개를 숙였다.

"값은 고하간에 자네가 구할 수 있는 나무 중에서 제일 좋은 나무를 구해주게. 가능한 대로 빨리."

"불상을 조성하는 나무 중에서 제일 좋은 것으로는 전단향을 치지만 그 나무는 구하기가 힘듭니다. 파키스탄이나 인도에서 가져와야 하는데 그러려면 절차도 복잡할 뿐 아니라 시일도 많이 걸려야 합니다."

"전단향 말고는 어떤 나무가 있는가?"

"전단향 다음으로는 주목을 꼽지요."

"그럼 주목을 구할 수 있겠나?"

"제가 아는 사람이 태백산에서 자생했던 주목 한 그루를 가지고 있습니다. 간직하고 있는 지가 오래됐기 때문에 바로 불상을 조성할 수 있을 겁니다."

"나무 굵기는?"

"큰 불상은 안 되겠지만 중간 정도의 불상이라면 조성할 수 있을 겁니다."

"그렇다면 그 나무를 좀 구해주게."

이 씨는 애원하는 목소리로 말했다.

"철불도 있고 토불도 있는데 왜 하필이면 목불을 조성하시려고 그러십니까?"

"그럴 만한 사정이 있어서 그러네."

이 씨는 봉두 얼굴을 떠올리며 대답했다. 주운 삭정이에다 낫으로 부처님을 새겨도 효험이 있다고 야단들인데 좋은 나무를 구해서 부처님을 조성하고 나면 설마…….

"알았습니다. 서울 올라가는 대로 연락을 해보겠습니다."

"그래 주게나."

"불상을 조성하려면 좋은 불모(佛母)를 만나야 할 텐데 불모를 구해 보지 않아도 되겠습니까?"

"불모는 여기 있네. 청은사에 가면 봉두라는 청년이 있는데 그 청년한테 시킬 참일세."

'민 군이 취재하러 갔다던 그 사람인 모양이군.'

최길성은 속으로 이렇게 생각했다. 그런 그의 머릿속엔 지효 스님의 영상이 떠올랐다. 여기까지 왔는데 어떻게 할까? 마음 같아선 찾아가 보고 싶었지만 그렇게 하면 동화와의 관계가 기억될 것 같아서 망설여졌다. 다음 기회에 조용히 한번 찾아가지.

5
장

Udambara

아금 청정수

변위 감로다

봉헌 삼보전

원수 애납수

혜일 스님은 향에 불을 붙여 지효 스님 앞에 꽂아놓고 찻잔을 두 손으로 받쳐 들며 다게(茶偈)를 염송했다.

"왜 이러세요, 스님."

지효 스님이 당황하며 쳐다보자 혜일 스님은 눈을 찡긋하며 웃었다.

"성불하십시오. 그럼 제가 새벽마다 이렇게 차 공양을 올리겠나이다."

　비구니 스님임에도 거의 비구승 같은 느낌을 주는 혜일 스님은 눈도 코도 입도 둥글둥글해서 잘생긴 남자를 보고 있는 느낌이었다. 그렇기 때문에 그 스님은 어디를 가든 동료 스님들의 사랑을 한몸에 받고 있었다.

　"부처님 기분 만끽하며 차를 마시니 차 맛이 좋군요."

　지효 스님은 들고 있던 찻잔을 놓으며 웃었다.

　"차 맛으로 치면 전국에서도 아마 이 맛을 따를 차가 없을 거예요."

　"전국에서요?"

　"그럼요. 이 차를 구해온 용화 보살님 정성이 전국에서 최곤데 차 맛이 최고가 아니겠어요?"

　"……."

　"용화 보살님은 손주들 생일날에 쓸 차를 구하기 위해 미리 절에 가서 칠일 기도를 드리고, 찻잎을 따는 날엔 절에 있는 모든 사람한테 대중공양을 한대요."

　"네……."

　지효 스님은 이 씨 얼굴을 떠올리며 천천히 머리를 끄덕였다.

　"그 보살님이 손주들한테 쏟는 정성은 가히 종교적이라고 해야 할 거예요. 보고 있으면 감동을 안 할 수가 없어요."

　혜일 스님은 지효 스님이 내려놓은 찻잔에 다시 차를 따르며 말했다.

"……."

"손주들 생일날에 부처님께 공양 올릴 차를 준비하는 것은 물론이고 해마다 추수 때면 두 아이 생일 불공을 드리기 위해 쌀 열 가마씩을 따로 떼어놓는대요."

"네……."

"그뿐이 아니에요. 사시사철 나는 특산물로 튀각을 준비하고 나물을 준비하고 과일을 준비하고… 일 년 열두 달을 마치 손주들 생일 준비를 하기 위해 사시는 분 같아요."

"……."

"부처님도 보살님 정성엔 아마 감동을 하실 거예요. 저희 인간도 감동을 하는데 부처님이 감동을 안 하시겠어요?"

"……."

"보살님 정성으로도 그분 손주들은 잘될 거예요."

손주들이라는 말을 듣는 순간 지효 스님의 머릿속엔 채련을 닮은 융의 얼굴이 떠올랐다.

"오늘은 보살님의 손녀 생일이라죠?"

"네. 하지만 손자도 데리고 올 거예요. 손녀 생일엔 손자를 데려오고, 손자 생일엔 손녀를 꼭 데려오더군요."

"……."

"남매로서의 결속의 뜻도 있겠지만, 그보단 서로의 태어남을 축복하게 해주기 위한 배려 같아요."

"네."

"눈먼 며느리와 두 손자를 앞세우고 절 마당을 들어서는 노인을 보고 있으면 가슴이 찡해오면서 어떤 경건함마저 느끼게 돼요."

"손자하고 손녀는 누가 위인가요?"

지효 스님은 채련을 닮은 융에 대한 의혹을 떨쳐버릴 수가 없어서 이렇게 물었다.

"손녀가 몇 달 위죠."

"몇 달 위라니요?"

지효 스님이 놀라서 쳐다보자 혜일 스님은 자신이 실수를 했다고 생각하는지 당황하는 빛을 감추지 못했다.

"그럼 남매가 아닌가요?"

지효 스님은 긴장하며 혜일 스님을 쳐다봤다.

"제가 얼떨결에 실수를 했네요. 사실은 남매가 아니에요."

"그럼……?"

"이런 얘긴 하면 안 되는데… 소년은 보살님의 먼저 며느님이 낳은 아이에요."

"먼저 며느님이라면 오 선생님이……?"

"네……?"

혜일 스님이 놀라서 쳐다봤다.

"……."

"스님은 보살님의 먼저 며느님을 알고 계세요?"

"아, 아니에요."

지효 스님은 머리를 흔들었다. 그런 그녀 가슴속에선 거꾸로 돌아가는 수레바퀴 소리가 들렸다.

"그분은 어디 있기에 그분이 낳은 아이가 보살님 댁에서 크는가요?"

"보살님 먼저 며느님을 말씀하시는 거예요?"

"네."

"그분은 돌아가셨나 봐요. 아이를 낳으면서요. 아이를 데리고 온 보살님이 여기 오셔서 며느님 사십구재를 지냈다고 하더군요."

"……."

지효 스님은 멍한 얼굴로 혜일 스님을 바라보았다. 얼굴엔 서서히 피가 걷히고 입술마저 하얗게 보일 정도로 창백해져 갔다.

"스님, 왜 이러세요?"

혜일 스님은 놀라서 지효 스님의 손을 잡았다. 잡고 있는 손끝이 얼음조각처럼 차갑게 느껴졌다.

"……."

"안 되겠어요. 여기 잠깐 누우세요."

혜일 스님은 지효 스님의 어깨를 감싸며 자리에 누이려고 했다.

"아니에요. 제 방으로 가겠어요."

지효 스님은 혜일 스님의 손을 놓고 자리에서 일어섰다.

"괜찮으시겠어요?"

혜일 스님은 걱정스러운 얼굴로 쳐다봤다.

"네."

밖으로 나온 지효 스님은 어둠 속에 가만히 서 있었다. 새벽예불을 드리고 들어간 스님들 방엔 불이 꺼지고 경내는 다시 깊은 정적 속에 잠겨 있었다. 지효 스님은 자신의 방으로 들어갈까 하다가 그러고 싶지 않아서 툇마루에 걸터앉았다. 가슴속에 묻어둔, 고향처럼 지치고 힘들 때마다 떠올렸던 얼굴. 그 얼굴을 다시 볼 수 없다는 것은 너무도 큰 충격이었다. 다시 볼 수 없다는 것, 이보다 더 절대적인 게 무엇이 또 있겠는가?

생명은 우주의 근원과 같아서 영원불멸하며 죽음은 실제가 아니라고 한다. 그러나 아무도 영원불멸한 그것을 가리켜 생명이라고는 말하지 않는다. 그것은 한낮에 하늘을 쳐다보며 별이 떠 있다고 말하지 않음과 같다. 별은 언제나 그 자리에 있지만 별이 있음을 느끼는 것은 깜깜한 하늘 위에 푸른빛으로 모습을 나타냈을 때이다. 생명도 마찬가지다. 모습을 나타내고 실체를 보여줬을 때만 그것이 있음을 확인한다.

우리가 누군가를 그리워할 때 그리움의 대상은 엄격히 말해서 육신이다. 보고 싶음의 대상도 육신이고 사랑하고 싶음의 대상도 육신이다. 육신만이 함께 있음을 증명해준다. 그것만이 인간의 이야기이고 그리고 진실이다. 육신은 실제가 아니며 죽음 또한 실제가 아니라는 이야기는 하지 말자. 그것은 인간의 입으로 말할 수 있는 인간의 이야기가 아니지 않은가?

지효 스님은 툇마루에서 일어나 법당으로 갔다. 깜깜한 법당 안에 서서 우두커니 부처님을 바라보고 있던 지효 스님은 초에 불을 붙이고, 향에 불을 붙인 뒤 부처님 앞에 엎드려서 108배를 드렸다. 채련의 명복을 108번 빌며.

동화와의 약혼을 상의하기 위해서 채련이 근무하고 있는 학교로 찾아갔을 때 채련은 옆에서 걷고 있는 자신을 돌아다보며 말했었다.

"며칠 전엔 동화하고 이 길을 걸으면서 현지 얘기를 했는데, 오늘은 현지하고 이 길을 걸으면서 동화 얘기를 하게 됐네."

"어머 선생님, 제가 동화 얘기하려고 온 걸 어떻게 아셨어요?"

"현지가 날 찾아온 건 동화 얘기를 하기 위해서가 아니야?"

지효 스님의 머릿속엔 자기를 돌아다보며 웃던 채련의 얼굴이 떠올랐다. 자신이 세상에 태어나서 누군가로부터 이해를 받았다면 그건 채련이었다. 그녀만이 진심으로 자신을 이해해 주었고 행복하게 살기를 빌어주었다. 자신이 폐인이 되었을 때 거두어준 사람도 채련이었고, 자신의 고통을 같이 아파하고 함께 눈물을 흘려준 사람 역시 채련이었다. 지효 스님은 타들어 가는 향을 물끄러미 바라보다가 눈을 감았다. 반듯한 이마에 상을 약간 찡그린 듯한 채련의 얼굴이 떠올랐다. 그녀 얼굴은 여전히 쓸쓸했지만 그러나 신비한 아름다움을 잃지 않고 있었다.

채련은 지금 어디에 있는가? 어디에서 그녀를 다시 만날 수 있는가? 세상을 떠난 지가 10년이 되었다고 하니 지금쯤은 다른 모습으로 몸을 받았을지도 모른다. 하지만 다른 모습으로 몸을 받은 그녀를 가리켜 채련이라고 할 수 있을까? 지효 스님은 천천히 머리를 저었다. 그건 채련일 수가 없었다. 다른 모습으로 존재하는 그를 어떻게 채련이라고 할 수 있겠는가. 채련이기 위해서는, 자신의 가슴속에 고향처럼 남아 있는 그리운 얼굴이기 위해서는 반듯한 이마를 가져야 하고 쓸쓸한 아름다움을 지니고 있어야 한다.

지효 스님은 뺨 위로 흘러내리는 눈물을 손끝으로 닦아내고 자리에서 일어섰다. 채련이 어떻게 해서 아들을 낳을 수 있었는지 그것이 궁금했다. 자기와 함께 있었을 때는 한태서와 헤어진 후였는데…. 그렇다면 채련도 누군가를 사랑했었던가? 그녀가 아들까지 낳을 수 있을 만큼 사랑했던 사람은 누구였을까? 지효 스님은 희끄무레하게 모습을 드러내고 있는 앞산을 바라보며 이런 의문에 잠겼다.

"민 선생님, 제 말 한번 풀이해 보십시오."

유 기자가 볼펜을 만지작거리며 영옥에게 말을 시켰다.

"……?"

영옥은 무슨 말이냐는 얼굴로 쳐다보았다.

"창녀가 죽었는데 말입니다, 그 창녀의 관 뒤를 스님이 만장을 들고 따라갔답니다. 이걸 어떻게 해석해야겠습니까?"

"큰소리로 한 번만 더 말해보세요. 창녀가 죽었는데 스님이 어떻게 했어요?"

앞에 앉아 있던 여기자가 관심을 나타내며 물었다.

"어떤 창녀가 죽었는데 말입니다, 그 창녀의 관 뒤로 스님이 만장을 들고 따라갔답니다."

유 기자의 말을 듣고 사무실에 있는 사람들은 웃음을 터뜨렸다.

"나 졸리지 않으니까 웃기려고 애쓸 거 없어요."

"웃기다니요. 전 지금 심각하게 고견을 청하고 있습니다."

"유 기자, 설마 만화 보고 와서 하는 말 아니겠지?"

편집장이 관심을 나타내며 물었다.

"부장님도 참, 이건 만화가 아니라 분명히 제 두 귀로 들은 얘깁니다."

"그렇다면 전후를 자세하게 말해봐. 창녀의 관 뒤를 스님이 만장을 들고 따라갔다면 그럴 만한 사연이 있었을 거 아니야?"

편집장은 담배를 들고 소파에 와 앉으며 유 기자를 쳐다보았다.

"사연이요? 말하긴 좀 곤란합니다만 들은 대로 옮겨보겠습니다. 때는 지금부터 3년 전이고요, 장소는 모 윤락가랍니다. 어느 날 한낮에 윤락가에 있던 여자들 둘이서 대판 싸움을 벌였는데, 싸운 사연은 팬티 때문이랍니다."

유 기자는 팬티라는 말을 발음하기가 쑥스러운지 조금 낮은 목소리로 말했다.

"뭐 때문에 싸웠어?"

소파에 앉아 있던 편집장이 고개를 들며 물었다.

"총각, 부끄러워하지 말고 저쪽 자리로 옮겨가서 얘기해요."

영옥이 유 기자를 돌아다보며 말하자 여기자들이 와 하고 웃었다.

"김새서 처음부터 다시 시작하겠습니다."

유 기자는 의식적으로 목청을 돋우더니 큰 소리로 말했다.
"팬티 때문에요."

윤락가는 늦은 점심때쯤이 가장 무료한 시간이다. 화장을 하기엔 너무 이르고 잠도 잘 만큼 잤기 때문에 냄새나는 이불을 뒤집어쓰고 더 드러누워 있고 싶은 생각도 없다. 그래서 여자들은 골목에 나와 화투패를 떼어보기도 하고 씹던 껌을 뱉어서 딱딱 소리를 내보기도 하고 욕지거리로 농을 해보기도 한다. 썩은 물처럼 고여 있는 시간, 사지가 뒤틀리도록 따분하다. 그럴 때 시빗거리라도 생기면 그건 오히려 신선한 활력소가 된다. 두 다리를 쭉 뻗고 떨어진 비닐 장판에 앉아서 화투패를 떼던 공주는 패가 떨어지지 않자 화투를 한옆으로 밀어놓고 자리에서 일어섰다. 그때 행자가 쫓아 나오더니 다짜고짜 공주 머리채를 낚아챘다. 새로 산 팬티를 내놓으라는 것이었다.

행자가 악을 쓰며 공주의 머리채를 쥐어뜯자 사지가 뒤틀리도록 심심하던 여자들이 그들 주위로 몰려왔다. 몰려온 여자들은 하나둘 행자와 합세해서 공주한테 욕지거리를 퍼붓기 시작했다. 그들도 한두 번쯤 팬티를 잃어본 경험이 있기 때문이었다. 뭐 팔아서 뭐 가꾼다고 공주는 화대만 들어오면 그걸 들고 나가서 팬티를 샀다. 그렇기 때문에 그녀 가방 속엔 예쁜 수를 놓은 색색 가지 팬티가 가득했고, 하루에도 몇 번씩 수놓은 팬티를 갈아입는 아랫부분만은 공주 못지않게 호사를 한다고 해서 그녀의 별명은 공주가 됐다. 이런 그녀의 행동을 괴이하게 여긴 친구가 돈 벌어서 팬티만 사는 이유를 물으면 그녀의 대답은 언제나 '불쌍해서'였다.

가을로 들어서자 공주는 위병을 앓기 시작했다. 얼굴엔 기미가 새까맣게 꼈고 눈가에는 주름이 자그르르 덮였다. 아무리 얼굴을 보이지 않는 밤 장사라곤 하지만 그런 그녀한테 손님이 있을 리가 없었다. 하루 이틀 공을 치던 공주는 마침내 뒷자리로 물러앉게 되었다. 손님이 없으니 화대가 쥐어질 리 없었고, 화대가 없으니 팬티를 살 수도 없었다. 그러면서부터 도벽이 생기기 시작했다. 예쁜 팬티만 보면 훔치지 않고는 배길 수가 없었다. 처음엔 새 팬티만 훔쳤지만 나중엔 빨랫줄에 널어놓은 입던 팬티도 훔쳤다. 화대를 들고 나가 팬티를 사는 것이 유일한 낙이었듯이 이제는 마음에 드는 팬티를 훔치는 것이 유일한 낙이었다. 언젠가는 팬티를 훔치다가 들켜서 눈이 튀어나오도록 두들겨 맞은 적이 있었다. 그런 공주를 보다 못한 친구가 왜 그런 짓을 하느냐고 야단을 치면 그녀의 대답은 여전히 '불쌍해서'였다.

"이년아, 썩어 문드러진 게 새 팬티 입힌다고 불쌍해지지 않냐?"

행자가 감고 있던 머리채를 놓으며 악을 썼다. 둘러섰던 여자들도 비슷한 말들로 욕을 퍼부었다. 한참 동안 욕을 퍼붓던 여자들은 자신들 옆에 한 스님이 서 있는 걸 알았다. 언제 왔는지는 확실하지 않지만 그는 여자들의 얘기를 다 듣고 있었던 듯 공주를 물끄러미 내려다보고 있었다. 여자들은 호기심에 찬 눈으로 스님을 쳐다봤다. 길을 지나던 스님이 골목을 잘못 들어선 것인지, 아니면 그녀들 표현대로 육 허기가 진 스님이 허기를 채우려고 일부러 찾아온 것인지 확인해 보기 위해서였다. 동료들이 스님한테 관심을 쏟자 바닥에 처박혀 있던 공주도 스님의 얼굴을 멀거니 쳐다봤다.

스님의 얼굴은 이상하게 광채가 도는 것처럼 환하게 느껴졌다. 공주는 그런 스님의 얼굴이 신기해서 눈을 가늘게 뜨고 다시 쳐다봤다. 그러자 스님이 여자들을 헤치며 공주 가까이 다가왔다. 다가오는 발이 복숭아 꽃잎처럼 붉게 보였다. 스님의 발을 보는 순간 공주는 그 발을 쓰다듬어보고 싶은 충동이 느껴졌다. 그래서 오른손으로 스님의 발을 가만히 어루만졌다. 그러자 두 사람을 바라보고 섰던 여자들이 손뼉을 치며 킬킬거렸다.

"스님, 저 언니한테 육 보시 받고 팬티 한번 원 없이 사줘요, 네?"

한 여자가 스님의 팔짱을 끼며 말했다.

"스님, 도둑질 못 하게 하는 주문은 없어라우?"

"빤스를 사주시려거든 요런 걸로 사주시라우요."

행자가 들고 있던 팬티를 스님 코앞에 들이밀며 윙크를 했다.

"갑시다."

스님이 공주한테 손을 내밀었다. 멍한 얼굴로 스님을 쳐다보던 공주는 스님의 손을 잡고 땅바닥에서 일어섰다. 스님은 공주를 데리고 골목 밖으로 걸어갔다. 뒤에 서 있던 여자들은 박수를 치며 놀려댔다. 공주를 데리고 거리로 나온 스님은 공주를 돌아다보며 마음대로 팬티를 고르라고 했다. 어리둥절한 얼굴로 스님을 쳐다보던 공주는 그 말이 진실임을 알았고, 그래서 양품점 안으로 들어가 팬티를 고르기 시작했다. 마치 애인의 보호를 받으며 사고 싶은 물건을 마음대로 고르는 행복한 여자처럼.

공주가 팬티를 고르는 동안 스님은 무심한 얼굴로 서서 그녀가 팬티를 다 고를 때까지 기다려주었다. 그러다가 공주가 고른 팬티를 보이면 스님은 돌아서서 돈을 치러줬다. 이러기를 10여 집 했을 때 그들의 주위엔 사람들이 빽빽하게 모여 섰다. 모인 사람들은 희괴한 두 사람을 보고 수군거리기도 하고, 욕설을 퍼붓기도 하고, 야유를 보내기도 했다. 그러나 스님의 얼굴은 여전히 무심했고, 팬티를 고르는 공주 역시 자신의 감정에 도취해서 사람들의 야유 같은 것은 귀에 들어오지도 않았다.

이렇게 양품점을 다 돈 공주는 팬티를 한 아름 안고 만족한 미소를 지었다. 그런 그녀의 얼굴은 포식을 한 아이처럼 포만감으로 가득 차 있었다. 공주는 스님의 팔짱을 끼며 어서 가자는 눈짓을 했다. 이제는 자기가 스님을 위해 봉사할 차례라고 생각했기 때문이었다. 스님은 그런 공주의 마음을 헤아리고 있는 듯 공주의 손을 꼭 잡아주더니 '다음에' 하고 돌아섰다. 공주는 인파 속으로 사라지는 스님의 뒷모습을 물끄러미 바라보았다. 자기 마음을 거절하고 돌아갔지만 조금도 서운한 마음이 들지 않았다. 공주는 스님이 꼭 자기를 찾아올 거라고 믿으며 몸을 돌렸다.

그날 이후 공주는 조금씩 변해갔다. 도벽이 없어짐은 물론이고 얼굴을 덮었던 기미도 걷히고 위병도 차차로 나아졌다. 그러나 공주는 한 번도 손님을 받지 않았다. 자기를 찾아줄 스님을 기다리기 위해서였다. 공주는 여전히 골목에 나가 앉아 떨어진 장판 위에서 화투패를 뗐다. 하지만 전처럼 재수 패를 떼는 것은 아니었다. 그녀가 떨어지기를 간절하게 비는 건 언제나 매조였다. 매조만 떨어지면 손뼉을 치면서 좋아했다. 그러자 주위 여자들은 그녀를 공주 대신 '일편단심 민들레'라고 불렀다.

그녀가 일편단심 민들레가 된 6개월쯤 후에 정말 스님이 나타났다. 스님은 늘 그 골목을 드나드는 사람처럼 무심한 얼굴로 골목 안으로 들어섰다. 그러자 골목 안에 있던 여자들이 모두 뛰어나와 스님을 반겼다. 일편단심 민들레의 소원을 풀어준 스님이 너무도 고마워서였다. 그날 밤 스님은 일편단심 민들레하고 하룻밤을 같이 보냈다. 스님이 돌아가자 여자들은 일편단심 민들레 옆에 모여들어서 스님 물건은 어떻더냐, 스님도 그 짓을 할 줄 알더냐고 물었다. 그러나 웬일인지 일편단심 민들레는 웃기만 할 뿐 아무 대답도 하지 않았다. 동료들은 그런 그녀가 이상하게 보였다. 그러나 그것보다 더 이상한 것은 그날 이후부터 변한 그녀의 태도였다.

일편단심 민들레는 다시 옛날로 돌아가 손님을 받기 시작했다. 그런데 그녀하고 하룻밤을 함께 지낸 손님은 꼭 다시 그녀를 찾아왔다. 그녀한텐 단골손님이 점점 늘어났고, 다른 여자들이 다 공을 쳐도 그녀는 늘 손님이 남아돌았다. 뭔가 수상쩍은 데가 있다고 생각한 동료들이 비결을 물어보면 그녀의 대답은 '정성을 다해서'였다. 정성을 다하는 것은 손님한테만이 아니었다. 그녀는 함께 뒹구는 동료들한테도 정성을 다 쏟았다. 정성을 쏟는다고 해서 특별한 일을 하는 것은 아니었다. 그냥 일상에서 하고 있는 말이나 행동, 심지어는 농담이나 욕 속에도 상대편을 위하는 것 같은 정성이 가득 차 있었다. 그녀하고 함께 있으면 왠지 모르지만 그렇게 전달되었다. 그러면서부터 주위 여자들은 하나둘 그녀를 언니라고 부르기 시작했다.

그녀는 공주에서 일편단심 민들레를 거쳐 이제는 언니가 되었다. 그녀가 언니가 된 지 6개월쯤 후에 스님이 다시 나타났다. 스님 역시 이제는 언니의 손님만이 아니었다. 그는 모든 여자의 열렬한 환영을 받았고, 그리고 모든 여자의 애인이 되었다. 여자들은 손님만 없으면 그의 주위에 모여들어서 손을 만져보기도 하고, 어깨를 감싸보기도 하고, 가슴속에 손을 넣어 보기도 하고, 얼굴에 입을 맞춰보기도 했다. 그러고 나면 그들은 어쩐지 그 스님의 애인이 된 것 같아 행복해졌다.

"잠깐만요. 혹시 그 스님 걸망 속에 브래지어, 팬티, 화장품 같은 것이 들어 있다는 얘기 못 들었어요?"

영옥은 언젠가 안 기자한테서 들은 얘기가 생각나서 이렇게 물었다.

"민 선생님이 그걸 어떻게 아십니까?"

유 기자가 놀라며 쳐다봤다.

"나도 어디서 들은 얘기가 있어서요."

"보십시오. 이렇게 제 말을 증명해주는 사람이 나타나지 않습니까?"

"계속해 봐. 그러니까 그 일편단심 민들레라는 여자가 죽었다는 얘기야?"

"네. 하지만 그 여자가 죽었다는 얘기를 하기엔 아직 너무 이릅니다."

사무실에 있는 사람들은 모두 유 기자의 얘기에 심취돼 있었다.

스님은 6개월에 한 번 정도 그 골목에 나타났고, 자신을 환영하는 여자들한테 팬티, 브래지어, 화장품 등속을 나누어주었다. 그러는 그는 마치 브래지어, 팬티, 화장품을 구해오기 위해 6개월 동안 어디에 갔다 오는 사람 같았다. 스님한테서 브래지어, 팬티를 받은 여자들은 오랜만에 찾아온 애인한테서 선물을 받은 것처럼 좋아했고, 스님 주위에서 한시도 떨어지지 않으려고 했다. 스님은 그런 여자들한테 둘러싸여서 주로 옛날얘기를 해줬는데 그것은 대개 인과 법칙을 설명한 불교 설화들이었다.

"그 골목이 어디야?"

편집장이 물었다.

"부장님도 가보시려고요?"

유 기자가 웃으며 편집장을 쳐다봤다.

"물론이지. 그런 살맛 나는 골목을 두고 안 가볼 수가 있나."

"가실 거면 저하고 동행하시죠."

"좋아. 유 기자가 앞장서. 난 뒤에서 따라갈 테니까."

두 사람의 말을 듣고 사람들은 웃었다.

"일편단심 민들레 얘기 계속해 보세요. 그 여자는 어떻게 됐대요?"

영옥이 물었다.

"얼마 전에 죽었답니다. 운명할 거라는 의사의 선고가 떨어지고도 사흘을 더 버텼는데 스님이 오니까 스님 손을 꼭 잡으며 눈을 감더랍니다."

"감동적인데요."

"언니가 죽자 골목 안에 있던 여자들이 다 모여서 색종이로 꽃을 접었고, 스님은 관 옆에서 밤새도록 염불을 했답니다. 이튿날 아침 여자들이 관을 메고 거리로 나오자 스님은 만장을 들고 그 관 뒤를 따랐다고 하더군요."

"좀 황당하긴 하지만 재밌지 않습니까?"

편집장이 영옥을 쳐다봤다.

"전혀 황당하지 않은데요."

영옥은 진지한 얼굴로 대답했다.

전날 안 기자한테서 걸망 스님 얘기를 들을 때에는 그녀 자신도 어쩐지 좀 황당하게 느껴졌지만 오늘 유 기자한테서 그 스님 얘기를 또 듣고 나니 실제로 그런 스님이 있을 것 같은 확신이 들었다.

"민 선생님도 흥미가 동하시는 것 같은데 그 스님을 한번 취재하시지요?"

"만나게만 해주신다면 특종으로 꾸며드리지요."

"좋습니다. 유 기자, 그 스님한테 연락을 하려면 어떻게 해야 하지?"

편집장은 담뱃갑을 들고 일어서며 물었다.

"연락할 방법은 없다는데요. 그 스님이 나타나기 전에는."

"뭐야?"

편집장은 몹시 낙담한 얼굴로 유 기자를 노려보았다. 스님을 만날 수 없는 이유가 유 기자한테 있기라도 한 것처럼.

영옥의 얘기를 듣고 있던 최길성은 심각한 얼굴로 생각에 잠겼다. 걸망 스님이라는 그 스님이 담시일지도 모른다는 생각이 들어서였다. 아니, 생각이 든다기보다 거의 그럴 거라는 확신이 갔다. 얼굴엔 광채가 돌고 발은 복숭아 꽃잎처럼 붉다고 하던 영옥의 말은 인화된 필름처럼 담시의 모습을 재현시켜 줬다. 담시의 모습을 떠올리는 순간 최길성의 가슴은 두근거렸다. 최길성은 그 두근거림이 싫어서 깊게 숨을 들이마셨다. 자신이 지금까지 살아오는 동안 누군가로부터 패배감을 맛보았다면 그건 담시였다. 담시와 비교되었을 때 그는 늘 무력했다. 우등생 옆에 선 낙제생처럼 초라했고 바위 밑에 떨어진 돌멩이처럼 하찮았다.

한때는 그도 패기만만한 젊은 시절이 있었고 그를 사로잡는 야망도 있었다. 그러나 그러한 것들은 곧 그에게서 무의미해져 갔다. 지금도 그의 주위엔 학자도 있고 예술가도 있고 법조인도 있고 사업가도 있다. 하지만 그들을 부러워하거나 그들에게서 패배감을 느껴본 적은 한 번도 없었다. 그런데 유독 담시에게만은 그런 감정이 느껴졌다. 담시의 얼굴에서 광채가 돈다는 말은 최길성에게 또 다른 충격을 안겨주었다. 그의 기억 속에 남아 있는 담시는 얼음과 불덩이를 동시에 품고 있는 그런 사내였다. 그의 얼굴에 강렬한 빛이 없었던 건 아니었지만, 그것은 어디까지나 처절함이나 격렬함에 가까운 것이었지 광채라곤 할 수 없었다.

그렇다면 그는 자신의 가슴속에 품고 있던 얼음덩어리를 녹이고 불덩어리를 태웠단 말인가? 그런 생각을 하고 있던 최길성은 자신의 생각이 어리석게 느껴져서 피식 웃었다. 채련을 만나면서 그는 이미 그 두 가지 일을 다 끝내지 않았던가?

"선생님, 무슨 생각을 하고 계세요?"

영옥이 고개를 갸웃하며 최길성을 쳐다봤다.

"걸망 스님이라는 스님 생각을 해봤어."

"선생님도 저처럼 그 스님을 만나보고 싶으신가 보죠?"

"민 군도 그 스님을 만나고 싶어?"

"네. 일편단심 민들레 얘기를 듣는 순간 그 스님을 만나고 싶어지던데요."

"일편단심 민들레… 그래, 누구든 일편단심 민들레가 돼보는 건 좋은 일이지."

"선생님도 그래보신 적 있으세요?"

"글쎄……."

"선생님, 정말 누굴 사랑해보신 적 있으세요?"

"글쎄……."

"저 서른 살 넘은 여자예요. 말귀 못 알아듣는 어린애 취급하지 마세요."

"나이를 먹었다고 사랑을 아나? 자격을 갖춘 사람만이 아는 거지."

"그래요, 선생님. 정말 자격을 갖춘 사람만이 아는 게 사랑인 것 같아요."

영옥은 최길성의 말에 공감하며 그를 쳐다보았다.

"살짝 취하게 한다던 사람은 자주 만나?"

"네."

영옥은 잠시 생각에 잠겼다.

"선생님, 그 사람한테 제 생을 걸고 마지막으로 한 번만 더 모험을 해볼까요?"

"민 군 나이가 몇인데 마지막이라는 말을 써?"

"사랑을 반복한다는 건 허무를 반복한다는 얘기잖아요. 전 이제 그걸 감당할 자신이 없어요."

"……."

"전 지금 누군가로부터 힘을 얻고 싶어요. 그러지 못하면 자멸해 버리고 말 것 같아요."

"하지만 조심해. 다시 상처받지 않도록."

최길성의 말을 듣는 순간 감동이 느껴져서 영옥은 자리에서 일어서며 말했다.

"조심할게요, 선생님."

"동화도 안 왔는데 가려고?"

최길성이 영옥을 쳐다보며 물었다.

"동화라니요?"

영옥은 의아해하며 최길성을 바라보았다.

"그럼 전화 받고 온 거 아니야?"

"저한테 전화 주셨어요?"

"이거 뭔 얘긴지 모르겠군."

"……?"

영옥이 어리둥절해하자 최길성이 다시 설명했다.

"동화가 왔더군. 그래서 자네를 오라고 사무실로 전화를 했지. 의논도 할 겸."

"동화가 왔다니요? 여길 다녀갔는가요?"

"응. 어저께."

"…….."

"다니러 왔다고 하더군."

"혼자서요?"

"처는 보름 후에 오나 봐. 오는 길에 싱가포르에 있는 언니 한테 들렀다 오느라고."

"아이도 있던가요?"

"딸이 하나 있다더군."

"……."

영옥은 생각에 잠긴 얼굴로 잠시 서 있다가 소파에 도로 앉았다.

"동화는 어떻게 변했던가요?"

"중후한 신사로 변해 있더구먼."

"……."

영옥은 최길성을 가만히 쳐다봤다. 중후한 신사라는 말을 듣는 순간 강한 배신감 같은 게 느껴졌다. 현지를 산속에 밀어 넣고 혼자 신사로 변신하다니? 그때의 상황이 그럴 수밖에 없었고, 미국으로 떠나기 전에 현지를 찾아 절로 암자로 헤매고 다닌 걸 모르는 바는 아니지만, 그 혼자 신사가 됐다는 것은 용서할 수 없는 일로 받아들여졌다.

"선생님한테 무슨 말을 하고 갔나요?"

영옥은 최길성이 자신한테 의논하고 싶어서 오라고 했다는 말을 생각하며 이렇게 물었다.

"지효 스님을 한 번만 보게 해달라고 부탁을 해서……."

최길성은 말끝을 흐렸다. 자신으로서는 어떻게 하는 게 좋은지 얼른 판단이 서지 않는 눈치였다.

"한 번만 보게 해달라고요?"

영옥은 항의하듯 최길성을 쳐다봤다. 손끝이 저려오는 것 같은 분노가 느껴졌다. 한 번만 보게 해달라니. 한 번 보는 것으로 그녀와의 관계를 끝낼 수 있다는 얘긴가? 자기의 가슴속에 남아 있는 현지는 옛날 동화의 애인이 아니라 지효 스님임을 영옥은 누구보다도 잘 알고 있었다. 하지만 그 사실을 현실로 받아들일 수 있는 것은 다른 사람이지 동화이어서는 안 된다. 절대로. 그가 어떻게 고통 없이 그것을 사실로 받아들이겠다는 것인가. 감히 어떻게?

영옥은 지그시 입술을 깨물며 고개를 숙였다. 동화가 현지를 현지가 아닌 지효 스님으로 받아들이기 위해선 그 자신이 현지로 인해 정신분열증에까지 이르러봐야 하고, 머리를 깎고 수계를 받겠다는 결심을 해봐야 하고, 강원과 선방에서 10년 세월을 보내봐야 한다. 이 과정을 거치지 않고 어떻게 그가 현지를 지효 스님으로 받아들이겠다는 것인가?

"선생님은 뭐라고 하셨어요?"

"좀 더 생각해보자고 했네."

최길성은 괴롭게 말했다.

"선생님 생각은 어떠세요? 지효 스님한테 동화가 왔다는 사실을 알리는 게 옳을까요?"

"글쎄……."

최길성은 애매하게 대답하며 앞에 놓인 찻잔을 물끄러미 내려다봤다. 영옥이가 물은 '옳을까요?'는 상처를 받게 하는 게 아닐까요 라는 말로 바꿔서 해석하는 것이 좋을 성싶었다.

지효 스님이 동화를 만나서 상처를 받을지 어떨지는 그로서도 알 수 없는 일이었다. 하지만 두 사람이 이 세상에 존재해 있는 한 한 번쯤은 만나야 하지 않을까 하는 생각이 들었다. 동화와 지효 스님이 헤어지게 된 경위를 누구보다도 잘 알고 있는 그로서는 더욱 그런 생각을 할 수밖에 없었다. 두 사람 사이에 풀어야 할 인연이 있다면 그 인연을 풀어야 할 것이고, 그런 인연마저 이미 남아 있지 않다면 서로 얼굴을 봄으로써 그것을 확인할 수 있지 않겠는가?

"선생님, 타다 남은 그루터기가 있다고 할 때 그 그루터기를 어떻게 처리하는 것이 가장 현명할까요?"

"그거야 마저 태우든지 아니면 밖으로 끄집어내야겠지."

"그냥 재 속에 묻어놓고 없다고 생각하면 안 될까요? 그루터기가 재 속에 묻혀 있는 한 영원히 제 모습을 드러내진 않을 것 아니에요?"

"그렇다고 해서 없어진 건 아니잖아?"

"물론 없어진 건 아니죠. 하지만 선생님 말씀처럼 남은 그루터기를 마저 태우려 한다면 태울 수 있는 불이 필요하잖아요.

밖으로 끄집어내려고 해도 재를 헤쳐야 하는 행동이 따라야 하고요."

"……."

"그냥 재 속에 묻어두고 없다고 생각하는 편이 더 편하지 않을까요?"

"편한 것하고 문제를 해결하는 것하곤 근본적으로 다르지."

"저는 지효 스님이 동화 때문에 다시 상처받을까 봐 두려워요. 어쩐지 그럴 거라는 예감이 들어요."

영옥은 심각한 얼굴로 말했다.

"민 군이 만약 본인이라면 어떻게 하는 것이 좋겠나?"

"저라면 만나겠어요. 만나보고 남은 그루터기일망정 태워야 할 가치가 있다면 태워야죠."

"태울 만한 가치가 없다면?"

"없다면 끄집어내야죠. 묻어둘 가치도 없는 그루터기를 왜 품고 괴로워해요."

"그렇다면 지효 스님 얘기도 더 생각할 게 없겠군."

"지효 스님은 저하고 달라요. 전 어려운 일에 부딪히면 오히려 힘이 나요. 오기죠. 하지만 지효 스님은 그렇지 못해요. 그렇지 못하다는 건 선생님도 보셨잖아요?"

"……."

"제가 지효 스님이었다면 동화와의 관계를 그런 식으로

끝내진 않았을 거예요."

영옥의 목소린 떨렸고 두 눈엔 눈물이 고였다.

"……."

"동화가 지효 스님한테 다시 한번 상처를 준다면 제가 용서하지 않겠어요."

"용서하지 않는다니, 어떻게?"

"괴롭혀야죠. 지효 스님이 받은 괴로움만큼 되돌려줘야죠. 지효 스님은 그 일을 못 하겠지만 전 할 수 있어요."

"괴롭힘을 받는 쪽은 오히려 구원이 돼. 고통스럽긴 하지만 꼭 나쁜 건 아니야."

"구원이 뭔데요?"

영옥은 최길성을 정면으로 쳐다보며 따졌다.

"알고 있는 말을 새삼스럽게 물으면 내가 뭐라고 대답할 수 있겠나?"

"전 그런 추상적인 얘긴 싫어요. 진실도 없고요. 남녀 관계에서 구원은 사랑받고 사랑하는 것 아니에요? 그 이상 뭐가 있어요?"

"사장님, 손님 오셨는데요."

미스 조가 와서 말했다. 그 말을 듣는 순간 두 사람은 동화가 왔음을 알았다.

"이리로 오시라고 해."

최길성은 동화를 맞으려는 듯 자리에서 일어섰다. 영옥은 긴장하며 고개를 돌렸다. 미스 조의 안내를 받으며 동화가 걸어오고 있었다.

"어서 오게."

최길성은 동화를 반겼다. 그런 최길성을 보며 영옥도 자리에서 일어났다. 그리고 동화를 쳐다보다가 악수를 청하며 말했다.

"오래간만이군요."

최길성의 표현대로 그는 중후한 신사로 변해 있었다. 수려하도록 잘생겼던 이목구비는 옛 모습을 그대로 지니고 있었지만 그러나 그의 어디에서도 옛날 동화의 모습을 찾을 수 없었다. 영옥은 가슴속에서 소용돌이치는 알 수 없는 배신감을 다시 확인하며 동화의 얼굴을 주시했다.

"오래간만입니다."

동화도 약간 떨리는 시선으로 영옥을 바라보았다.

"앉지."

최길성은 영옥의 감정을 헤아리고 두 사람을 자리에 앉혔다.

"조 양, 여기 차 좀 줘."

최길성은 여유를 가지고 싶은지 미스 조한테 차를 시키고 탁자 위에 놓인 담뱃갑에서 담배 한 개비를 뽑아 입에 물었다.

영옥도 담배를 하나 뽑아 들었다. 그러자 최길성이 성냥을 그어 불을 붙여주었다.

"자네는?"

최길성은 담뱃갑을 들고 동화를 쳐다봤다.

"저는 끊었습니다."

"결심이 대단하군."

"집사람이 하도 성화를 해서요."

동화는 최길성을 보며 웃었다. 동화의 얼굴을 보고 있던 영옥은 담배를 깊숙이 빨아들였다. 빨간 불꽃이 파르르 몸을 떨며 손마디 하나 정도 빨려 들어갔다.

그때 미스 조가 차를 가지고 왔다.

"차 들게."

최길성은 영옥의 감정을 못 본 척하며 차를 권했다.

"네."

동화는 앞에 놓인 차를 한 모금 마셨다.

"학위를 받은 학교에 남아 있다고?"

"네. 연구소에 있습니다."

"자네 팀이 하고 있는 것은 어떤 것인데?"

"감광수지 개발입니다."

"그게 뭔데?"

"컴퓨터 칩을 연결하는 재료입니다."

"……."

영옥은 동화의 얘기를 들으며 씁쓸하게 웃었다. 깊은 산에서 삭발하고 염주를 굴리고 있는 지효 스님과 연구소에서 컴퓨터를 개발하고 있는 동화가 너무도 대조적으로 느껴졌다.

"자네 누이한테는 언제쯤 갈 참인가?"

최길성은 들고 있던 담배를 끄며 물었다.

"주말에 가려고 합니다."

"음……."

최길성은 누이한테 가기 전에 한태서부터 만나보지 않겠는가 하는 말을 물어볼까 하다가 그만두었다. 동화가 한태서 얘기를 꺼내기 전에 자신이 먼저 그의 말을 하고 싶지 않아서였다.

"오 선생님 산소는 어디 있습니까? 산소라도 한번 찾아갈 수 있게 해주십시오."

동화가 천천히 고개를 들며 말했다. 그의 눈엔 눈물이 핑 돌아 있었다. 그런 동화를 보고 있던 영옥은 담배를 깊숙이 빨아들였다. 동화가 옛날 얼굴에 대해 애정을 가지고 있다는 것을 확인한 순간 그녀 가슴속에 응어리져 있던 적대감이 조금씩 녹아갔다.

"산소는 없네. 화장을 했기 때문에."

"……."

동화는 아무 말 없이 고개를 숙였다. 숙이고 있는 목덜미가 외롭게 느껴졌다.

"한태서 씨는 어떻게 지냅니까?"

동화가 천천히 고개를 들며 물었다.

"무얼 묻는 건가?"

"근황을 묻는 겁니다."

"가족 관계 말인가?"

"네."

"그 친구한텐 지금 부인이 따로 있네."

"……."

"카페를 했던 여잔데 아들 하나를 데려왔다 하더군. 나도 풍문에 들은 얘길세."

"네."

동화는 한태서 얘긴 더 이상 듣고 싶지 않은지 말끝을 맺었다. 세 사람 사이엔 다시 거북한 침묵이 흘렀다.

"현지 거처를 알고 있다고 하던데 현지를 만나게 해주십시오."

침묵을 견디기 힘든지 동화가 먼저 말을 했다.

"……."

영옥은 잠자코 동화를 쳐다봤다. 당신이 만나고자 하는 감정은 사랑인가? 사랑이라고 자신 있게 말할 수 있는가?

"현지를 사랑하고 있는 저는 현지를 만날 자격이 있다고 믿고 있습니다."

동화는 영옥의 시선에서 자신에게 던지고 있는 질문을 읽고 있는 듯 이렇게 말했다.

"호칭부터 바꾸게. 현지가 아니라 지효 스님일세."

최길성이 엄숙하게 말했다. 현실을 현실로 받아들이게 하려는 배려 같았다.

"사랑하고 있다는 말을 자신 있게 말할 수 있으면 만나게 해드리죠."

영옥은 사랑이라는 말에 못을 박았다. 현지가, 현지가 아니라 지효 스님이라 하더라도 동화만은 그녀를 사랑해야 한다. 사랑해야 하는 것은 그가 할 수 있는 가장 인간적인 행위이며, 인간적인 행위를 해내지 못한다면 그는 결국 인간으로서의 자격까지도 갖추고 있지 못하는 것이 된다.

"만나게 해주십시오. 어디로 가야 합니까?"

"제가 먼저 가서 지효 스님을 만나죠. 아무 예고 없이 동화 씨가 불쑥 가서 지효 스님을 만날 수는 없잖아요? 그쪽 뜻도 모르면서요."

영옥은 동화를 쳐다보며 말했다. 당신이 간다고 해서 반드시 지효 스님을 만날 수 있는 것은 아니지 않은가? 영옥의 시선은 이렇게 말하고 있었다.

"그렇게 하는 게 좋겠네."

최길성도 영옥의 말을 긍정했다.

"알겠습니다."

동화는 두 사람의 말을 알아듣고 입을 다물었다. 그런 그의 모습은 쓸쓸해 보였다.

영옥은 그런 동화를 찬찬히 바라보았다. 용서할 수도 증오할 수도 없는 미묘한 감정, 동화를 바라보는 그녀의 시선 속엔 두 개의 감정이 끝없이 교차 되었다.

"언제 가시겠습니까?"

동화가 물었다.

"쓰던 원고가 있어서 모레나 돼야 가겠는데요."

"그럼 지금 차비를 드리겠습니다."

"제가 동화 씨 심부름을 가는 건가요?"

영옥은 동화를 쳐다봤다. 그녀의 시선이 냉정하게 느껴져서인지 동화는 머쓱해하며 지갑을 도로 넣었다.

"십 년 만의 해훈데 우리 어디 가서 술이나 한잔하세."

두 사람 사이에 흐르고 있는 팽팽한 감정을 중재하듯 최길성이 먼저 자리에서 일어섰다.

"그러죠."

영옥도 따라 일어났다. 밖으로 나온 일행은 주위를 두리번거리다가 양품점 지하에 있는 레스토랑으로 들어갔다. 어둑한 실내에선 유행가 가락이 울려 퍼지고 있었다.

새파란 풀잎이 물에 떠서 흘러가더라.

오늘도 꽃 편지 내던지며 청노새 짤랑대는 역마차 길에…….

"캘리포니아에서 듣던 노래를 여기서 들으니 이상한데요."

동화가 자리에 앉으며 말했다.

"캘리포니아에서 저 노래를 들었는가?"

"아는 사람이 테이프를 줘서 휴가 때 여행을 하면서 들었습니다."

"……."

영옥은 가만히 눈을 감았다.

아내를 옆자리에 앉히고 아름드리 숲길을 달렸을 동화의 모습이 떠올랐다.

"맥주를 마시겠는가?"

"그러죠."

"맥주 세 병하고 마른안주 하나."

"감사합니다."

종업원이 몸을 돌리자 세 사람 사이엔 다시 거북한 침묵이 흘렀다.

"자네 누님이 좋아하겠구먼. 금의환향한 동생을 만나게 됐으니."

"……."

"누님뿐 아니라 할머니도 그러실 걸세."

최길성은 이 씨 얼굴을 떠올리며 말했다. 실력 있는 물리학자가 돼서 돌아온 동화는 손상된 이 씨의 자존심을 보완시켜주는 데도 충분하리라는 생각이 들었다. 아무리 도량이 바다 같은 노인이라고는 하지만 거지나 진배없는 눈먼 여자를 며느리로 맞이하면서 상처를 받지 않을 수 있었을까?

그때 종업원이 뚜껑을 딴 맥주병을 테이블 위에 갖다 놓았다. 병 속에선 서리 같은 하얀 김이 솔솔 올라왔다.

"한 잔 들게."

최길성이 맥주병을 들고 동화한테 권했다.

"네. 결혼은 하셨습니까?"

동화는 술잔을 기울이며 영옥에게 물었다.

"아니에요. 하지만 아이는 하나 있어요."

"……."

동화는 의아한 얼굴로 쳐다봤다. 그 아이가 세혁의 아이임을 안다면 이 친구는 어떤 표정을 지을까?

집으로 돌아온 영옥은 자신의 아파트 앞에 서서 잠시 어둠 속을 응시하다가 벨을 눌렀다. 벨을 누를 때면, 벨을 누르지 않을 수 있기를 바라는 또 하나의 마음이 그녀를 가로막았다. 그것은 밤마다 반복되어 온 감정이었다.

안에서 그릇 부딪치는 소리가 들리더니 어머니가 문을 열어주었다.

"이랑인 자요?"

현관으로 들어서던 영옥은 멍한 얼굴로 마룻바닥을 내려다봤다. 서랍장까지 나와서 돌아설 수도 없을 만큼 좁은 부엌 바닥엔 닭을 곤 솥이 놓여 있었다. 어머니는 한참 닭을 맛있게 먹고 있었던 참이었는지 신문지를 깐 솥 밑엔 닭 뼈가 수북하게 쌓여 있었다.

"기운이 없어서 닭 한 마리 고았다."

어머니는 솥 속에 있는 인삼을 닭 밑에 숨기며 말했다.

"……."

영옥은 못 본 체하며 신발을 벗었다.

"늙으면 먹는 걸로 몸을 추스르는 법인데 먹는 게 있어야 기운을 차리지."

영옥은 어머니를 무시하고 안으로 들어가려다가 아무 말도 안 하는 것이 잔인한 것 같아서 말했다.

"이왕 하실 거면 좀 일찍 하지 그러셨어요. 이랑이 자기 전에 먹을 수 있게요."

"약은 여럿이 먹는 게 아니다. 정 먹이고 싶으면 한 마리

따로 고아서 먹여라."

"……."

영옥은 절망적인 얼굴로 어머니를 한참 동안 쳐다보다가 방으로 들어갔다. 이랑은 전처럼 방석에 배를 깔고 모로 누워서 자고 있었다. 영옥은 핸드백을 던져서 유리창이라도 박살내고 싶은 충동을 간신히 누르며 방바닥에 주저앉았다. 저 노인을 미워하지 않기 위해 어딘가에서 힘을 빌려 와야 한다. 그렇지 않으면 내가 먼저 파멸하고 만다.

영옥은 눈을 감았다. 그런 그녀의 머릿속엔 양 교수의 얼굴이 떠올랐다. 자신의 어깨를 감싸던 따뜻한 체온도 되살아났다. 영옥은 흘러내린 머리를 쓸어 넘기며 시계를 들여다봤다. 9시가 조금 지나 있었다. 전화를 하기엔 늦은 시간이라는 생각이 들었지만 그를 만나지 않고는 황폐한 자신의 감정을 다스릴 수가 없었다. 한참 망설이던 영옥은 수첩을 꺼내 들고 다이얼을 돌렸다. 발신음 소리가 가고 맑은 소녀의 목소리가 들려왔다.

"여보세요."

영옥은 직감적으로 양 교수 딸이라는 생각을 하며 전화를 끊으려다가 그러는 자신의 감정이 오히려 떳떳하지 못한 것 같아서 용건을 말했다.

"양 교수님 계세요?"

"어디신데요?"

"잡지사라고 전해주세요."

"잠깐만 기다리세요. 아빠, 전화 받으세요."

수화기 너머로는 모차르트의 바이올린 협주곡 5번이 은은하게 들려왔다. 양 교수는 딸과 함께, 아니 부인도 같이 모차르트의 음악을 감상하고 있음이 분명했다. 과일 접시를 가운데 놓고 편안한 자세로 음악을 감상하고 있는 세 식구의 모습이 떠올랐다. 그런 모습을 떠올리는 순간 영옥은 자신이 너무도 비참해서 수화기를 놓고 싶은 충동을 다시 한번 느꼈다. 하지만 그런 감정을 느껴야 하는 자기 자신이 더욱 비참해서 오기로 버티고 있었다.

"전화 바꿨습니다."

양 교수의 목소리가 들려왔다.

"죄송합니다. 너무 늦게 전화 드려서요."

"아, 아닙니다."

수화기 너머로 들려오는 그의 목소리는 당황하고 있었다.

"선생님하고 술 한 잔 마시고 싶어서요. 잠깐 나와 주실 수 있으세요?"

영옥은 자신의 감정을 설명하는 게 싫어서 그냥 이렇게 말했다.

"글쎄요. 지금은 좀…. 오늘 밤 쓸 원고가 밀려서요."

양 교수는 무언가 적합한 변명을 찾느라고 서둘렀다.

"실례했습니다. 안녕히 계세요."

영옥이 전화를 끊으려 하자 양 교수가 황급하게 말했다.

"제가 내일 전화를 드리겠습니다."

"……."

영옥은 수화기를 놓고 몸을 돌렸다. 그 순간 자꾸 웃음이 나서 큰 소리로 웃었다. 그러자 자고 있던 이랑이가 일어나 목에 매달렸다.

"엄마 왜 웃어?"

이랑은 잠이 덜 깼는지 자신의 눈을 엄마 얼굴에 비비며 물었다.

"우스워서. 그냥 우스워서."

영옥은 이랑의 목을 끌어안으며 미친 여자처럼 웃었다. 그러면서도 뺨 위로 흘러내리는 눈물이 이랑의 목으로 떨어질까 봐 고개를 옆으로 돌렸다.

6
장

Udambara

똑 또르르, 똑 또르르, 똑 또르르.

새벽 3시, 깊은 정적을 깨고 목탁 소리가 세 번 울려 퍼졌다. 마치 나직한 목소리로 잠든 아기를 깨우는 것 같은 조심성으로. 도량석을 돌기 전에 세 번 목탁을 치는 것은 잠들어 있는 삼라만상을 깨우기 위함이다. 가람 속에서 잠들고 있는 스님은 물론이고 산속에서 자고 있는 새나 짐승, 물속에서 자고 있는 물고기, 산에 있는 나무나 들에 있는 풀까지도 모두 깨워 한량없이 쏟아져 내리는 법음(法音)을 듣게 하려는 배려이다. 불교는 생명이 있는 것은 모두 중생으로 보고 있다. 그렇기 때문에 불법은 꼭 인간을 위해서만 존재하는 것으로는 생각하지 않는다. 오히려 인간보다 지혜가 모자라는 날짐승이나 축생을 훨씬 더 연민의 정으로 바라보고 그들에게 지혜의 종자를 심어주기 위해 고심하고 있는지도 모른다.

그것은 못난 자식을 둔 부모의 마음과 같다. 똑똑한 자식을 둔 부모는 그 자식을 잊고 살 수가 있다. 부모의 보살핌이 없어도 혼자 설 수 있기 때문이다. 하지만 못난 자식은 그럴 수가 없다. 늘 가슴속에 끌어안고 괴로워하고 아파해야 한다. 못난 자식은 아픔을 주지만 아픔을 주기 때문에 더욱 끌어안고 사랑할 수밖에 없다. 이것이 부모의 마음이다. 인간의 마음도 이럴진대 어찌 부처님이 하찮은 미물일망정 생명을 버릴 수가 있겠는가.

가장 높고 미묘하고
깊고 깊은 부처님 법
백천만겁 지나가도
만나 뵙기 어려우며
내가 이제 보고 듣고
받아들여 지니오니
부처님의 진실한 뜻
알게 하여 주옵소서

깜깜한 경내에는 도량석을 도는 스님의 낭랑한 염불 소리가 울려 퍼지고 있었다. 지효 스님은 이부자리를 개서 다락 속에 넣고 세수를 하기 위해 세면실로 갔다. 먼저 세면실을 다녀온 스님들은 조용히 합장하며 지효 스님 옆을 스쳐갔다. 합장하며 스쳐 가는 것은 절의 인사법이다. 그러기에 아무리 반가운 사람을 만나도 어깨를 치며 웃거나 손을 잡고 떠드는 일이 없다. 그래서 경내는 언제나 신비로운 정적으로 가득 차 있다.

세면실로 들어간 지효 스님은 찬물로 세수를 하고 밖으로 나왔다. 부지런한 스님들은 벌써 가사 장삼을 입고 법당으로 들어가고 있었다. 지효 스님도 얼른 방으로 들어가 가사 장삼을 걸치고 법당으로 갔다. 깜깜한 하늘에는 별이 총총하게 떠 있고 법당 지붕 위에는 하얀 하현달이 높다랗게 매달려 있었다. 하현달을 보는 순간 지효 스님의 머릿속엔 지난밤 꿈속에서 본 무명실꾸리가 떠올랐다. 그녀 발목엔 무명실꾸리 하나가 매달려 있었는데 그 실꾸리에서 가늘고 흰 무명실이 끝없이 풀려나와 산 아래로 산 아래로 내려가고 있었다. 지효 스님은 기이하게 느껴지는 꿈을 잠시 떠올려보다가 법당 안으로 들어갔다.

계향 (戒香)

정향 (定香)

혜향 (慧香)

해탈향 (解脫香)

해탈지견향 (解脫知見香)

깜깜한 법당 안에선 촛불 너머로 희미하게 모습을 드러내고 있는 부처님을 향해 스님들이 절을 하고 있었다.

계를 지킴은 몸을 향기롭게 하는 일임을 저희들은 알고 있습니다.

몸이 향기로워야 정(定)에 들 수 있고, 정에 들어야 지혜를 얻을 수 있음도 저희들은 알고 있습니다.

그것은 해탈에 이르는 길이고, 해탈에 이르려면 그 길을 걸어가야 한다는 것도 알고 있습니다.

부처님, 저희들로 하여금 계(戒)를 지키면서 살아갈 수 있게 도와주옵소서.

계를 지킴은 고리의 시작과 같아서 그것을 해내지 못하면 다른 고리도 이을 수가 없습니다.

새벽예불을 마친 스님들은 조용히 일렬로 서서 법당 밖으로 걸어 나왔다. 지효 스님도 흰 고무신을 신고 법당 뜰로 내려섰다. 깜깜한 하늘에는 여전히 푸른 별이 총총하게 떠 있고, 하얀 하현달도 높다랗게 매달려 있었다. 지효 스님은 하늘을 올려다보며 꿈속에서 본 무명실꾸리를 다시 한번 떠올렸다. 자신의 발목에 매달린 채 끝없이 산 아래로 풀려나가던 흰 무명실. 그 무명실이 무엇을 암시하고 있는지 자신으로선 알 수가 없었다.

"종 치고, 북 치고, 운판 치고, 목어 쳐서 잠든 중생을 다 깨워놔도 깨어 있는 중생은 하나도 없는 것 같죠?"

법당문을 닫고 나오던 혜일 스님이 어둠 속에 가라앉은 앞산을 바라보며 중얼거렸다. 깜깜한 하늘엔 별이 가득 떠 있고 사위는 깊은 침묵 속에 잠들어 있었다.

"없긴요. 쥐 있잖아요, 쥐."

지효 스님의 말을 듣고 어리둥절해하던 혜일 스님은 그제야 생각이 난 듯 허리를 잡고 웃었다.

절은 마을보다 저녁공양을 일찍 들기 때문에 입산한 지 얼마 안 되는 스님들은 밤에 시장기를 느끼는 경우가 종종 있다. 더욱이 강원에서 공부하는 스님들은 20대 초반의 젊은 스님들이기 때문에 더욱 그러했다. 어느 날, 취침에 들었을 때 혜일 스님이 지효 스님의 어깨를 흔들었다. 누룽지나 찬밥이 있는지 나가보자는 신호였다. 의기투합한 두 스님은 살그머니 잠자리에서 빠져나와 부엌으로 들어가 소리 나지 않게 조심하며 가마솥 뚜껑을 열었다. 공양 들고 남은 밥이나 찬은 대개 가마솥에 넣어두기 때문이었다.

숨을 죽이며 가마솥에 손을 넣던 혜일 스님이 깜짝 놀라며 손을 털었다.

"아이고머니나!"

가마솥엔 된장국밖에 없었고 된장국에 손을 잠근 혜일 스님은 손에서 된장 냄새가 난다고 울상을 지었다. 지효 스님은 웃음이 터지는 것을 억지로 참으며 혜일 스님을 도와 가마솥 뚜껑을 덮었다. 그리고 다시 여기저기를 더듬어 보았지만 그날따라 찬밥은 고사하고 누룽지 한 조각 찾을 수가 없었다.

"아무것도 없나 봐요. 나가죠."

지효 스님이 숨을 죽이며 말하자 혜일 스님은 먹고 싶은 욕망을 떨쳐버릴 수 없는지 가마솥 뚜껑을 다시 열었다.

"이왕 왔는데 우리 된장국이라도 한 모금씩 마시고 나가요."

그때 채공 스님 방에서 기침 소리가 들려왔다. 기겁을 한 혜일 스님은 솥뚜껑을 도로 덮어놓고 지효 스님 팔을 잡았다. 빨리 나가자는 신호였다.

이튿날 아침공양 때 부엌에서 비명 소리가 들려왔다. 지효 스님과 혜일 스님은 뭔가 잘못됐다는 예감이 들어서 얼른 부엌으로 가보았다. 장작이 타는 아궁이 앞에 채공 스님이 국자를 들고 쪼그리고 앉아 있었다.

"왜 그러세요, 스님?"

혜일 스님은 두 손으로 얼굴을 가리고 있는 채공 스님의 팔을 잡으며 물었다.

"저기 좀 보세요."

채공 스님은 흰 김이 무럭무럭 솟아오르는 가마솥을 가리켰다. 긴장한 얼굴로 가마솥을 들여다보던 혜일 스님은 얼굴이 핼쑥해지며 뒤로 물러섰다. 허연 김이 오르는 가마솥엔 신발짝만 한 쥐 한 마리가 죽어 있었다.

그날부터 한 달 동안 혜일 스님은 자신이 지은 죄를 참회하기 위해 북을 쳤다. 때가 아닌 때 음식을 먹으려고 했던 죄, 솥뚜껑을 잘못 덮어서 애꿎은 미물을 죽게 한 죄, 스님들 아침 공양을 못 들게 한 죄였다. 북 치는 일을 한 달 가까이 한 어느 날, 혜일 스님은 북채를 잡고 서서 웃으며 말했다.

"새벽마다 북 치고, 종 치고, 운판 치고, 목어 쳐서 잠든 중생 다 깨워놔도 부처님 법문 들으려고 깬 중생은 역시 쥐밖에 없던데요."

두 스님은 옛날 일을 떠올리며 소리 죽여 웃다가 요사채 쪽으로 돌아갔다. 지효 스님의 모습이 요사채 쪽으로 완전히 사라지자 봉두는 지게를 지고 산으로 올라갔다. 산으로 올라가기 전에 지효 스님의 얼굴을 보는 것이 봉두는 한없이 행복했다. 전에는 도량석을 도는 스님의 낭랑한 염불 소리가 들려오기 시작하면 곧바로 지게를 지고 산으로 올라갔지만 이젠 새벽 예불이 다 끝날 때까지 사천왕문 앞에 서서 기다렸다. 거기 서 있으면 지효 스님의 모습을 두 번 볼 수 있기 때문이었다. 예불을 드리기 위해 법당 안으로 들어갈 때는 뒷모습밖에 볼 수 없지만 예불을 다 드리고 나올 때는 얼굴까지도 볼 수 있었다. 그래서 봉두는 비가 오는 날에도 꼭 사천왕문 앞에 서 있다가 지효 스님의 얼굴을 본 후에야 몸을 돌렸다.

지효 스님은 참 이상했다. 다른 스님은 한 번도 보고 싶은 적이 없었는데 지효 스님만은 부처님처럼 자꾸 보고 싶어졌다. 그리고 다른 스님은 아무리 봐도 이상해지지 않는데 지효 스님은 볼 때마다 가슴이 두근두근 뛰기도 하고 머리가 띵하게 아파오기도 하고 심할 때는 속이 울렁거리면서 어지러워지기까지 했다. 봉두는 지효 스님도 자기를 볼 때마다 가슴이 두근두근 뛰고 머리가 띵하게 아파오며 가슴속이 울렁거리면서 어지러워지는지 그게 궁금했다. 부처님은 자기 마음하고 똑같기 때문에 부처님 마음은 금방 알 수 있지만, 지효 스님은 자기 마음하고 같은 것도 있고 다른 것도 있기 때문에 알 수가 없었다. 하지만 아무리 궁금해도 그걸 지효 스님한테 물어보진 못했다. 왜냐하면 새 옷을 입고 찾아간 날 이후로 한 번도 지효 스님을 가까이서 만난 적이 없었기 때문이다.

사천왕문 앞에 서 있으면 오늘처럼 웃고 있는 지효 스님의 얼굴을 볼 때가 있었다. 그건 대개 혜일 스님하고 같이 법당 층계를 내려올 때였는데, 웃고 있는 스님의 얼굴을 본 날은 자기도 자꾸 웃음이 나서 봉두는 산으로 올라가면서도 혼자 몇 번씩 웃곤 했다. 산으로 올라갈 때만 웃음이 나는 건 아니었다. 밥을 먹다가도 지효 스님 생각만 하면 웃음이 날 때가 있었다. 언젠가 지효 스님 생각을 하며 혼자 웃고 있는데 앞에 있던 할아버지가 이마를 탁 치며 말했다.

"이놈이 실성을 했나? 밥 처먹다가 히죽거리게."

그다음부터 밥 먹을 때는 웃지 않으려고 했지만 지효 스님 생각은 밥 먹을 때도 났고, 그럴 때마다 웃음이 나는 것은 자기로서도 어떻게 해볼 수가 없었다.

산을 다 올라간 봉두는 지게를 내려놓고 바위 위로 성큼 올라갔다. 아직은 깜깜하지만 해가 금방 떠오를 거라는 것을 봉두는 알 수 있었다. 해가 떠오를 때면 바위 위에 선 자기 발바닥이 제일 먼저 찌릿해졌다. 봉두는 발바닥이 찌릿해지는 건 바위 속에 피가 돌기 때문이라고 생각했다. 나무나 꽃은 자기처럼 언제나 피가 돌지만 바위는 꼭 해가 있을 때만 피가 돌았다. 그런 건 만져만 보면 금방 알 수 있는 일이었다.

봉두가 몸속에 있는 기운을 다 빼내고 있을 때 낫처럼 휘어진 빨간 해가 앞산에서 떠올랐다. 해도 매일 새 해가 떠오르듯이 봉두도 매일 새 기운으로 몸을 채웠다. 그건 몸속에 있는 기운을 다 빼내고 햇빛을 새로 들이마시기만 하면 됐다. 언젠가 할아버지가 자기는 이제 너무 늙었다고 하면서 어깨를 두드리기에 몸속에 있는 낡은 기운을 다 빼내고 새 기운으로 몸을 채우라고 했더니 지게 작대기로 머리를 딱 때렸다.

"이놈아, 몸이 무슨 자루냐?"

봉두는 몸도 자루하고 다르지 않기 때문에 몸속에 있는 낡은 기운을 다 쏟아부을 수 있다는 얘기를 하고 싶었지만 꾹 참았다. 할아버지는 자기가 하는 말은 한마디도 들으려고 하지 않기 때문이다. 봉두는 가슴을 쫙 펴고 천천히 숨을 들이마셨다. 그러자 발가락 끝에서부터 햇빛이 조금씩 차오르기 시작했다. 봉두는 눈을 감고 있어도 자기 몸속에 얼마나 햇빛이 차오르는지 다 알고 있었다. 햇빛이 차오르면 발, 다리, 허리, 가슴이 차례로 팽팽해지면서 후끈후끈해졌다. 정수리까지 햇빛이 쫙 차서 온몸이 후끈후끈해지면 봉두는 숨 쉬는 일을 멈추고 앞산을 바라보았다. 산은 그때부터 울퉁불퉁 모습을 드러내면서 나무도 깨우고 풀도 깨우고 했다.

나무나 풀은 한 번도 산보다 먼저 깨는 적이 없었다. 봉두는 그런 나무나 풀이 자기한테서 부처님을 얻어간 최 보살 아들 같다는 생각이 들었다. 보살님 아들도 보살님이 깨우기 전에 일어난 적이 한 번도 없다고 했다. 봉두는 그런 보살님의 아들이 이상했다. 왜 자기처럼 해가 떠오르는 걸 보지 않고 잠만 자는지 그걸 알 수가 없었다. 해가 떠오르는 걸 보지 않는 건 절에 계신 스님들도 마찬가지였다. 스님들은 새벽예불을 끝내면 모두 방으로 들어가 나오지 않았다. 자기가 좋아하는 지효 스님도 그랬다. 봉두는 지효 스님한테 해가 떠오르는 걸 꼭 한번 보여주고 싶었다. 그리고 자기처럼 몸에 햇빛을 채우는 방법도 알려주고 싶었다. 하지만 그걸 어떻게 알려야 할지 알 수가 없었다. 자기는 지효 스님 가까이 가면 안 되기 때문이었다.

"아니, 워쩌다 해가 다 빠진 지금이야 오셨어라우?"
한 보살은 접시에 떡을 담으며 최 보살한테 물었다.
"도다가에서 오는 길이에요."
"거기 가셨어라우?"
"예. 바로 집으로 갈까 하다가 사람의 정리가 그렇지 않은데 싶어서 여기까지 또 왔어요."
"실은 나도 그리로 가려고 했었는디, 사람들 많이 모였지라우?"

"말도 말아요. 모래알처럼 깔렸는데 종 구경은 하지도 못하고 왔어요."

"거기까지 가서 종을 못 보고 오셨어라우?"

"종 보러 갔나요? 소리 들으러 갔지요."

"그래도 그렇재요잉, 거기까지 가서 종을 안 보고 오면 섭섭해서 되남요?"

"섭섭하면 종을 보고 왔지요. 그런데 하나도 섭섭하지 않았어요."

"예?"

"소리만 듣고도 섭섭하지 않더라니까요."

"정말이라우?"

"그럼요. 종소리가 정말 영험하긴 하데요. 종 밑에서 소리를 듣는 사람이나 나처럼 종은 구경도 하지 못하고 멀리서 듣기만 한 사람이나 가슴속에서 울려오는 소리는 똑같던데요."

"소리가 어땠는데요?"

"처음 들을 때는 가슴을 쥐어짜는 것처럼 슬펐는데, 한참 듣고 나니 실컷 울고 난 것처럼 가슴속이 시원해지면서 날아갈 것처럼 가벼워지데요."

"날아갈 것처럼만 가벼워져요? 하늘 위로 붕붕 떠오르는 것처럼 황홀해지지요."

오이냉국을 들고 오던 장 보살이 옆에서 거들었다.

"맞아요. 정말 하늘 위로 떠오르는 것 같데요."

"그래서 사람들이 백중날이면 인산인해로 모이잖아요. 죽은 고혼들한테 도다가 종소리를 듣게 해서 천도환생을 시켜주려고요."

"그런께 그 종소리가 바로 법문이네요잉?"

"그렇죠, 법문이죠."

"이번 백중에도 그 스님이 다녀갔다 하시던가요?"

"그럼요. 그 스님이 안 오시면 백중제 시작이 안 되는걸요. 그 스님이 밤새도록 종을 치고 간 후에라야 도다가 종소리가 오는 사람 가슴마다 고루고루 울려 퍼진다고 하대요."

"보살님은 그 스님을 만나보셨남요?"

한 보살이 궁금한지 물었다.

"웬걸요. 그 스님을 만나 뵈려면 하루 전날 가서 자야 하는데 애들 때문에 그렇게 할 수가 있어야죠, 나도 명년에 막내가 대학만 들어가면 백중 하루 전날에 가서 그 스님을 보려고 그래요."

"스님도 참 이상하재요잉. 왜 깜깜한 자정에 오셨다가 날 밝기 전에 가실까요잉?"

한 보살이 궁금하다는 얼굴로 말했다.

"그 속이야 누가 알 수 있나요? 죽은 혼들이 그 시간에 땅 위로 내려온다고 하니 그래서 그런가 보죠."

"참, 그 스님은 어떤 여자 명복을 비신다면서요?"

장 보살이 최 보살한테 물었다. 지효 스님은 긴장하며 그들의 대화에 귀를 기울였다. 선방에 있을 때도 그와 비슷한 소리를 들었기 때문이었다.

"그렇대요. 죽은 지가 십 년이 됐다고 하는데 해마다 백중날이면 도다가에 오셔서 그 여자 명복을 빌고 가신다고 하대요."

"그 여잔 얼마나 좋을까요잉. 죽은 정승이 살아 있는 개만 못하다고 하지만 그 여자처럼만 된다면 살아 있는 정승이 부럽겠어라우?"

"그러게 말이에요. 그런데 그 여자는 스님하고 어떤 관계일까요?"

장 보살이 은근한 목소리로 물었다.

"애인이었다고도 하고, 아내였다고도 하고, 어머니였다고도 하고… 추측은 많습디다만 본 사람이 없으니 알 수가 있어야죠."

최 보살은 들은 대로 말을 옮겼다.

지효 스님은 신도들이 가져온 초를 박스 속에 정리해 넣으며 가만히 생각에 잠겼다. 어머니는 아닌 것 같고, 아내라는 말은 스님이라는 말과는 거리가 있고, 어쩌면 애인이었을지도 모른다는 생각이 들었다. 죽은 후에까지 한 스님의 지극한 사랑을 받고 있는 그 여자는 누구였을까?

"지효 스님, 저기 친구분 오시네요."

최 보살이 큰 소리로 말했다.

"……"

초를 정리하고 있던 지효 스님은 고개를 들어 법당 뜰을 내다봤다. 영옥이 쓰고 있던 모자를 벗으며 경내로 들어오고 있었다. 그녀는 사람들이 북적거리는 게 이상한지 어리둥절한 얼굴로 두리번거렸다. 지효 스님은 들고 있던 초를 놓고 얼른 마루로 나갔다.

"어떻게 왔어?"

지효 스님은 댓돌 위에 놓여 있는 흰 고무신을 신으며 뜰로 내려갔다.

"여기 있었구나."

영옥은 웃으며 지효 스님 손을 잡았다.

"바쁠 텐데 웬일이야?"

"널 보려고."

그때 사람들이 호기심에 찬 얼굴로 두 사람을 바라봤다.

"너라고 하면 안 되지?"

영옥이가 귓속말로 물었다.

"사람들이 있는 데선 스님이라고 해. 그리고 존칭어를 써. 아들이나 딸이 스님이면 부모도 존칭어를 쓰는 게 절 법도야."

"알았어. 그런데 웬 사람이 이렇게 많니?"

"오늘이 백중이잖아. 아침에 왔던 신도들은 거의 가셨어."

"백중이 뭔데?"

"죽은 영혼을 천도하는 날."

"천도?"

"죽은 사람의 영혼을 부처님과 인연을 맺게 해서 좋은 곳으로 가게 하는 일을 천도라고 해."

"산 사람을 그렇게 해주는 날은 언제니?"

"그건 삼백육십오 일 다지."

지효 스님은 영옥을 데리고 대중 방으로 들어갔다.

"어서 오시시요잉."

한 보살이 떡하고 과일이 담긴 쟁반을 들고 서서 인사를 했다.

"인사해. 신도님이셔."

지효 스님은 의아해하는 영옥을 보며 인사를 시켰다.

"처음 뵙겠습니다."

영옥은 약간 고개를 숙이며 인사를 했다.

"먼 길 오시느라고 시장하셨을 틴디 이거부터 드시시요잉."

한 보살은 쟁반을 영옥이 앞에 놓고 돌아섰다.

"감사합니다."

영옥은 돌아서는 한 보살을 향해 인사를 했다.

"어서 먹어. 그런데 어떻게 또 왔어?"

지효 스님은 영옥을 보며 다시 물었다. 영옥은 그런 지효 스님을 가만히 바라보았다. 자기가 온 것을 반기는 그녀가 외롭게 보여서 안쓰럽게 느껴졌다.

"너한테 할 얘기가 있어서."

"뭔 얘긴데?"

"여기선 안 돼. 나중에 얘기할게."

"……."

지효 스님은 고개를 갸웃하며 영옥을 쳐다봤다. 약간 불안해하는 얼굴이었다.

"이 사람들은 언제 다 가?"

영옥은 대중 방에 옹기중기 둘러앉아서 잡담을 하고 있는 사람들을 보며 물었다.

"노보살들은 자고 가시지만 대부분 금방 가실 거야."

"피곤해 보인다. 피곤하니?"

"응, 좀. 갑자기 사람들을 많이 만나면 힘이 들어."

지효 스님은 엷게 웃었다.

"……."

영옥은 그런 지효 스님을 보며 가만히 앉아 있었다. 자기가 온 용무를 말해야 한다고 생각하니 마음이 착잡해지면서 편치가 않았다.

"손님, 공양부터 드시고 떡은 나중에 드시시요잉."

한 보살은 떡 접시가 담긴 쟁반을 뒤로 밀어놓고 공양 상을 앞에 놓아주었다.

"아니 그럴 거면 공양 상부터 먼저 갖다 드리지······."

옆에 있던 장 보살이 혀를 찼다.

"마음이 급해서 그랬재요잉."

한 보살은 돌아서며 웃었다.

"고마워요."

영옥은 한 보살을 쳐다보며 인사를 했다. 보살들이 다 돌아가고 지효 스님이 자신의 방으로 돌아온 건 밤 9시가 조금 지나서였다. 지효 스님은 입고 있던 동방을 벗어서 벽에 걸고 속에 받쳐 입은 흰 남방만 입고 자리에 앉았다. 머리는 깎았지만 아름다워 보였다.

"차 마실래?"

지효 스님은 찻잔을 올려놓은 상을 앞으로 밀어놓으며 말했다. 책상과 경책이 가지런하게 정돈돼있는 방은 먼지 한 톨 없이 깨끗했다. 전날에 가본 혜일 스님 방하고는 너무도 대조적이었다.

"혜일 스님은 왜 안 보이시니?"

"이 보살님 댁에 가셨어. 불사를 상의하려고."

"이 보살님이라면 동화 누님 댁을 말하는 거야?"

"…네가 그걸 어떻게 알아?"

지효 스님이 놀라며 쳐다봤다.

"최 선생님한테 얘기 들었어."

"……."

"최 선생님도 얼마 전에 여길 다녀가셨어."

"여기라니?"

"동화 누님 댁에. 너를 만나보고 오시려다가 번거로워질까 봐 그냥 오셨다고 했어."

"……."

두 사람 사이엔 침묵이 흘렀다. 간혹 부엉이 소리가 들려올 뿐 주위는 완전히 정적 속으로 가라앉았다.

"이번에 내가 온 게 잘하는 건지 잘못하는 건지 나도 잘 모르겠어."

"……."

지효 스님은 긴장하며 영옥을 쳐다봤다.

"놀라지 말고 들어. 동화가 왔어."

"응……?"

지효 스님은 깜짝 놀라며 가만히 영옥을 바라보았다. 그런 그녀의 얼굴은 순간적으로 핼쑥하게 보였다.

"다니러 왔대. 모레쯤이면 누님 댁으로 올 거야."

"……."

지효 스님은 입술을 꼭 깨물며 고개를 숙였다. 괴로워하고 있음이 역력했다.

"거기서 학위를 받고 연구소에서 일한대. 결혼도 하고 아이도 있나 봐."

영옥은 들려줘야 할 말은 얼른 들려줘야겠다고 작정한 사람처럼 한달음에 말했다.

"……."

지효 스님은 천천히 고개를 들었다. 영옥은 지효 스님과 시선을 마주치지 않으려고 고개를 돌렸다.

"동화는 너를 한번 만나게 해달라고 했어. 꼭 만나고 싶다고."

영옥은 자신의 감정을 배제하고 사무적으로 말했다.

"……."

"잘 생각해봐. 내일 아침까지. 네가 생각하는 대로 전해줄게."

영옥은 어떤 쪽으로도 설득하고 싶지 않았다. 설득하고 싶지 않은 게 아니라 설득할 수 있는 말을 알고 있지 못했다. 스님이기 때문에 옛날 애인을 만나서는 안 된다는 상식적인 얘긴 그녀하곤 아무 상관도 없었다. 인간은 인간이기 위해서 사는 것이지 부처가 되기 위해 사는 것은 아니라고 생각하기 때문이었다. 그녀가 두렵고 망설여지는 것은 지효 스님이 또다시 상처를 받게 되지 않을까 하는 것이었다. 그것만은 어떻게 하든 막아주고 싶었다.

"……."

지효 스님은 두 눈을 꼭 감고 앉아 있었다. 감고 있는 눈이 미세하게 경련을 일으켰다.

"자자. 자고 감정이 가라앉으면 그때 생각하자."

영옥은 다기가 놓인 상을 옆으로 밀어놓고 다락에서 이불을 꺼내 폈다. 그리고 지효 스님을 자리에 누였다. 자리에 누운 두 사람은 자는 척하고 눈을 감고 있었지만 서로의 숨소리로 자고 있지 않음을 알고 있었다.

사위가 완전히 어둠 속에 잠기자 계곡으로 흐르는 물소리만 콸콸콸 하고 들려왔다. 바위 위로 끝없이 흐르는 물이 윤회를 멈추지 못하는 생명처럼 고달프게 느껴졌다. 바다로 흘러간 물은 무엇 때문에 구름이 되고 비가 되고 계곡물이 돼서 또다시 저렇게 흘러가야 하는가? 지효 스님은 생명의 흐름도, 감정의 흐름도 다 정지시키고 그대로 깊은 산 바위가 되고 싶다는 생각을 한순간 했다. 생명도 감정도 없는 바위는 얼마나 편할까.

옆에서 몸을 뒤척이던 영옥은 잠이 들었는지 낮게 코 고는 소리를 냈다. 단주를 가슴 위에 올려놓고 두 눈을 꼭 감고 있던 지효 스님은 옆에 있는 영옥이가 깨지 않도록 조심하며 밖으로 나왔다. 뜰에 서서 한참 동안 대웅전을 바라보던 지효 스님은 법당 층계를 한 계단 한 계단 올라갔다. 회색 동방 밑으로 드러난 하얀 고무신이 목련 꽃잎 같은 아련함을 느끼게 했다. 층계를 다 오른 지효 스님은 대웅전 문고리를 잡고 잠시 서 있다가 안으로 들어갔다. 법당 안은 한 덩어리의 어둠처럼 깜깜했고, 한 덩어리의 적막처럼 고요했다. 지효 스님은 조심조심 안으로 들어가서 불단 위에 놓여 있는 성냥을 찾아 불을 켰다. 그리고 두 개의 초에 불을 붙였다.

촛불이 켜지자 희미한 어둠 속에서 부처님이 미소를 지으며 내려다보셨다. 당신은 제게 무슨 말씀을 하시고 싶으십니까? 일체 망념을 털어버리라는 말씀을 하시고 싶으십니까? 망념을 어떻게 털어버릴 수 있습니까? 없다고 생각하면 털어버려지는 것입니까? 망념을 털어버리면 그다음 세계는 무엇입니까? 적정이고 평화입니까? 환희이고 법열입니까? 적정과 법열은 망념보다 더 좋은 세계입니까? 부처님, 괴롭습니다. 너무도 괴롭습니다. 동화가 온 것도 괴롭고, 동화가 저를 찾는 것도 괴롭습니다. 그에게 아내가 있다는 것도 괴롭고 그런 모든 것에 무심할 수 없는 제 마음도 괴롭습니다.

지효 스님은 향 하나를 뽑아서 향로에 꽂고 부처님 앞에 엎드려 108배를 드렸다. 부처님 제발 제게 중생심을 버리라는 말씀은 하지 말아주십시오. 중생이기에도 저는 너무 모자라는 게 많습니다. 많은 것을 모르고 많은 것을 못 해봤습니다. 중생의 자리에도 완전히 서보지 못한 제가 어찌 당신의 자리를 꿈꿀 수 있겠습니까? 손목에 걸려 있던 단주가 따르르 소리를 내며 마룻바닥에 떨어졌다. 지효 스님은 고개를 숙이고 떨어진 단주를 내려다보았다. 뺨 위로 흘러내리던 눈물이 단주 위로 떨어졌다. 지효 스님은 승복 소매를 끌어 올려서 얼굴을 묻고 소리 죽여 울었다. 생사를 넘나드는 고통도 부처님 눈엔 나뭇잎을 스치는 미풍쯤으로 보이시는가? 부처님은 여전히 빙긋이 미소를 지으며 지효 스님을 내려다보고 계셨다.

차에서 내린 동화는 현지와 함께 드나들던 찻집으로 갔다. 찻집이 있던 자리에는 여자들 속옷과 화장품을 파는 가게가 들어서 있었다. 동화는 변심한 애인을 바라보는 것 같은 참담한 기분으로 잠시 서 있다가 유리문을 열고 안으로 들어갔다. 화려한 속옷이 진열돼있는 실내를 두리번거리며 동화는 옛날 현지와 만나던 자리를 가늠해보았다. 저쯤일까? 그러나 창문이 있던 자리는 붉은 벽돌로 막혀 있었고, 의자가 있었다고 느껴지는 자리엔 여자들 액세서리를 진열해놓은 쇼케이스가 놓여 있었다. 동화는 목걸이, 귀걸이, 반지, 핀 등속을 진열해놓은 쇼케이스를 바라보며 벽에 붙여놨던 현지 메모를 떠올렸다.

동화가 몽유병 환자처럼 거리를 헤매고 다닐 때 현지는 동화와 만나던 다방 벽에다가 메모를 남겼다.

동화 씨, 여섯 시간 기다렸어요. 설마 하늘로 올라간 건 아니겠죠? (수요일)

전 동화 씨 고통을 함께 나눌 권리가 있어요. 우린 같이 살기로 약속한 사이 아닌가요? (목요일)

누나의 고통 앞에선 제가 겪는 고통 같은 건 무의미하다는 얘긴가요? 동화 씨를 지배하고 있는 사람은 누나뿐인가요? (금요일)

우리의 미래를 다시 한번 진지하게 생각해봐요. 행복하게 살아야 할 제 미래를 납득할 수 없는 이유로 짓밟지 마세요. (토요일)

동화와 현지가 앉았던 자리 옆 벽에는 마치 대자보가 나붙듯 스카치테이프를 꼭꼭 눌러 붙인 현지 메모지가 붙어 있었다. 그러나 동화는 현지를 만나주지 않았다. 아니, 만날 수가 없었다. 그럴 무렵 동화를 찾아 18시간이나 빗속을 헤매고 다녔던 현지는 폐렴을 앓기 시작했다. 그러면서부터 현지는 우울증으로 시달렸으며 그것이 신경 쇠약으로 발전하여 마침내 폐인으로까지 이르게 되었었다.

나는 그때 왜 그렇게 암흑 속에 휩싸여 있는 것 같은 절망감에서 벗어나지 못하고 있었을까? 그런 의문에 젖어 있던 동화는 그건 어쩌면 운명의 계략 같은 것이었을지도 모른다는 생각이 들었다. 미래도, 희망도 보여주지 않음으로써 자신의 운명을 완전히 뒤바꿔놓으려고 했던 어떤 계략 같은 것. 동화는 씁쓸하게 웃었다. 그런 계략이 왜 필요했던가? 누구를 위해서? 무엇을 위해서? 동화는 고개를 저었다. 자기로서는 알 수가 없었다.

"선물을 고르실 건가요?"

여성지 화보를 뒤적이고 있던 여자가 고개를 들고 물었다.

"아, 네."

동화는 그제야 제정신으로 돌아와서 주위를 둘러보았다.

"골라보세요. 여성들한테 필요한 건 다 있어요."

"알겠습니다."

동화는 진열해놓은 물건을 하나하나 들여다봤다. 화려한 레이스로 장식한 속치마, 잠옷, 반짝이는 액세서리, 갖가지 화장품들…. 그런 것을 들여다보던 동화는 현지를 위해서 살 수 있는 물건이 하나도 없다는 것을 알고 참담해졌다. 가장 여성적인 속성을 지니고 있었던 현지, 자신의 옆에서 한 여성으로 살고자 했던 현지, 그 현지한테 여성적인 물건들이 하나도 소용되지 않다는 게 기이했다.

동화는 뭔가를 사가지고 나가야겠다고 생각하며 다시 실내를 둘러보았다. 그때 유리 상자 속에 들어 있는 루주가 눈에 띄었다. 뚜껑이 벗겨진 루주는 색색 가지의 몸을 드러내놓고 일렬로 서 있었다. 루주를 보는 순간 '어렸을 때 엄마가 보고 싶으면 루주를 발랐어요. 그래서 비 오는 날은 늘 루주를 바르고 학교에 갔죠. 지금도 외로울 땐 빨간 루주를 발라요. 동화 씬 외로울 때 어떻게 하세요?' 하던 현지의 목소리가 들려왔다. 동화는 떠내려가는 꽃송이를 잡듯 현지의 영상을 움켜잡았다. 그리고 깊게 한숨을 쉬었다. 지금도 외로울 땐 빨간 루주를 바르는가?

"마땅한 게 없으신가요?"

여자가 다시 물었다.

"아닙니다. 저 빨간 루주를 주십시오."

"이거 말이죠?"

여자는 루주를 집어서 루주보다 더 빨간 손톱으로 포장지를 말았다. 루주를 받아 들고 밖으로 나온 동화는 시계를 들여다봤다. 최길성과 약속한 시간이 거의 다 되었다. 동화는 택시를 타고 최길성과 약속한 장소로 갔다. 최길성뿐 아니라 영옥이도 나와 있었다.

"어서 오게."

최길성이 반겼다.

"네."

동화는 그들과 마주앉았다.

"우선 차부터 마시게. 뭐로 마시겠는가?"

"커피로 주십시오."

동화는 귀찮다는 투로 말했다.

"여기 커피 한 잔 주십시오."

최길성은 종업원한테 시키고 영옥을 보며 얘기했다.

"절에 다녀온 얘기를 직접 하지."

"네."

영옥은 앞에 놓인 엽차를 한 모금 마시고 동화를 쳐다보며 말했다.

"지효 스님은 아무도 만나지 않겠다고 하더군요."

"저도 말입니까?"

동화는 이해가 안 간다는 얼굴로 되물었다.

"물론 동화 씨죠."

영옥은 어이없어하며 동화를 바라보았다.

"저를 만나지 않겠다니, 그건 말이 안 됩니다."

동화는 한 마디로 일축했다.

"……."

영옥은 가만히 동화를 바라보았다. 사실 이게 어떤 해후인가? 십 년 동안 파도에 떠다니던 두 사람이 겨우 같은 해변가로 밀려 나와서 서로 마주서게 되었는데…. 그러면서도 만날 수 없는 또 다른 이유가 있어야 한다니 그것은 어쩌면 동화의 말처럼 말이 안 되는 소리인지도 모른다.

"말이 되나 안 되나 지효 스님의 뜻은 그렇다고 하니 어떻게 했으면 좋겠는가?"

최길성이 물었다.

"현지가 있다는 절이 어딥니까? 저 혼자 다녀오겠습니다."

동화는 결연하게 말했다.

"자넨 절에 대해서 너무 모르는군. 절은 알고 지내던 스님이 있다고 해서 마음 놓고 찾아갈 수 있는 그런 곳이 아닐세. 그리고 내가 정식으로 충고를 하나 하겠는데 앞으로는 꼭 지효 스님이라는 호칭을 쓰도록 하게."

"……."

동화는 아무 대답 없이 고개를 푹 숙였다.

영옥은 그런 동화를 물끄러미 바라보았다. 지금 이 순간 지효 스님의 문제를 동화보다 더 가슴 아파하고 괴로워하는 사람이 누가 있을까? 동화만이 당사자고 그 외엔 다 방관자일 수밖에 없다. 그런 생각을 하던 영옥은 동화를 향해 칼날을 세우고 있었던 자기 자신이 무모하게 느껴졌다.

7장

Udambara

봉두는 지게를 내려놓고 머리 위에 밤처럼 부풀어 오른 혹을 만져보았다. 아리고 따끔따끔했지만 그런 건 아무것도 아니었다. 그런 것보다는 지효 스님을 볼 수 없었던 게 더 아리고 괴로웠다. 봉두는 그날 아침도 다른 날과 다름없이 도량석을 도는 스님의 목탁 소리를 들으면서 자리에서 일어났다. 그리고 얼른 계곡 밑으로 내려가서 흐르는 물로 세수를 하고 사천왕문 앞으로 갔다. 지효 스님을 보기 위해서였다. 그런데 이상하게 그날은 스님들이 모두 법당으로 들어가는데 지효 스님은 들어가지 않았다. 봉두는 이상해서 머리를 갸웃했다. 아무리 생각해도 자기가 잘못 본 것 같지는 않은데 지효 스님의 모습은 보이지 않았다. 그렇다고 해서 스님이 새벽예불에 참석하지

앉았을 리는 없었다. 지효 스님뿐 아니라 다른 스님도 절에 계시면서 예불에 참석하지 않는 스님은 한 분도 안 계셨다.

어디 아프신 건가? 그런 생각을 하자 봉두 가슴이 먼저 아파왔다. 자기도 전에 딱 한 번 아파본 적이 있지만 아픈 것은 너무 괴로운 일이었다. 지효 스님이 그렇게 괴로운 일을 당한다는 것은 말도 안 된다고 생각했다. 봉두는 지효 스님이 정말 아프신지 어떤지 걱정스럽기도 하고 또 스님의 얼굴을 못 본 것이 허전하기도 해서 사천왕문 안으로 고개를 들이밀고 다시 한번 안을 살펴보았다. 그때 뒤에서 할아버지가 지게 작대기로 머리를 탁 쳤다.

"열녀전 끼고 서방질한다더니 이놈이 뭔 생각이 있어서 사천왕문 안을 기웃거려."

봉두는 그 말이 무슨 뜻인지는 알 수 없었지만 자기를 야단치고 있는 것만은 확실해서 할 수 없이 산으로 올라갔다. 지효 스님은 정말 아프신 건가? 봉두는 지게 작대기로 얻어맞아 밤톨만큼 부풀어 오른 혹을 다시 만져보면서 하늘을 올려다봤다. 하늘도 자기 마음처럼 괴로운지 잔뜩 흐려 있었다. 하지만 아무리 하늘이 흐려 있어도 해가 어디 와 있는지는 금방 알 수 있었다. 해는 자기가 좋아하는 잣나무 위까지 와 있었다. 해가 그만큼 와 있으면 절에선 아침공양을 들고도 남을 시간이었다. 그러나 봉두는 아침공양을 들기 위해 산을 내려가고 싶은 생각이 나지 않았다. 봉두가 아침공양을 들고 싶은 생각이 나지 않은 건 그날이 처음이었다. 햇빛을 마시고 싶은 생각이 나지 않은 것도 그날이 처음이었고, 삭정이를 줍고 싶은 생각이 나지 않은 것도 그날이 처음이었다. 봉두는 그런 게 모두 새벽예불 때 지효 스님을 보지 못했기 때문이라고 생각했다.

"봉두, 거기서 뭐 하나?"

봉두는 정신을 가다듬고 소리 나는 쪽을 내려다봤다. 아랫마을 허 씨가 망태기를 메고 올라오고 있었다.

"······."

봉두는 말하는 것도 귀찮아서 가만히 그냥 앉아 있었다.

"자네 뭔 일이 있는가? 빈 지게를 세워놓고 넋 나간 사람처럼 앉아 있게."

"······."

봉두는 자기 마음을 어떻게 설명해야 좋을지 몰라서 눈만 끔벅끔벅했다.

"뭔 일이 있긴 있는 모양인데 말을 하지 않으니 속을 알 수 있어야지······."

허 씨는 혼자 중얼거리더니 산으로 올라갔다. 몇 발짝 올라가던 허 씨는 잊었던 일이 생각났는지 목을 뒤로 돌리며 말했다.

"자네 요즈음 가지고 있는 건 없는가?"

"백작약하고 천궁을 좀 캐놨어요."

"고맙네. 수일 안에 들러서 가져감세."

허 씨는 고맙다는 치하를 하고 산으로 올라갔다. 아무리 귀한 약초를 캐도 값을 받을 줄 모르는 봉두가 허 씨한테는 산삼밭을 몰래 맡아놓은 것만큼이나 든든했다. 가끔 부목이 봉두 대신 흥정을 걸어올 때도 있었지만 그건 초호나 반하 같은 귀한 약재를 캤을 때고 그렇지 않을 때는 부목도 모른체하고 눈 감아주었다. 그렇기 때문에 허 씨한테 있어서 봉두는 자식 이상으로 미덥고 고마운 사람이었다. 허 씨가 개암나무 숲속으로 몸을 숨기자 봉두는 지게에다 삭정이를 주워 담기 시작했다. 몇 번 산등성이를 오르내리자 지게는 금방 삭정이로 가득 찼다. 봉두는 지게를 지고 산을 내려왔다.

사시공양이 끝났는지 스님들은 밀짚모자를 쓰고 채마밭에서 김을 매고 있었다. 봉두는 스님들 속에 혹시 지효 스님이 계시지 않나 하고 기웃기웃 살펴보았다. 하지만 아무리 살펴보아도 지효 스님의 모습은 보이지 않았다.

'정말 아프신 건가?'

답답하고 허전해진 봉두는 혼자 중얼거리며 자기가 거처하는 뒤채로 갔다. 그때 쪽마루에 앉아 있던 혜일 스님이 자리에서 일어나며 봉두를 반겼다.

"왜 이렇게 늦게 와?"

혜일 스님은 봉두를 기다리고 있었던 듯 반색을 하며 말을 걸었다.

"······?"

봉두는 불안한 얼굴로 쳐다봤다. 좋은 일로 스님이 자기를 기다린 적은 한 번도 없었기 때문이었다.

"빨리 지게 내려놓고 주지 스님 방으로 가. 용화 보살님이 기다리고 계셔."

"······?"

봉두는 더욱 불안해진 얼굴로 눈을 끔벅끔벅했다.

"빨리 가."

혜일 스님은 답답한지 눈만 껌벅이고 있는 봉두 소매를 잡아끌었다.

"······?"

봉두는 할 수 없이 지게만 내려놓고 혜일 스님을 따라갔다. 스님 뒤를 따라가고 있는 그는 산에서 잡혀 온 짐승처럼 불안스럽게 보였다. 주지 스님이 자기를 부르시는 건 언제나 자기가 제일 좋아하는 걸 하지 말라고 할 때였다. 법당에 들어가서 부처님을 만나지 말라고 하실 때도 자기를 불렀고, 삭정이에다 부처님 새기는 일을 하지 말라고 하실 때도 자기를 불렀다. 그리고 지효 스님이 보고 싶어서 스님이 계신 요사채 쪽으로 가고 싶어도 주지 스님은 법당 앞에 금을 그어놓으면서 한 발자국도 안으로 들어가지 말라고 하셨다.

이번에는 틀림없이 지효 스님을 보고 싶어 하는 마음을 갖지 말라고 말씀하실 것만 같았다. 지금 자기가 제일 좋아하는 일은 지효 스님의 얼굴을 보는 일이고, 그리고 지효 스님을 마음속으로 생각하는 일이었기 때문이다.

"스님, 봉두 불러왔습니다."

혜일 스님이 안을 향해서 말했다.

"들어오라고 해라."

주지 스님의 목소리를 듣는 순간 봉두는 더욱 불안해져서 긴장한 얼굴로 서 있었다.

"신발 벗고 어서 올라가."

혜일 스님이 채근을 하자 봉두는 할 수 없이 신발을 벗고 안으로 들어갔다.

"어디 가 있었느냐? 아침공양, 점심공양 다 안 들었다고 하던데."

주지 스님이 물었다.

"……"

봉두는 아무 대답 없이 치켜 달린 한쪽 눈만 끔벅끔벅했다. 그러자 두 손을 모아 무릎 위에 올려놓고 가만히 허공을 바라보고 있던 이 씨가 고개를 돌려 바라보았다.

"너한테 한 가지 부탁이 있는데……."

"……"

봉두는 겁먹은 얼굴로 자리에 앉았다.

"이번에 용화 보살님 원력으로 부처님을 한 분 조성하려고 한다."

"……?"

봉두는 그게 무슨 뜻인지를 몰라서 멀뚱히 주지 스님을 쳐다봤다.

"나무를 너한테 맡길 테니 지극정성을 모아서 부처님을 조성하도록 해라."

"……."

봉두는 여전히 눈만 끔벅끔벅하면서 앉아 있었다. 무슨 말인지 통 알 수가 없어서였다.

"용화 보살님이 좋은 나무를 구해오셨으니까 그 나무를 가지고 법당에 계신 부처님과 같은 부처님을 한 분 조성하란 말이다."

혜일 스님이 답답한지 설명을 곁들였다.

"……."

봉두는 그제야 알아들었다는 얼굴로 머리를 끄덕였다.

"부처님을 조성하려면 너도 몸과 마음을 청정하게 가져야 할 테니까 매일 법당에 들어가서 경배를 드리도록 해라."

"……."

봉두는 머릿속이 띵해지면서 얼떨떨해졌다. 나무까지 주면서 부처님을 조성하라는 말도 꿈같았지만 매일 법당에 들어가서 마음 놓고 부처님을 만나라는 말은 더욱 꿈같았다.

"자네한테 절이라도 하면서 부탁하고 싶은 심정일세. 지극 정성으로 부처님을 조성해 주게나."

이 씨는 간곡하게 말했다.

봉두는 무슨 일인지는 알 수 없지만 보살님한테 굉장히 어려운 일이 있는 것 같아서 그렇게 하겠다고 머리를 끄덕였다.

"고맙네."

이 씨는 봉두 쪽으로 다가앉으며 봉두의 손을 끌어다가 꽉 잡았다. 자신의 손을 잡고 있는 보살님의 손이 떨렸다. 그 순간 봉두의 가슴은 미어지는 것처럼 아파왔다. 봉두는 이 씨가 너무도 불쌍하게 느껴져서 정말 부처님을 잘 조성해 봐야겠다고 마음속으로 다짐했다.

"나가봐라."

주지 스님이 말했다.

"……."

봉두는 아무 말 안 하고 밖으로 나왔다.

밖으로 나왔어도 보살님 얼굴이 생각나서 가슴이 아팠다.

봉두는 눈을 끔벅끔벅하며 하늘을 올려다봤다. 하늘은 검은 구름으로 꽉 덮여 있었다. 가슴이 답답해진 봉두는 부처님이 보고 싶어서 법당 쪽으로 발길을 돌렸다. 부처님을 만나도 좋다고 허락해 주신 주지 스님이 한없이 고마웠다. 주지 스님은 자기 마음을 하나도 모른다고 생각했는데 오늘 보니 꼭 그런 것 같지만은 않았다. 주지 스님도 자기의 답답한 마음을 알고, 답답한 마음을 풀려면 부처님을 만나는 길밖에 없다고 생각하신 것 같았다.

봉두는 부처님한테 가면 지효 스님 얘기부터 하고 싶었다. 요즈음은 종일, 정말 온종일 지효 스님 생각만 하고 있기 때문에 자기가 하고 싶은 얘기는 지효 스님 얘기밖에 없었다. 그리고 부처님이 얘기를 더 해도 좋다고 하시면 그땐 조금 전에 만난 용화 보살님 얘기를 할 참이다. 용화 보살님이 너무 불쌍하다는 얘기, 부처님도 용화 보살님을 보신다면 자기처럼 울고 싶어지실 거라는 얘기를.

그리고 또 있었다. 그것은 주지 스님이 부처님을 조성해도 좋다고 허락한 것이었다. 봉두는 그 얘기도 꼭 하고 싶었다. 그 얘기를 들으면 부처님도 굉장히 좋아하실 거라는 생각이 들었다. 왜냐하면 부처님도 자기 얘기를 매일 들으실 수 있고, 그렇게 되면 부처님도 덜 심심해지실 수 있기 때문이었다.

봉두는 법당문을 열고 안으로 들어갔다. 그러던 그는 너무 놀라서 눈을 크게 뜨고 가만히 서 있었다. 법당 안엔 새벽예불 때부터 찾고 있던 지효 스님이 부처님하고 똑같은 모습으로 앉아 계셨다. 아니, 꼭 같은 건 아니었다. 부처님은 웃는 얼굴이었지만 지효 스님은 몹시 괴로운 얼굴이었고, 부처님은 옷을 입으셨는지 안 입으셨는지 알 수 없지만 지효 스님은 누가 봐도 금방 알 수 있게 회색 옷을 단정하게 입고 계셨다. 그리고 부처님은 한 손은 위로 한 손은 아래로 내리고 계신데 지효 스님은 두 손을 꼭 맞잡고 계셨다.

부처님하고 지효 스님은 너무 다른데도 웬일인지 봉두의 눈엔 똑같이 느껴졌다. 봉두는 지효 스님 가까이 다가갔다. 그러나 지효 스님은 자기가 온 줄도 모르는지 두 눈을 감고 계셨다. 그런 스님의 모습은 너무도 괴로워 보였다. 봉두는 슬픈 눈으로 지효 스님을 보았다. 스님의 괴로움이 자기 몸속으로 배어 들어왔다. 그것은 헝겊에 물이 배는 것하고 똑같았다.

"누나가 열여덟 살이었을 때 우리 남매는 완전히 고아가 되었습니다. 그때 누나는 다섯 살 아래인 저를 지켜야 한다고 생각했고, 그래서 지압사에 나가서 지압하는 일을 배웠습니다. 누나는 온종일 엄지손가락 하나로 팔굽혀펴기를 연습했습니다. 팔에 힘을 기르지 못하면 지압을 할 수 없기 때문이었습니다. 며칠을 그렇게 하자 손가락은 퉁퉁 부어올랐고 두 팔은 가래톳이 서서 치켜들 수도 없었습니다. 하지만 누나는 연습하는 일을 그만둘 수가 없었습니다. 손님한테 빨리 불려 나가기 위해서는 엄지손가락 하나에 온몸의 힘을 쏟아부을 수 있어야 하기 때문입니다. 누나가 퉁퉁 부은 손가락으로 연습을 할 때면 저는 누나 팔을 잡고 울었습니다.

누나 하지 마. 제발 하지 마.

제가 울면 누나는 팔굽혀펴기하던 손을 털며 제 옆에 와 앉았습니다. 그러고는 제 얼굴을 끌어당겨 흘러내린 눈물을 닦아주었습니다. 그럴 때면 저는 누나가 다시는 그 무서운 연습을 하지 않을 거라고 믿었습니다. 그러나 누나는 연습하는 일을 멈추지 않았습니다. 제가 잠이 들었다고 생각되면 누나는 살그머니 일어나서 또 팔굽혀펴기 연습을 했습니다. 저는 밤이 무서워졌습니다. 도망도 못 가고 자는 척하면서 연습하는 누나를 지켜보는 일은 너무 괴로웠습니다.

누나에게 있어서 저는 자신의 생명 이상이었습니다. 그렇기 때문에 저를 지키는 일이라면 누나는 어떤 고통도 이를 악물고 극복하려고 했습니다. 그런 어느 날 아침, 자리에서 일어난 저는 너무 놀라서 다시 이불을 뒤집어쓰고 얼굴을 가렸습니다. 누나 엄지손톱은 새까맣게 피멍이 들어 있었고 손톱 가장자리로 빨간 피가 줄줄 흘러내리고 있었습니다. 저는 그때 앞을 볼 수 없는 누나가 부러웠습니다. 앞을 볼 수 없다면 피멍이 든 손톱도, 손톱 사이로 흐르는 피도 볼 수 없을 테니 말입니다."

"동화 씨, 그만……."

동화의 얘기를 듣던 현지가 동화 가슴에 얼굴을 묻고 흐느껴 울기 시작했다. 동화는 그런 현지를 끌어안고 함께 울었고 두 사람은 뜨겁게 포옹을 하며 지순하게 합일되고 있는 서로의 감정을 확인했다.

그때 우린 승가사로 올라가는 계곡에 있었지. 머리 위엔 별이 떠 있었고, 바위 밑에는 달맞이꽃이 무리를 져 피어 있었어. 동화는 승가사 올라가는 계곡에서 현지와 함께 자신을 보여주는 놀이를 했던 때의 기억을 떠올렸다. 지금까지 살아오는 동안 누군가에게 자신을 진실하게 보여줬다면 그건 그날 밤 현지 앞에서였다는 생각이 들었다. 동화는 십여 년 전에 상영한 영화 필름을 되돌려놓듯 현지와 만났던 순간을 떠올렸다. 그 순간은 전혀 녹슬지 않은 생생한 영상으로 그의 머릿속에서 되살아났다.

이 생각 저 생각으로 몸을 뒤척이던 동화는 자리에서 일어나 밖으로 나왔다. 대청마루로 나오자 연잎 위로 떨어지는 빗소리가 후둑후둑 들려왔다. 태풍이 분다고 하더니 정말 태풍이 불어오려는지 바람 소리도 조금씩 커졌다. 동화는 마루에 서서 어둠 속을 응시하고 있었다. 뜰에 서 있는 나무들이 비바람 속에서 몸부림치듯 요동하고 있었다. 그런 나무들이 어쩐지 자기 자신 같다는 생각이 들었다. 아니, 자기 자신도 그 나무들처럼 비바람 속에서 몸부림을 쳐보고 싶다는 생각이 들었다.

"자네도 자지 않았는가?"

동화는 고개를 돌리고 뒤를 돌아다보았다. 이 씨가 우산을 들고 서 있었다.

"어떻게 나오셨습니까?"

"바람이 불기에 혹시 문이 열렸나 하고 나와 봤네."

"바람이 정말 많이 부는군요."

동화는 어둠 속을 보며 말했다.

"태풍이 오는 모양일세."

이 씨도 어둠 속을 보며 말했다.

"여기 걱정은 마시고 어서 들어가서 주무십시오."

"잠이 와야지. 잠이 오지 않네."

"그럼 이리로 올라오십시오."

동화는 이 씨를 물끄러미 바라보다가 대청마루로 쉽게 올라오도록 손을 잡아주었다.

"자네 피곤하지 않은가?"

"괜찮습니다."

"그럼 우리 얘기나 좀 하세."

이 씨는 스위치를 눌러 불을 켰다.

"자네하고 얘기를 할 줄 알았으면 마실 거라도 들고나올 걸 그랬네."

이 씨는 동화를 쳐다봤다.

"아닙니다. 저녁을 잘 먹어서 아무 생각 없습니다."

"잘 먹기는. 실은 자네가 오면 잔치를 하려고 했네. 그런데 내가 마음이 편치 못해서 ……."

동화는 무슨 일이 있느냐는 얼굴로 쳐다봤다. 그런 그의 표정으로 봐서 아들이 암을 앓고 있다는 사실을 모르고 있는 것 같았다. 이 씨는 모르고 있는 일을 굳이 자신의 입으로 알리고 싶지 않았다.

"자네 가족이 오면 그때 집안 어른들 오시라고 해서 식사나 같이 하도록 하세."

이 씨는 동미를 며느리로 맞이하면서 그녀를 위해 아무 의식도 치르지를 못했다. 몸이 부실한 탓도 있었지만 경황 중에 데려왔기 때문에 달리 마음을 쓸 여유가 없었다. 그래서 늘 미안했고 마음에 걸렸다. 몸이야 어떻든 처녀의 몸으로 한씨 가문에 들어와서 아들 피를 받은 손녀를 낳아주었는데 그녀를 며느리로 받아들이는 형식을 갖추지 않았다는 것은 자기 과실이라고 생각하며 살아왔다.

그런데 생각지도 않았던 동화가 다니러 온 것이다. 동화가 다니러 왔다는 것은 최길성의 추측대로 이 씨한테 많은 의미를 만들어 주었다. 이 씨는 며느리뿐 아니라 손녀까지도 집안사람들한테 업신여김을 받을까 봐 늘 치마폭으로 가리면서 살아왔다. 그런데 그 며느리의 동생이요, 손녀의 외삼촌인 동화가 외국에서도 인정받는 물리학자가 돼서 돌아왔다는 것은 마치 며느리의 어깨에 날개를 달아준 것과도 같았고 손녀의 머리에 빛나는 관을 씌워준 것과도 같았다.

"한 가지 여쭤보고 싶은 게 있습니다."

고개를 숙이고 자신의 생각에 잠겨 있던 동화가 이 씨를 쳐다보며 말했다.

"뭔가?"

"혹시 이 부근에 절이 있습니까?"

"절이라니, 산에 있는 절 말인가?"

이 씨는 의외의 말에 어리둥절해하며 되물었다.

"네."

"부근의 절을 다 아는 건 아니지만 대개는 아네. 그런데 그건 왜 묻는가?"

"제가 찾고 있는 스님이 있어서 그럽니다."

"찾고 있는 스님이 어떤 스님인데."

"지효 스님이라고 비구니 스님입니다."

"지효 스님이라면 청은사에 계시는 스님 말인가?"

"그 절이 바로 청은삽니까?"

동화는 긴장하며 쳐다봤다. 최길성이나 영옥은 지효 스님이라는 법명은 알려주었지만 절 이름은 말하지 않았다.

"자네가 찾고 있는 스님이 내가 알고 있는 스님하고 같은 분인지는 모르지만 만약 같은 분이라면 청은사에 계시네."

"네……."

"그런데 자네가 어떻게 그 스님을 알고 있는가?"

이 씨는 의아해하며 물었다.

"혹시 그 스님이 여기를 다녀가시지 않았습니까?"

"다녀가셨지. 저녁공양도 들고 가셨네."

"그럼 저희 누님을 봤겠군요?"

"봤네."

"저희 누님을 보고 뭐라고 하지 않았습니까?"

"……."

기억을 더듬던 이 씨는 '아!' 하고 고개를 끄덕였다. 며느리가 마루 밑에 와 섰을 때 몹시 놀란 얼굴로 수저를 떨어뜨리던 지효 스님의 모습이 생각나서였다.

"……?"

동화가 눈으로 다시 물었다.

"놀라시는 거 같았네. 자네들하고 아는 사인가?"

"……."

동화는 묵묵히 앉아 있다가 말했다.

"그 스님은 전에 제가 사귀던 사람입니다."

"그렇다면 교수님을 따라서 절로 갔었던 여학생이 바로 지효 스님이란 말인가?"

"네."

"후우……."

이 씨는 어깨를 치키면서 한숨을 쉬었다. 지효 스님을 스님이 되게 한 것은 결국 자기 아들이었다는 생각이 들어서였다.

"청은사는 여기서 몇 리 길입니까?"

"칠십 리쯤 되네."

"……."

두 사람은 각자 자신의 생각 속으로 잠기며 묵묵히 앉아 있었다. 나무들은 비바람 속에서 요동하듯 몸부림치고 있었다.

"지효 스님은 자네가 온 걸 알고 계신가?"

한참 만에 이 씨가 물었다.

"네. 친구가 다녀왔습니다."

"스님은 뭐라고 하셨다던가?"

"만나지 않겠다고 했답니다."

동화는 어둠 속을 바라보며 말했다.

"그러셨겠지. 하지만 괴로운 마음이야 스님이라고 다르시겠나. 사랑하는 사람을 보고 싶고, 사랑하는 사람과 헤어져 있으면 그리워지는 그 마음이야……."

이 씨는 천천히 머리를 끄덕였다.

"……."

 동화는 그런 이 씨를 신기한 눈으로 바라보았다. 이 노인도 남녀 관계의 그 쓰린 아픔을 알고 계시는 건가?

 비가 내리고 있다. 온종일. 쏟아져 내리던 비는 빨간 석류꽃 위에서 투명한 물로 바뀌며 땅으로 흘러내리고 있었다. 물방울을 휘감고 서 있는 석류나무는 가지를 무겁게 내려뜨리고 있지만 나무 전체는 싱싱하게 살아나 있었다. 구름이 구름으로 떠 있지 않고 비가 되어 내릴 수 있다는 것이 축복처럼 느껴졌다. 지효 스님은 자기 자신도 하늘에 떠 있는 구름이 아니라 땅을 적시는 비이고 싶다는 생각을 했다. 하늘에 떠 있는 흰 구름은 푸른 하늘 위를 유유자적하게 노닐지만 그런 자신의 모습을 보여주는 것 외에는 지상의 생명을 위하여 아무것도 하는 것이 없다. 그 모습이 비록 아름다움의 극치라 하더라도 고통의 풍진 속을 뒹구는 지상의 생명에게 그것이 무슨 도움이 되겠는가? 선망의 눈길로 잠시 올려다보게 하는 것 외에는.
 그러나 비가 되고 싶다고 해서 흰 구름이 그냥 비가 되는 것은 아니다. 비가 되기 위해서는 자신의 몸을 검은 먹구름이 되게 하는 일부터 시작해야 한다. 몸을 더럽히는 용기, 이 변신의 용기가 선행되지 않으면 구름은 그냥 하늘에 떠 있다가 스러질 수밖에 없다. 지효 스님은 뜰에 서 있는 석류나무를 바라보며 이런저런 생각에 잠기다가 툇마루로 나왔다. 가슴속에선 동화를 만나고 싶다는 소리와 그런 망념을 털어버려야 한다는 소리가 끝없이 교차하였다. 두 개의 상극된 소리는 마치 파도처럼 서로 자리를 바꿔가며 밀려왔다 밀려갔다 했다. 종일 두 개의 감정으로 갈등을 빚던 지효 스님은 동화를 만나겠다는 쪽으로 생각을 굳혀갔다.

만나고 싶다는 감정이 진실이라면 나는 그 감정 앞에 당당할 수 있지 않은가? 여기까지 생각이 미치자 어떤 용기 같은 것이 솟아올랐다. 그러면서 동화에 대한 걷잡을 수 없는 그리움이 느껴졌다. 영옥이 말대로라면 동화는 지금 용화 보살님 댁에 와 있을 것이다. 아니, 나를 보기 위해 이리로 찾아오고 있을지도 모른다. 내가 동화를 만나기 위해 그리로 달려가고 싶은 것처럼. 지효 스님은 댓돌 위에 놓인 신을 신고 법당 쪽으로 돌아나갔다. 동화가 사천왕문 앞에 서서 자기가 나오기를 기다리고 있을 것만 같았다. 그러나 사천왕문 앞엔 동화가 없었다. 법당 뜰엔 쏟아져 내리는 빗줄기만 자욱할 뿐 사람 그림자는 보이지 않았다.

지효 스님은 쏟아져 내리는 빗줄기를 바라보며 망연하게 서 있었다. 어깨를 움츠리며 빗속을 걸어오는 동화의 영상은 보이는데 그의 모습은 나타나지 않았다. 어떻게 된 걸까? 지효 스님은 가만히 눈을 감았다. 그런 그녀의 망막 위로 일주문의 붉은 기둥이 떠올랐다 '그래, 지금 일주문 밖에 와 있을 거야. 거기까지 와서 올라올 용기를 내지 못하고 있는 걸 거야.' 그런 생각을 하자 그것은 사실처럼 굳어져서 일주문 앞에서 비를 맞고 서 있는 동화의 얼굴이 보였다.

지효 스님은 자신이 마중을 나가야 한다고 생각하며 얼른 방으로 되돌아왔다. 그리고 입고 있던 승복을 벗어놓고 깨끗하게 손질한 무명 동방으로 갈아입었다. 산길을 내려가자 비는 더욱 억수같이 쏟아져 내렸다. 길 양옆에 서 있는 잣나무들은 자신들의 몸에서 물줄기를 뿜어내듯 가지 마디마디에 빗물을 줄줄 흘리고 있었다. 잣나무 숲을 지나자 우산을 받쳐 든 머리 부분만 빼고 온몸이 비로 흠뻑 젖었다. 지효 스님은 뛰다시피 걸음을 빨리해서 산길을 내려갔다. 하염없이 빗속을 쳐다보며 자신을 기다리고 있을 동화의 모습이 어른거려 마음이 아팠다. 한참 동안 숲길을 내려가자 붉은 일주문이 보였다. 두 개의 기둥은 빗속에서 뿌옇게 모습을 드러내고 있었다.

일주문 앞에 이른 지효 스님은 몸에 감겨드는 젖은 승복을 손으로 잡아당기며 주위를 둘러보았다. 그러나 동화의 모습은 보이지 않았다. 둘러보고 또 둘러보아도 동화의 모습은 아무 곳에도 없었다. 지효 스님은 깊게 숨을 들이마시며 쏟아져 내리는 빗줄기를 바라보았다. '지금 오고 있을 거야. 비가 오니까 올라오는 길이 힘들겠지.' 일주문 밖의 공터엔 수천수만 갈래의 빗줄기가 낙하하듯 내리꽂혔다. 지효 스님은 빗줄기 너머로 아득하게 뻗은 숲길을 바라보았다. 아무리 바라보고 있어도 쏟아져 내리는 빗줄기 외엔 아무것도 보이는 것이 없었다.

지효 스님은 몸을 돌렸다. 한순간 격렬한 감정에 젖게 했던 환각이 의아하게 느껴졌다. 하지만 그 의아함마저도 다시 생각하고 싶지 않아서 고개를 푹 숙였다. 우산을 쓸 필요도 없을 만큼 옷은 이미 젖어 있었지만 자신의 얼굴을 가리고 싶어 그냥 우산을 눌러쓰고 산길을 올라갔다. 경내로 들어선 지효 스님은 젖은 옷을 갈아입고 법당으로 들어갔다. 불단에 세워놓은 두 자루의 초는 두 눈에 그렁그렁 고여 있는 눈물 같은 촛농을 심지 밑에 깔고 소리 없이 타들어 갔다. 부처님도, 부처님을 옹위하고 있는 협시 보살들도, 동자를 거느리고 소나무 밑에 앉아 있는 산신도, 천장에 매달려 있는 용(龍)도… 모두 어둠 속에 몸을 숨기고 소리 없이 타고 있는 촛불을 보고 있었.

'저들도 어느 생애인가에는 자신의 몸에 불을 붙이고 한 생애를 소리 없이 태웠겠지. 그래서 부처가 되고 보살이 되고 산신이 되고 용이 된 것이겠지.'

지효 스님은 법당 안을 둘러보며 이런 생각에 잠겼다. 그때 지원 스님이 들어와서 저녁예불을 알리는 종을 쳤다. 종소리가 울리자 가사 장삼을 입은 스님들이 하나둘 경내로 들어왔다.

그들은 번뇌도 망상도 지니고 있지 않은 사람처럼 평화스럽게 보였다. 지효 스님은 자신만이 망상의 늪에서 허덕이고 있는 것 같은 막막함을 느끼며 가만히 한옆으로 비켜섰다. 법당 안으로 들어온 스님들은 부처님 앞에 엎드려 지극정성으로 절을 하고, 염불을 하고, 그리고 잠시 입정에 들다가 밖으로 나갔다.

지효 스님도 밖으로 나가려고 문 쪽으로 걸어갔다. 그러던 그녀는 소스라치게 놀라며 우뚝 멈춰 섰다. 사천왕문 안에 동화가 서 있었다. 그는 예불드리는 소리를 듣고 있었는지 물끄러미 법당 쪽을 바라보고 서 있었다. 지효 스님은 자신이 환각을 본 것이라고 생각하며 다시 문 쪽을 내다보았다. 그러나 거기엔 틀림없이 동화가 서 있었다. 지효 스님은 한옆으로 비켜서며 다른 스님들이 나갈 수 있도록 길을 터주었다. 먼저 나간 혜일 스님은 지효 스님이 나오기를 기다리는 듯 잠시 뒤를 돌아다보더니 그대로 나갔다. 혼자 남아서 기도를 드리려 한다고 생각한 모양이었다.

동화는 스님들 속에서 지효 스님의 모습을 찾느라고 열심히 스님들 쪽을 기웃거렸다. 그러던 그는 허탈한 얼굴로 우두커니 서 있었다. 지효 스님은 얼른 법당 안으로 몸을 숨겼다. 왜 몸을 숨겼는지 그 감정은 너무도 복잡해서 그녀 자신도 설명할 수가 없었다. 지효 스님은 법당 안에 서 있는 둥근 기둥에 몸을 기대고 가만히 허공을 응시했다. 뛰고 있던 심장도 피돌기도 모두 멈춰버린 듯 온몸이 빳빳하게 경직되어 갔다.

"스님, 지효 스님."

공양주 목소리가 들려왔다.

"……."

지효 스님은 문 쪽을 바라보았다.

"어떤 남자분이 스님을 찾고 계신데요."

공양주 뒤에 동화가 서 있었다. 동화와 지효 스님 시선은 공양주 어깨 위에서 맞부딪쳤다.

"현지, 여기 있었군."

동화는 신음하듯 나직이 말했다. 지효 스님은 깊게 심호흡을 했다. 두 눈에 눈물이 가득 고여 있었다. 두 사람을 지켜보던 공양주는 조용히 법당문을 닫아주고 돌아섰다. 두 사람은 희미한 촛불 앞에서 서로 마주 바라보고 서 있었다. 한참 동안 지효 스님을 바라보고 있던 동화는 얼굴에 경련을 일으키더니 손수건을 꺼내 얼굴을 가렸다. 머리를 깎고 승복을 입은 모습으로 자기 앞에 서 있는 지효 스님을 보는 순간 견딜 수 없는 회한이 느껴지는 모양이었다. 한참 동안 손수건으로 얼굴을 가리고 있던 동화는 흘러내리는 눈물을 닦았다.

"가혹하군요. 우리 두 사람을 이렇게 만나게 하다니……."

"……."

지효 스님은 그런 동화를 바라보며 지그시 입술을 깨물었다.

심장이 파열해버릴 것처럼 아파왔다.

"이렇게라도 만날 수 있어서 다행입니다."

동화는 감정을 진정하며 인사를 했다.

"영옥이를 통해서 동화 씨 얘긴 들었어요. 성공하셨다는 소식도요."

성공하셨다는 소식도요라는 말은 어쩌면 결혼하셨다는 소식도요라는 말이었는지도 몰랐다.

"……."

동화는 묵묵히 지효 스님을 바라보았다. 그녀의 말속에 숨겨진 뜻을 알아들은 듯했다.

"언제 돌아가실 건가요?"

"열흘쯤 후에 떠날 것 같습니다."

"떠나실 때 못 만나더라도 안녕히 가시고, 영원히 못 만나더라도 행복하게 사세요."

지효 스님의 음성은 떨렸다. 동화는 그런 지효 스님의 얼굴을 가만히 바라보았다.

"작별 인사를 하는 겁니까?"

"네."

지효 스님은 침착하게 대답했다.

"……."

동화는 지효 스님을 바라보기도 힘든 듯 고개를 푹 숙였다.

괴로운 침묵이 흘렀다.

"꼭 한번 만나고 싶었는데 이렇게 찾아주셔서 감사합니다."

"……."

"월정리까지 가시려면 늦으실 텐데 어두워지기 전에 돌아가세요."

"겨우 이렇게밖에 만날 수 없다니 가혹하군요."

동화는 가혹하다는 말을 다시 한번 썼다.

"……."

가혹하다는 말은 우리의 운명을 두고 하는 말일까?

"그럼……."

동화는 작별 인사를 하려는 듯 지효 스님을 뚫어져라 쳐다보더니 말을 잇지 않고 몸을 돌렸다. 건강을 빈다든지 행운을 빈다는 말은 자신의 감정 앞에서 너무나 힘없이 느껴졌기 때문이었다. 산길을 내려오던 동화는 손수건을 꺼내서 얼굴을 닦고 안경을 벗어서 주머니 속에 넣었다. 그때 딱딱한 물체가 손끝에 만져졌다. 동화는 무심한 얼굴로 손에 만져지는 물건을 꺼내들다가 '아!' 하고 놀랐다. 그것은 바로 며칠 전에 산 루주였다. 루주임을 확인한 순간 동화의 얼굴엔 미소가 돌았다. 그런 그의 얼굴은 마치 떼쓸 거리를 찾은 아이 얼굴 같았다.

동화는 루주를 들고 내려왔던 산길을 도로 올라갔다. 지효 스님한테 해당되지 않는다는 것은 그도 잘 알고 있었지만 그것을 산 자신의 감정만은 전달하고 싶었다. 아니, 그냥 그녀의 얼굴을 한 번 더 보고 싶었다. 산길을 오르자 비탈길 옆 채마밭에서 배추를 뽑고 있는 여인이 눈에 들어왔다. 동화는 채마밭 쪽으로 다가갔다. 조금 전에 자기를 안내해주던 바로 그 여인이었다.

"아주머니."

"……."

부인이 고개를 돌리고 돌아다봤다.

"죄송하지만 한 번만 더 부탁을 드리겠습니다."

"……."

"아까 그 스님한테 가셔서 제가 기다리고 있다고 전해주십시오. 꼭 전해야 할 물건을 그냥 가지고 와서 그럽니다."

공양주는 얼굴 위로 흐르는 빗물을 손으로 닦으며 동화 얼굴을 쳐다보았다.

"저 아래 가서 기다리세요. 여기 계시면 다른 스님들 눈에 띌지도 모르니까요."

"감사합니다."

동화는 공양주를 향해 정중하게 인사를 했다.

"……."

공양주는 동화의 얼굴을 다시 한번 쳐다보더니 흙투성이가 된 고무신을 신고 비탈길을 올라갔다. 공양주의 모습이 절 안으로 완전히 사라지자 동화는 천천히 산길을 내려갔다.

"스님."

공양주가 법당문을 열고 불렀다.

"……?"

타들어 가는 향을 물끄러미 바라보고 서 있던 지효 스님이 고개를 돌리고 문 쪽을 바라보았다.

"이리 잠깐 와보세요. 제가 발이 젖어서 들어갈 수가 없어서 그래요."

공양주는 귓속말을 하려는 듯 나직한 목소리로 말했다.

"……?"

지효 스님은 잠시 생각에 잠기다가 문 쪽으로 걸어갔다.

"이거 쓰시고 저 아래로 내려가 보세요. 아까 그 손님이 기다리고 계세요."

공양주는 우산을 건네주며 속삭이듯 말했다.

"……네?"

"태풍이 분다고 해서 김칫거리를 뽑아놓으려고 나갔더니 그분이 도로 올라오시잖아요. 스님한테 꼭 전해드릴 게 있다고 하시면서요."

"……?"

"빨리 나가보세요. 빗속에 서 계시는데."

"감사합니다."

멍하니 서 있던 지효 스님은 그제야 정신이 돌아온 듯 공양주가 건네주는 우산을 받아 들고 급히 밖으로 나갔다.

'이러다가 부처님한테 벌 받는 건 아닌지 모르겠네.'

공양주는 혼자 중얼거리며 법당문을 두 손으로 꼭 눌러 닫았다.

지효 스님은 자신의 심장 뛰는 소리를 들으며 산길을 내려갔다. 동화를 다시 볼 수 있다는 기쁨과 동화도 그대로 돌아설 수가 없어서 자기를 보기 위해 되돌아왔다는 사실이 한데 뒤엉켜 그녀의 가슴을 한없이 설레게 했다. 비에 젖은 산나리와 보라색 도라지꽃이 듬성듬성 피어 있는 숲속은 용궁 속처럼 아름답게 느껴졌고, 산 능선을 휘감고 있는 뿌연 운무도 오색 무지개가 떠 있는 것처럼 찬란하게 보였다.

지효 스님의 모습이 보이자 잣나무 밑에 서 있던 동화가 앞으로 나왔다.

"어떻게 다시……."

지효 스님은 소녀처럼 들떠 있는 자신의 감정이 부끄러워서 동화 시선을 피하며 물었다.

"이걸 드리고 가려고요."

동화는 종이에 싼 동그란 걸 지효 스님 앞에 내밀었다.

"그게 뭔가요?"

지효 스님이 받으려고 하자 동화는 지효 스님의 손을 와락 끌어당겼다.

"아닙니다. 이건 핑곕니다. 그냥 보고 싶어서 왔습니다."

"……."

지효 스님은 고개를 숙였다. 헐렁한 승복 속에 가려진 가는 목이 너무도 애처롭게 느껴졌다.

"우린 십 년 전에 만났어야 하는 건데. 그때 만나 함께 아이를 낳고 함께 살았어야 하는 건데……."

동화는 지효 스님을 으스러지게 꽉 껴안으며 신음했다. 지효 스님은 자신의 민둥머리에 동화의 뺨이 와 닿는 것이 너무도 비참해서 고개를 옆으로 돌렸다. 아, 요술 램프처럼 누군가가 내 머리를 순식간에 자라게 해줬으면…….

"그런데 십 년 세월은 우리를 비껴가고 말았군요."

동화는 지효 스님을 끌어안고 그녀 얼굴에 자신의 얼굴을 부비며 울부짖었다. 두 사람 얼굴은 뜨거운 눈물로 뒤덮였고 몸에선 빗물이 눈물처럼 흘러내렸다.

8장

Udambara

"스님, 열 좀 내리셨어요?"

혜일 스님이 옆에 와 앉으며 물었다.

"네."

"그냥 누워 계세요."

지효 스님이 일어나려고 하자 혜일 스님은 지효 스님을 자리에 도로 누이고 손으로 이마를 짚어보았다.

"열이 그대로 있네요. 병원에 가보셔야지, 안 되겠는데요."

혜일 스님이 걱정스레 쳐다봤다.

"……."

"오늘 저하고 같이 나가세요. 병원에도 들를 겸요."

"어디 가시려고요?"

"용화 보살님 댁에요. 좋은 조각도를 구해놓으셨다고 해서 그걸 가지러 가려고요."

"……."

용화 보살님이라는 말을 듣는 순간 연상 작용처럼 동화 얼굴이 떠올랐다.

"오늘 집안에 무슨 일이 있으신가 봐요. 짬을 낼 수 없다고 해서 제가 갔다 오려고요. 한시라도 빨리 봉두한테 갖다줘야죠."

"봉두는 불상을 많이 조성했나요?"

봉두라는 이름을 듣는 순간 그가 불상을 조성하고 있다는 사실이 비로소 생각났다. 한 절에 있으면서도 그동안 자신의 감정에 묶여 봉두가 불상을 조성하고 있다는 것을 까맣게 잊고 있었다.

"아니에요. 전혀 진전이 없어요."

"…왜요?"

"모르겠어요. 멍석을 너무 넓게 펴놔서 그러는지 매일 두꺼비 용쓰듯 나무만 들여다보고 앉아 있어요."

"……."

"요즈음은 용화 보살님보다 주지 스님이 더 애를 태우세요. 봉두가 주지 스님의 애를 태울 힘이 있으리라는 건 스님도 모르셨죠?"

혜일 스님은 눈을 찡긋하며 웃었다. 그런 혜일 스님을 보며 지효 스님도 따라 웃었다.

"스님, 잠깐만 앉아 계세요. 제가 주지 스님한테 가서 외출 허락을 받아가지고 올게요."

혜일 스님은 자리에서 일어서며 말했다.

"……."

지효 스님은 잠자코 머리를 끄덕였다. 혜일 스님과 외출을 하게 되면 용화 보살님 댁에 같이 가보고 싶었다. 가서 한 번 더 동화를 만나고 싶었다. 가기만 하면 동화를 만날 수 있는데, 그런 거리에 동화가 있는데, 그를 만나지 않고 이렇게 멍하니 있다는 것이 너무도 아쉽게 느껴졌다. 혜일 스님이 밖으로 나가자 지효 스님은 햇살이 밝게 비치는 창문을 물끄러미 바라보고 있었다. 자신이 있는 하늘 아래 동화도 함께 있다는 사실이 꿈같이 생각되었다.

지효 스님은 자리에서 일어나 앉았다. 갈증이 느껴지며 목이 아파왔다. 동화가 온 날에 비를 많이 맞았기 때문인지 고열이 오르며 계속 목이 아팠다. 고열이 오르는 건 몸뿐이 아니었다. 마음도 그랬다. 동화를 만나는 순간 재 속에 묻혀 있던 불씨가 도로 살아나듯 죽었다고 믿고 있던 열정이 생생하게 도로 살아났다. 지효 스님은 자신 속에서 살아나는 열정을 보았고, 그것은 감당하기 힘든 괴로움이었다.

"스님."

혜일 스님이 싱글거리며 들어왔다.

"……."

"제 실력 어때요?"

혜일 스님은 반으로 접은 하얀 봉투를 지효 스님 앞에 놓으며 말했다.

"그게 뭔데요?"

"스님 병원비요."

"병원비는 저한테도 있는데요."

"그럼 우리 나간 김에 이거 가지고 약 공양하고 와요."

혜일 스님은 두 팔을 벌려서 닭이 활개 치는 흉내를 내며 '꼬게요!' 했다. 그런 혜일 스님을 보며 지효 스님은 소리 내서 웃었다. 전에 대구에 갔던 일이 생각나서였다.

강원에서는 한 달에 한 번씩 외부 강사를 초빙해서 강연을 듣는 특강 시간이 있었는데 강사를 초청해오는 일은 붙임성 좋은 혜일 스님이 도맡아 했다. 언젠가 대구에 계신 교수를 모시러 가면서 혜일 스님은 지효 스님도 동행을 할 수 있도록 강주 스님한테 허락을 받아냈다. 지효 스님은 모처럼의 외출이라 즐거운 마음으로 따라나섰다.

두 사람이 대구까지 왔을 때 혜일 스님은 지효 스님을 데리고 변화가 뒷골목으로 들어갔다. 지효 스님은 무슨 영문인지도 모르고 그녀가 이끄는 대로 따라갔다. 얼마쯤 골목 안으로 들어가던 혜일 스님은 지효 스님 귀에 대고 '꼬게요!' 하고 닭 우는 소리를 냈다. 지효 스님이 어리둥절해서 쳐다보자 혜일 스님은 닭 한 마리가 그려져 있는 치킨 센터를 가리키며 팔을 잡아끌었다. 그날 치킨 네 조각을 먹고 난 혜일 스님은 지효 스님한테 합장을 했다.

"약 공양 들었으니 성불하겠나이다."

"약 공양만 드시고 성불은 언제 하시려고 그러세요?"
지효 스님이 웃으며 묻자 혜일 스님은 능청을 떨며 웃었다.
"천천히 하죠 뭐. 한번 부처 되고 나면 다시 중생 되긴 글렀는데 뭐가 급해서 서둘러요."
사시마지 후 지효 스님은 혜일 스님과 함께 산을 내려갔다. 태풍이 완전히 가시지 않았는지 비는 멈췄지만 바람은 계속 불었고 하늘엔 검은 구름이 빠르게 지나갔다. 잣나무 숲으로 이어지는 숲길은 동화와 만났던 하루를 판각해놓은 것처럼 모든 기억을 생생하게 되살려주었다.
지효 스님은 자신을 사로잡았던 환상과 그 환상에 이끌려 빗속을 헤매고 다녔던 자신의 모습을 떠올리며 산길을 내려갔다.

그러던 그녀는 동화와 만났던 잣나무 앞에서 발을 멈췄다. 빗물이 줄줄 흐르는 나무 밑에 서서 자신을 기다리고 섰던 동화의 모습을 떠올리는 순간 눈물이 핑 돌았다. 지효 스님은 잣나무 옆으로 다가가 나뭇등걸에 가만히 손을 대보았다. 동화의 체온이 배어 있는 것 같아 가슴이 찌릿해졌다.

"스님, 빨리 오세요. 저 차가 우리를 기다리고 있나 봐요."

몇 발짝 앞에서 가던 혜일 스님이 뛰어가며 말했다. 일주문 앞에는 노란 택시 한 대가 서 있었다. 지효 스님도 걸음을 빨리해서 택시 쪽으로 걸어갔다.

"어서 오십시오."

기사가 문을 열며 스님들을 반겼다.

"재수 좋은 날인데요. 아저씨를 만날 수 있어서요."

혜일 스님은 남자 같은 목소리로 인사를 하며 택시 안으로 들어갔다.

"마을까지 왔다가 헛걸음하는 셈치고 올라왔더니 스님들을 모시게 됐군요."

기사도 빈 차로 나가지 않게 된 행운을 기뻐하며 싱글거렸다.

"어디까지 가실 겁니까?"

핸들을 잡고 달리던 기사가 고개를 돌리며 물었다.

"월정리요."

"아, 한 부자 댁에 가시는 모양이군요."

"그걸 아저씨가 어떻게 아세요?"

"그 댁 할머니를 모시고 이 절까지 여러 번 왔습니다."

기사는 기분 좋게 말했다.

"그러고 보니 아저씨는 우리 절 단골이시군요."

"단골이라기보다 신자죠. 제 이름도 이 절에 올라 있을 겁니다."

"부인이 우리 절에 나오시는가 보죠?"

"그럼요. 집사람은 이 절에 다닌 지 오래됐습니다."

"아저씨 성함이 어떻게 되세요?"

"그건 왜 물으십니까?"

"제가 알아뒀다가 특별히 축원을 잘 해드리려고요."

"절에서도 특별히 축원을 잘 해주는 사람이 있습니까?"

"그럼요. 가끔 아저씨 같은 분이 절 앞까지 오셔서 편하게 나갈 수 있게 해달라고 축원을 하죠."

"그거라면 부처님한테 하시지 말고 저한테 직접 하십시오. 당사자가 이렇게 옆에 있는데 제삼자를 통해서 부탁할 게 뭐가 있습니까?"

혜일 스님과 기사는 서로 농담을 하며 유쾌하게 웃었다. 지효 스님은 그들의 유쾌한 웃음소리를 들으며 동화 생각을 하고 있었다. 동화는 자기와 헤어지는 마지막 순간에 둘이 어딘가로 가서 옛날에 '자신을 보여주는 놀이'를 했듯이 지나온 이야기를 하자고 제의했다. 그때 그는 자기 자신에 대해 뭔가 변명을 하고 싶어 했고, 그리고 자신의 진실을 알리고 싶어 했다. 동화와 나는 한번쯤 그 일을 해야 하지 않을까? 그것이 비록 현재의 우리 생활을 변화시킬 힘이 없다 하더라도. 지효 스님은 지금 자신이 그 일을 실행에 옮기기 위해 동화를 찾아가고 있다고 생각했다. 그것은 동화를 찾아가는 자신의 행동에 떳떳해지고 싶어서 스스로에게 변명을 하고 있는 것인지도 몰랐다. 자신의 생을 바친 사랑임에도 그를 만나는 데 있어서 자기 자신에게까지 이런 변명을 해야 하는 현재의 위치가 비참했다.

산길과 포장되지 않은 시골길을 한 시간 정도 달리던 차는 마침내 이 씨 집 대문 앞에 두 사람을 내려놓았다. 차에서 내린 혜일 스님은 자신의 집으로 들어가는 것처럼 익숙하게 대문 안으로 들어갔다. 지효 스님은 그런 혜일 스님의 뒷모습을 보며 대문 앞에서 머뭇거리고 있었다. 넓고 큰 이 집 어딘가에서 동화가 자기를 지켜보고 있을 것 같아 걸음을 옮겨놓기가 거북했다. 집 자체가 동화인 것처럼 느껴졌다.

"스님, 빨리 오세요."

앞에 가던 혜일 스님이 쭈뼛거리고 서 있는 지효 스님을 돌아다보며 채근했다.

"네."

지효 스님은 걸음을 빨리해서 혜일 스님의 뒤를 따랐다. 막상 이 씨 집 대문 안으로 들어서려니 왠지 쑥스러웠다. 동화를 만난다는 설렘과 자기가 동화를 찾아왔다는 겸연쩍음이 뒤섞여서 감정의 안정을 찾을 수 없었다. 안으로 들어가자 집 안은 온통 잔칫집처럼 술렁거렸다. 떡 찌는 냄새, 고기 굽는 냄새, 전 부치는 기름 냄새, 나물 무치는 참기름 냄새… 집 전체가 음식 냄새로 가득했다.

"어서 오세요, 스님."

곽 씨네가 펑퍼짐한 허리를 구부리며 합장을 했다. 그러자 부엌에 있던 아낙네들도 서너 명 따라 일어서며 스님을 향해 합장을 했다.

"안녕하세요."

혜일 스님도 친숙하게 그들과 인사를 나눴다.

"안방으로 들어가시죠."

곽 씨네는 먼저 안방으로 들어가며 스님들이 들어오기를 기다렸다. 집 안에 고기 냄새가 진동해서 마음이 쓰였다.

"보살님은 어디 가셨어요?"

"조금 전에 당숙님 댁에 가셨어요."

"오래 걸리실까요?"

"아니에요. 이제 곧 오실 거예요. 앉으세요, 스님."

곽 씨네는 방석을 내주며 앉기를 권했다.

"네."

두 스님은 자리에 앉았다.

"점심공양 올릴까요?"

"점심은 먹고 왔으니까 고기나 좀 주세요."

혜일 스님은 곽 씨네를 쳐다보며 눈을 찡긋했다.

"스님도 참, 웬 농담을 그렇게 하세요."

"보살님도 참, 왜 남의 진담을 농담으로 받아들이세요."

혜일 스님은 곽 씨네 흉내를 내며 쳐다봤다.

"잠깐만 앉아 계세요. 고기는 못 드려도 마실 거는 갖다 드릴게요."

곽 씨네는 즐거운 얼굴로 일어섰다.

"그런데 이 집 오늘 무슨 날이에요?"

"미국서 송강의 외숙모가 오신다고 해서요. 그래 겸사겸사 잔치를 하시나 봐요."

"송강의 외숙모가 미국에 계세요?"

"네. 송강의 외삼촌은 며칠 전에 오셨는데 부인은 언니 집에 들렀다 오느라고 늦어졌다 하더군요."

"그래요? 그 얘긴 금시초문인데요."

"저도 이번에 처음 알았는데 외삼촌은 미국에서도 알아주는 박사님이라던데요."

"⋯네."

"인물도 얼마나 좋으신데요. 여기 사진 있어요. 심심하실 텐데 사진 구경이나 하세요."

곽 씨네는 문갑 위에 놓여 있는 사진을 집어주며 말했다.

"사진보다 이왕이면 실물을 보여주시죠."

"스님도 참…. 실물을 보여드리고 싶어도 지금 안 계세요."

"왜요?"

"부인하고 딸 데리러 오늘 아침 서울로 가셨어요."

"그럼 할 수 없죠 뭐. 사진이나 봐야지."

혜일 스님은 곽 씨네를 쳐다보며 씽긋 웃더니 사진을 집어 들었다. 지효 스님은 몸속의 피가 역류하는 것 같은 느낌을 받으며 가만히 앉아 있었다. 무심한 얼굴로 사진을 들여다보던 혜일 스님은 사진 한 장을 건네줬다.

"부인인가 봐요. 스님도 보세요."

가슴까지 파진 티셔츠를 입은 여자가 삼각팬티만 입은 계집애를 무릎 위에 올려놓고 웃고 있었다. 탐스러운 파마머리는 어깨 위에서 부드럽게 물결치고 있었다. 저녁을 먹고 잠자리에 들기 전에 행복하게 놀고 있는 부인과 딸의 모습을 찍은 것 같았다.

"이 사진도 보세요. 정말 박사신가 봐요."

혜일 스님은 다음 사진을 건네줬다. 학위를 받던 날인 듯 동화는 가운 위에 사각모를 썼고 옆에 선 부인은 팔짱을 끼고 환하게 웃고 있었다. 영광과 기쁨을 함께 나누면서.

"어머 세상에, 어쩜 이런 사진을 다 찍죠?"

혜일 스님은 쿡 하고 웃더니 보고 있던 사진을 다시 건네줬다. 임신복을 입고 잔디밭에 서 있는 부인은 만삭의 배를 더욱 불룩하게 보이기 위해 옆으로 서서 두 팔로 배를 감싸고 있었다. 남편 앞에서 출산을 앞두고 행복해하는 여자의 마음이 그대로 담겨 있었다.

지효 스님은 만삭의 부인을 앞에 세워놓고 셔터를 누르고 있었을 동화 모습을 떠올리는 순간 날카로운 비수가 정수리에서부터 심장까지 일직선으로 꽂히는 환각이 느껴졌다. 그리고 비수가 꽂힌 자리에서는 붉은 선혈이 튀어나왔다.

"스님, 왜 이러세요?"

자신을 부르는 혜일 스님의 목소리가 아득하게 들려왔다.

"이렇게 편찮으시면 병원으로 바로 가자고 하실 일이지. 보살님, 이리 좀 와보세요."

혜일 스님의 목소리가 더욱 아득하게 들려왔다. 지효 스님은 가물가물 낙하하여 떨어지는 자신의 몸뚱이를 보며 서서히 의식을 잃어가고 있었다.

"칠월 더부살이 주인 마누라 속곳 걱정한다고, 아무것도 아닌 내가 왜 자꾸 용화 보살님 일이 걱정되는지 모르겠네요잉."

"그거야 누구나 다 그렇죠. 우리 절에서 용화 보살님 일을 걱정하지 않는 사람이 어디 있어요?"

"그런디 봉두는 뭔 일로 미꾸라지 용쓰듯 용만 쓰고 있데요?"

"그 속을 누가 알아요. 말을 해야 알죠."

"참말로 이상하네요잉. 나무만 주면 펄펄 날 것처럼 좋아하면서 하룻밤 사이에 부처님 다 만들어놓을 줄 알았는디, 뭔 일로 손도 안 대고 나무만 들여다보고 앉았데요잉."

"그러게, 말이에요. 그러니까 속이 터지죠."

"우리 속이 이런디 용화 보살님 속은 오죽하겠어라우?"

"용화 보살님뿐이 아니에요. 주지 스님도 병나실까 봐 겁나요."

"정 못하겠다면 다른 사람한테 시키지 그러라우?"

"주위에서는 그렇게들 권하지만 당사자인 용화 보살님이 마다하시니……."

"참말로 모르겠네요잉. 상감님 수라상처럼 끼니때마다 독상 차려 주재요잉, 행랑채가 몸채 노릇한다고 부목 영감까지 쫓아내고 독방 차지하고 있재요. 그런디 뭐가 모자라서 눈만 껌벅거리고 앉아 있는지 참말로 알다가도 모르겠네요잉."

"……."

"거기다 지효 스님은 또 왜 그런대요?"

"그 스님 일도 걱정은 걱정이에요."

공양주는 속으로 뜨끔해 하며 힘없이 말했다. 지효 스님이 그렇게 된 사단은 자기한테도 있다는 생각이 들어서였다. 그때 그만 딱 잡아떼고 못 만나게 했어야 하는 건데…. 지효 스님이 나 대신 부처님한테 벌을 받는 건 아닌지 모르겠어.

"백약이 무효라는 말은 옛날부터 들었지만 내 눈으로 보긴 처음이구만이라우."

"그러게 말이에요. 용화 보살님 정성을 봐서라도 빨리 완쾌하셔야 할 텐데."

"그 보살님 정성은 정말 귀신도 감복하겠어라우."

"그럼요. 지효 스님한테 쏟는 정성도 그게 어디 보통 정성이에요. 좋다는 약은 다 구해다 드리고……."

"그런디 지효 스님이 스님이 된 건 용화 보살님 아들 때문이었다고들 하는디 그 말은 뭔 말이라우?"

"아유, 보살님도 그런 말을…….."

공양주는 손을 들어 한 보살 입을 막았다.

"보살님도 야단스럽기도 야단스럽네요잉. 세상이 다 아는 일 가지고 새삼스럽게 보살님만 왜 그란대요?"

"세상 사람이 다 알아도 주지 스님만은 모르고 계시는 일이니 내놓고 그런 말 하지 마세요."

"등잔불 밑이 어둡다는 말이 맞기는 맞네요잉. 용화 보살님 일을 주지 스님이 모르고 계시니 말이요."

"그 말은 근거 없이 떠도는 말이니 앞으로도 함부로 하고 다니지 마세요."

"씨 떨어진 데 싹 난다고잉, 허공 중에 떠도는 말도 근거 없이 떠도는 법은 없어라우."

"상 이리 주세요. 얼른 봉두 방부터 갖다주게요."

"혼자 들고 가시겠어라우?"

"보살님도. 반찬이 좀 많기로서니 설마 혼자 들지 못하겠어요?"

공양주는 허풍스러운 한 보살 말에 핀잔을 주며 부엌을 나갔다.

"사람 팔자 시간문제라는 말은 바로 봉두를 두고 생긴 말인 가벼잉. 시상에 팔자가 바뀌어도 저렇게 바뀔 수가 있을까."

한 보살은 수저를 챙기며 혼자 중얼거렸다. 밥상을 들고 뒤채로 돌아온 공양주는 봉두 방 앞에 와서 봉두를 불렀다. 그러나 안에선 아무 인기척이 들리지 않았다.

"어디 갔나?"

공양주는 들고 있던 상을 툇마루에 놓고 방문을 열었다. 그러던 공양주는 약간 겁먹은 얼굴로 방 안을 들여다봤다. 방 안엔 전날처럼 봉두가 통나무 앞에 앉아 있는데, 그가 살아 있는 사람이라고 느낄 수 있게 하는 건 관자놀이에서 팔딱팔딱 뛰고 있는 심줄밖에 없었다.

"봉두."

공양주는 무서움을 느끼며 다시 한번 불렀다. 그러자 봉두는 고개를 돌리고 공양주를 돌아다봤다.

"어서 상 들고 가서 공양 들어."

"……."

"어서."

공양주가 다시 채근을 하자 봉두는 귀찮은 얼굴로 자리에서 일어났다.

"나무를 맡았으면 깎든지 붙이든지 무슨 수를 써야지 그렇게 들여다보고만 앉아 있으면 어떻게 해?"

"……."

"봉두 때문에 속 타는 사람이 얼만데. 용화 보살님은 말할 것도 없고 주지 스님도 병나시겠어."

공양주가 답답하다는 얼굴로 쳐다보자 봉두는 눈만 끔벅끔벅하고 서 있다가 물었다.

"지효 스님은 지금도 아프세요?"

그 말을 듣는 순간 공양주는 괘씸한 생각이 들어서 야단을 쳤다.

"아니 지금 봉두가 지효 스님 걱정해 줄 처지야?"

"……."

"지효 스님은 봉두가 걱정을 안 해도 걱정해 줄 사람 많아.

그러니 봉두는 자기 걱정이나 해. 내 코가 다섯 자는 빠졌는데 무슨 정신에 남의 걱정을 하고 있어?"

"지효 스님은 얼마나 아프세요?"

봉두는 오직 그 일만 궁금한지 다시 물었다.

"그 일이 그렇게 궁금하면 알려주지. 지금 지효 스님은 백약이 무효셔. 백약이……."

"……?"

"밥 먹고 정신 차려서 어서 봉두 할 일이나 해."

"……."

"아무리 세상 물정을 몰라도 밥 세 끼 먹는 사람인데 그렇게 모를 수가 있어? 쯧쯧……."

공양주는 딱하다는 얼굴로 혀를 차더니 부엌으로 돌아갔다. 공양주가 가자 봉두는 도로 통나무 앞에 가 앉았다. 봉두가 보고 있는 것은 통나무가 아니라 지효 스님이었다. 지효 스님도 새벽예불 때 잠깐씩 보았던 그 지효 스님이 아니고 법당 안에서 부처님 앞에 단정히 앉아 계시던 그 지효 스님이었다.

주지 스님한테 불려가서 부처님을 조성하라는 부탁을 받던 날, 법당 안에서 본 지효 스님 모습을 봉두는 잊을 수가 없었다. 그때 지효 스님은 부처님 앞에 혼자 앉아 계셨는데 그 모습이 부처님하고 똑같았다. 똑같다고 해서 지효 스님이 정말로 부처님하고 똑같은 건 아니었다. 부처님은 웃는 얼굴이었지만 지효 스님은 몹시 괴로운 얼굴이었고, 부처님은 옷을 입으셨는지 안 입으셨는지 알 수 없었지만 지효 스님은 누가 봐도 금방 알 수 있게 회색 승복을 단정하게 입고 계셨다. 그리고 부처님은 한 손을 위로 한 손은 아래로 내리고 계셨지만 지효 스님은 두 손을 허리께서 꼭 맞잡고 계셨다.

이렇게 부처님하고 지효 스님은 분명히 다른데도 웬일인지 자기 눈엔 똑같이 느껴졌다. 그렇기 때문에 주지 스님이 부처님을 조성하라고 한 말은 지효 스님을 조성하라고 한 말과 똑같았다. 그래서 봉두는 통나무에다가 지효 스님을 조성하려고 마음을 먹었다. 봉두가 그렇게 마음을 먹은 때문인지 통나무를 봉두 방에 갖다 놓자마자 지효 스님은 통나무 위에 그대로 와서 앉아 계셨다. 괴로운 얼굴로 가부좌를 하고 두 손을 꼭 맞잡은 채 눈을 감은 모습 그대로.

그런데 참 이상한 건 통나무 위에 앉아 계신 스님은 지효 스님이 분명한데 그림자처럼 생명이 없었다. 아무리 들여다보고 또 들여다보고 해도 생명이 없기는 마찬가지였다. 꼭 지효 스님의 그림자가 와서 앉아 계시는 것 같았다. 봉두는 괴로웠다. 부처님을 조성한다는 것은 부처님하고 얘기를 하는 일인데 생명이 없는 부처님하곤 얘기를 할 수가 없었다. 그래서 봉두는 통나무 위에 앉아 계신 지효 스님한테 생명이 돌아오기를 기다렸다.

자기 가슴속에는 하고 싶은 얘기가 너무나 많은데 아직까지 한마디도 들려드리지 못했다. 봉두는 통나무 위에 계신 지효 스님이 생명이 없는 건 지효 스님이 지금 앓고 계신 때문이라고 생각했다. 지효 스님이 아픈 것만 나으시면 자기 앞에 앉아 계신 지효 스님도 금방 생명을 찾을 수 있을 것만 같았다. 그래서 봉두는 공양주가 밥상을 들고 올 때마다 지효 스님의 안부를 물었다.

"지효 스님은 얼마큼 많이 아프세요?"

그러면 공양주는 딱하다는 얼굴로 봉두를 한참 바라보다가 말했다.

"지금 봉두가 남의 걱정을 해줄 처지야? 자기 코가 다섯 자는 빠졌는데……."

봉두는 그런 공양주가 답답했다. 자기가 지효 스님 걱정을 하는 건 자기 걱정을 하는 것하고 꼭 같은 건데 공양주는 언제나 남의 걱정을 한다고 야단을 쳤다. 공양주는 지효 스님 일이 전부 자기 일이라는 걸 모르고 있는 것 같았다. 그리고 또 어떤 때는 이렇게도 말했다.

"지효 스님은 봉두가 걱정을 안 해줘도 걱정해줄 사람이 많아. 봉두는 봉두 할 일이나 걱정해."

봉두는 그런 공양주 말을 알 수가 없었다. 자기보다 지효 스님 걱정을 더 해주는 사람은 아무도 없는 것 같은데 공양주는 언제나 자기보다 지효 스님 걱정을 더 해주는 사람이 많은 것처럼 말했다. 자기는 종일, 정말 온종일 지효 스님 생각만 하고 있지만 다른 사람들은 아무도 그러지를 않았다. 부목 할아버지도 그렇지 않았고, 공양주 보살도 그렇지 않았다. 그리고 지효 스님하고 제일 친한 혜일 스님도 자기처럼 종일 지효 스님만 생각하고 있는 것 같지는 않았다. 그런데 공양주는 언제나 자기보다 지효 스님 걱정을 더 해주는 사람이 많다고 했다. 봉두는 잘 알지도 못하면서 야단만 치는 공양주가 아무래도 이상했다.

그리고 또 공양주는 자기가 부처님을 빨리 조성하지 않기 때문에 용화 보살님은 물론 주지 스님도 병이 나실 지경이라고 말했다. 그러면서 자기가 일부러 부처님을 조성하지 않는 것처럼 야단을 쳤다. 봉두도 자기가 부처님을 조성하지 못하기 때문에 용화 보살님이나 주지 스님이 속상해하신다는 건 알고 있었다. 용화 보살님이나 주지 스님은 가끔씩 자기 방에 오셔서 방문을 열고 가만히 안을 들여다보다가 한숨을 푹 쉬고 가기 때문이었다.

봉두는 주지 스님은 몰라도 용화 보살님을 위해서는 정말 하루라도 빨리 부처님을 조성해드리고 싶었다. 왜냐하면 용화 보살님이 자기한테 부처님을 조성해달라고 부탁하시던 날, 자기 손을 잡은 보살님의 손이 파르르 떨리는 걸 지금도 기억하고 있기 때문이었다. 봉두는 그때 용화 보살님이 너무 불쌍해서 용화 보살님을 위해 정말 좋은 부처님을 조성해드려야겠다고 마음속으로 다짐했었다. 그 마음은 지금도 마찬가지다. 그래서 봉두는 더 답답했다. 아무리 부처님을 조성해드리고 싶어도 통나무 위에 앉은 지효 스님이 생명을 찾지 못하면 부처님을 조성할 수가 없기 때문이었다.

봉두는 공양주 보살이 놓고 간 밥상을 바라보았다. 자기는 한 번도 본 일이 없는 반찬이 매일 상 위에 가득가득 차려져 나왔다. 그건 주지 스님이 자기를 불러서 부처님을 조성하라는 부탁을 한 이후부터 그랬다. 그날부터 달라진 것은 반찬만이 아니었다. 자기가 거처하고 있는 방도 달라졌다. 전에는 부목 할아버지하고 같이 방을 썼는데 부처님을 조성할 통나무가 방에 들어온 이후부터 할아버지는 옆방으로 가고 자기가 쓰는 방엔 깨끗한 새 돗자리가 두 장이나 깔렸다.

봉두는 그런 게 하나도 좋지 않았다. 왜냐하면 자기가 제일 좋아하는 일을 할 수가 없게 되어서였다. 공양 때마다 한 상 가득 반찬이 나오고, 자기가 쓰는 방에 새 돗자리가 깔리던 날부터 봉두는 산에 갈 수 없게 되었다. 주지 스님은 이제 나무 하는 일은 그만두고 가만히 방에 앉아서 부처님 조성하는 일만 하라고 하셨기 때문이다. 주지 스님은 봉두가 지게를 보면 산에 가고 싶은 마음이 생길지도 모른다고 생각하고는 할아버지를 시켜 지게까지 어디다 숨겨버리라고 했다.

그래서 봉두는 이제 자기가 지고 다니던 지게도 볼 수 없게 되었다. 주지 스님이 할아버지한테 시킨 건 지게를 감추는 일만이 아니었다. 봉두가 방 안에 들어앉아서 부처님 조성하는 일만 하는지 안 하는지 그것도 항상 감시하라고 했다. 그렇기 때문에 할아버지는 봉두의 방 주위를 맴돌면서 헛기침을 하기도 하고 가끔은 방문을 열어볼 때도 있었다. 봉두는 이제 산으로 갈 수가 없었다. 산에 갈 수가 없었기 때문에 해가 떠오르는 걸 볼 수가 없었고, 해가 떠오르는 걸 볼 수가 없었기 때문에 햇빛을 마시는 일도 할 수가 없었다. 그리고 꽃이나 나무, 새나 짐승들하고 이야기를 할 수도, 그들의 이야기를 들을 수도 없었다.

개암나무하고 도토리나무는 매일같이 싸웠는데 지금도 싸우는지 궁금했고, 원추리꽃은 자기 뿌리 밑에 불개미가 집을 짓는다고 불평을 했는데 지금쯤 집을 다 지었는지 그것도 궁금했다. 또 딱따구리는 자기가 맡아놓은 나무에 때까치가 날아와 앉는다고 속상해했고, 동백나무 잎은 자기는 볼품없이 뻣뻣하기만 한데 벚나무 잎은 보들보들하게 부드럽다고 부러워했다. 그리고 고사리는 자기도 애기금매화처럼 예쁜 꽃을 한번 피워 봤으면 좋겠다고 말했고, 소쩍새는 자기가 파랑새처럼 예쁜 깃털을 가지고 있지는 않지만 파랑새가 조금도 부럽지 않다고 했다.

왜냐하면 자기는 소쩍소쩍 하고 누가 들어도 가슴 아프게 울지만 파랑새는 게궥게궥 하며 이상한 소리로 울기 때문이라고 했다.

봉두는 이런 산 얘기가 너무나 궁금했다. 자기가 가면 나무나 꽃, 새나 짐승들이 일제히 자기한테로 몰려와서 그동안 하지 못한 얘기를 서로 하려고 덤빌 것만 같았다. 봉두는 자기한테도 새로 생긴 일이 많기 때문에 그 얘기들을 몽땅 산에 가서 하고 싶었다. 하지만 갈 수가 없었다. 봉두는 눈을 끔벅끔벅하며 통나무를 들여다봤다. 지효 스님은 여전히 괴로운 얼굴로 손을 맞잡고 눈을 꼭 감은 채 그림자처럼 앉아 계셨다. 지효 스님이 그림자처럼 앉아 계신 것으로 봐서는 아직도 앓고 계신 게 분명했다. 봉두는 울고 싶어졌다. 그냥 자꾸 울고 싶어졌다. 지효 스님은 왜 맨날 아프시기만 해야 하는지 그것만 생각하면 울고 싶은 마음을 참을 수가 없었다.

"봉두 있는가?"

밖에서 허 씨 목소리가 들려왔다.

"……"

봉두는 자리에서 일어나 문을 열어주었다.

"좀 들어가도 되겠는가?"

"네."

방으로 들어온 허 씨는 봉두가 받아놓은 밥상을 보고 말했다.

"자네 밥상은 임금님 상일세."

"……."

봉두는 가만히 허 씨를 쳐다봤다. 임금님이 뭔지는 모르지만 허 씨는 자기 밥상만 보면 임금님 밥상이라고 했다. 그래서 봉두도 자기 밥상이 임금님 밥상이라고 생각하고 있었다.

"왜 안 먹고 그러고 앉았나?"

"저는 안 먹을래요. 아저씨가 잡숴요."

봉두는 상을 허 씨 앞으로 밀어주었다.

"이거 번번이…. 자네 정말 안 먹어도 되겠나?"

"네."

"그럼 나라도 먹어야지. 차려준 상을 그냥 물릴 수 있나."

허 씨는 헛기침을 하면서 상 앞으로 다가앉았다. 그는 며칠에 한 번씩 봉두 방에 와서 봉두가 받아놓은 밥을 먹고 갔다. 해가 뜨기 전인 첫새벽부터 산에 가서 약초를 캐고 난 후 점심때쯤이면 허기가 졌다. 마누라가 싸준 주먹밥이 있긴 하지만 봉두 밥상에 맛을 들인 허 씨는 자기 망태기 속에 들어 있는 주먹밥을 먹고 싶은 생각이 나지 않았다. 내려만 가면 진수성찬을 먹을 수 있는데…. 그래서 허 씨는 사시공양 때맞춰서 지나가는 척하며 봉두한테 들렀다.

더욱이 다행스러운 것은 자기만 보면 못마땅해하는 부목 영감이 없는 것이었다. 봉두한테 공짜로 약초를 얻어가는 자기를 부목 영감은 은근히 괘씸하게 생각하고 있었다. 그렇기 때문에 허 씨도 가능하면 부목과는 마주치지 않으려고 조심했다. 점심밥을 맛있게 먹고 있는 허 씨를 물끄러미 바라보던 봉두가 그를 불렀다.

"아저씨."

"……?"

허 씨는 입 안에 밥을 잔뜩 넣고 쳐다봤다.

"아저씨, 백약이 무효인 병엔 뭔 약을 쓰면 돼요?"

봉두는 조심스럽게 물었다. 조금 전에 공양주가 한 말이 생각나서였다. 자기가 지효 스님 안부를 물으니 공양주는 백약이 무효라고 했다. 백약이 무효가 뭔지는 모르지만 지효 스님은 지금 그런 병을 앓고 계신 게 분명했다.

"백약이 무효라는 건 병 이름이 아니고 온갖 약을 다 써도 효험이 없다는 말이네."

"……?"

그 말을 듣는 순간 봉두 눈이 화등잔만 해졌다.

"왜 누가 아픈가?"

허 씨는 정신없이 밥을 먹으면서 건성으로 물었다.

"그럼 그 병은 고칠 수가 없는가요?"

"백약이 무효라면 고치기가 힘들지. 산삼이나 먹으면 모를까……."

"산삼이 어디 있는데요?"

"이 사람아, 산삼이 어디 있는지 알면 내가 캐지, 자네한테 알려주겠나?"

허 씨는 어이없어하며 봉두를 쳐다봤다.

"아저씨는 산삼을 못 캐셨어요?"

"약초 캐러 삼십 년을 산에 다녔지만 아직 산삼은 구경도 못했네."

"산삼은 이 산에도 있을까요?"

"글쎄… 보지를 못했으니 장담은 할 수 없네만 이 산도 명산에 드니 산삼이 있기야 하겠지."

허 씨 말을 듣는 순간 봉두 얼굴엔 생기가 돌았다.

"아저씨, 산삼은 어떻게 생겼어요?"

"나도 본 일은 없네만 잎사귀가 사람 손가락처럼 다섯 개라고 하데."

"……?"

봉두가 못 알아듣고 눈을 끔벅이자 허 씨는 들고 있던 젓가락으로 밥상 위에 산삼 이파리를 그렸다.

"이렇게 말일세."

봉두는 허 씨가 그리는 이파리를 찬찬히 들여다보았다. 산에 있는 꽃이나 풀은 다 알고 있지만 허 씨 아저씨가 그리는 건 자기도 본 일이 없었다.

"산삼만 먹이면 죽은 사람도 살린다고 했으니 죽어가는 사람이 있으면 산삼을 캐다가 달여서 먹여보게."

허 씨는 장난처럼 말하고 허허 하고 웃었다. 허 씨가 상을 물리고 뒤로 물러나 앉았을 때 공양주가 상을 가지러 왔다. 공양주는 허 씨를 한번 쳐다보더니 그냥 못 본 체하고 상을 들고 나갔다. 그녀의 얼굴로 봐서 점심을 먹은 건 봉두가 아니라 허 씨라는 걸 알고 있는 것 같았다.

"나는 그럼 가보겠네."

허 씨는 구석에 놔뒀던 망태기를 메며 일어났다.

"산으로 가시려고요?"

"아니네. 내일이 추석인데 오늘은 일찍 집에 가야지."

"……."

"생원 노릇을 할래도 먹어야 한다네. 자네도 제때 밥 찾아 먹고 하는 일 하게."

허 씨는 봉두 밥을 빼앗아 먹고 가는 게 미안한지 이렇게 인사를 하고 돌아섰다. 허 씨가 가자 봉두는 가슴이 뛰기 시작했다. 산삼을 캐러 산으로 가야겠다는 생각 때문이었다. 봉두는 지금까지 주지 스님이 하지 말라는 건 어떤 것도 하지 않았다. 주지 스님뿐 아니라 부목 할아버지나 다른 스님들이 하지 말라는 것도 하지 않았다. 하지 말라고 하는 것을 하지 않는 건 너무도 당연한 것이기 때문이었다.

그런데 산삼 캐는 일은 그렇게 할 수가 없었다. 그것은 지효 스님의 병을 낫게 하는 일이기 때문이었다. 지효 스님의 병이 낫기만 한다면 자기는 어떤 일도, 정말 어떤 일도 다 할 수 있었다. 주지 스님이 전처럼 부처님 조성하는 일을 못 하게 해도 산삼만은 캐러 가야 했고, 자기가 죽어야 하는 일이 생겨도 산삼만은 캐야 했다. 그것만은 아무도 말릴 수가 없었다.

방에서 나온 봉두는 한달음에 산으로 올라갔다. 이렇게 지게를 지지 않고 산으로 올라가기는 처음이었다. 그리고 해가 다 져가는 때 산으로 올라가기도 처음이었다. 봉두가 산으로 올라가자 나무나 풀들이 일제히 손을 흔들며 반가워했다. 그러면서 서로 안부를 묻느라고 법석들이었다. 봉두는 그들한테 들려줄 얘기가 많지만 산삼을 캐야 하기 때문에 자기 얘기를 할 수가 없었다. 그래서 봉두는 자기 손가락을 펴 보이며 이렇게 생긴 산삼을 알고 있느냐고 물었다. 그러나 나무나 꽃은 모두 고개를 저으며 모른다고 했다.

이번에는 바위 밑에서 놀고 있는 산토끼한테로 갔다. 산토끼는 봉두를 보자 허리까지 뛰어오르며 반가워했다. 언젠가 수리부엉이가 날개를 쫙 펴고 잡으러 왔을 때 봉두가 산토끼를 지게 밑에 숨겨준 적이 있었다. 그러자 산토끼는 호로록호로록 호루라기 같은 소리를 내며 고맙다고 인사를 했었다. 봉두는 산토끼한테 자기 손가락을 쫙 펴 보이며 이렇게 생긴 산삼을 봤느냐고 물어보았다. 그러나 산토끼도 나무나 꽃들처럼 고개를 저으며 모른다고 했다.

봉두는 다시 꾀꼬리한테 자기 손가락을 펴 보이며 이렇게 생긴 산삼을 보았느냐고 물어보았다. 그러나 꾀꼬리도 캑캑 소리를 지르며 고개를 저었다. 봉두는 꾀꼬리 소리를 들으면서 내일이 추석이라고 하던 허 씨 아저씨의 말을 생각했다. 꾀꼬리가 꾀꼴꾀꼴하며 울지 않고 캑캑 하고 우는 것으로 봐서 가을이 온 게 분명했다. 봉두는 가만히 산을 둘러보았다. 자기가 방 안에만 있는 동안에 어느새 여름은 다 가고 가을이 와 있었다. 봉두는 하늘을 보며 이제 조금만 있으면 달이 떠오를 거라고 생각했다. 산 위에 있는 하늘이 노르스름해진 후면 달이 떠오르기 때문이었다.

봉두는 더 어두워지기 전에 산삼을 캐야 한다고 생각하며 바위나 나무 밑을 살펴보기도 하고 풀숲을 헤쳐보기도 했다. 하지만 허 씨 아저씨가 일러준 산삼은 찾을 수가 없었다. 한참 동안 그렇게 헤매고 다니자 어느새 산은 어두워지고 하늘에는 달이 떠올랐다. 달은 실보다도 더 가늘고 부드러운 수만 갈래의 빛으로 온 산을 부드럽게 감쌌고, 그 빛은 나무나 바위나 꽃 속으로 조용히 스며들었다.

봉두는 산에 왔다가 가끔 어두워진 적도 있었지만 이렇게 달밤에 산에 있어 보기는 처음이었다. 그렇기 때문에 달빛이 가는 실처럼 바람에 나부낀다는 것을 안 것은 이번이 처음이었다. 봉두는 신기한 얼굴로 산을 둘러보았다. 해가 떠오를 때는 꽃이나 새, 나무나 풀들이 저마다 고개를 쳐들고 서로 다른 소리를 말하지만 달빛 아래선 고개를 숙이고 낮은 소리로 속삭였다. 그래서 어떤 것이 꽃이 말하는 소린지 어떤 것이 새가 말하는 소린지 구별할 수가 없었다.

봉두는 고개를 쳐들고 가만히 산 위를 바라보았다. 새벽마다 자기가 올라가는 바위가 달빛에 붕 떠 있는 것처럼 하얗게 보였다. 그 바위를 보는 순간 봉두는 바위 위로 올라가고 싶은 생각이 들었다. 그래서 허리까지 오는 풀을 헤치고 바위 가까이 다가갔다. 그때 바위 밑에서 오색찬란한 빛을 뿜고 있는 것이 보였다. 봉두는 그 빛이 너무도 아름다워서 숨을 죽이며 가만히 들여다보았다. 그건 똬리를 틀고 있는 뱀이었다. 달빛을 은은하게 받고 있는 뱀의 등허리는 무지개보다도 더 아름다웠다.

봉두는 황홀한 얼굴로 뱀 옆에 쭈그리고 앉았다. 그러던 그는 눈을 점점 크게 뜨며 입을 벌렸다. 똬리를 틀고 있는 뱀 한가운데는 자기 손가락하고 똑같이 생긴 산삼이 파란 잎을 한들거리고 있었다. 잎이 한들거리는 것은 뱀이 숨을 쉬고 있기 때문이었다. 산삼을 보는 순간 봉두의 머릿속은 지효 스님 얼굴로 꽉 찼다. 그리고 가슴은 쾅쾅 소리를 내며 뛰기 시작했다.

지금까지 가슴이 쾅쾅 뛴 적은 몇 번 있었지만 이렇게 세게 뛴 적은 처음이었다.

봉두는 허리를 굽히고 뱀 등허리에 손을 얹었다.

"뱀아, 잠깐만 비켜줘. 잠깐만."

봉두는 뱀을 들여다보며 사정을 했다. 그러자 뱀은 똬리를 풀며 대가리를 돌리더니 봉두의 손목을 꽉 물었다.

"악!"

봉두가 물린 팔을 움켜쥐고 신음할 때 뱀은 무지개보다 더 아름다운 등허리를 꿈틀꿈틀 움직이며 하얀 달빛 속으로 사라져갔다.

"아, 아직 있었군. 나는 갔을 줄 알았는데."

최길성은 들고 온 신문을 테이블 위에 놓으며 영옥의 맞은편 자리에 앉았다.

"천 리 밖에서 오시는 선생님을 기다리는데 이 정도의 인내심도 없어서 되겠어요?"

영옥은 최길성을 쳐다보며 웃었다.

"민 군하고의 약속만 아니었으면 사실 내일 오려고 했어. 피곤해서."

"그러면 전화를 하시지 그러셨어요."

"전화를 하려고 보니까 시간이 맞지 않더군."

"제가 미안한데요."

"아니야. 좀 피곤하긴 하지만 하루 일찍 오면 나도 하루를 버는 거니까……."

최길성은 목 운동을 하듯 고개를 뒤로 젖혔다.

"지효 스님은 만나보셨어요?"

"응."

"건강은 어때요?"

"회복이 되어가는 것 같더군."

"봉두라는 사람은요?"

"그 사람은 오른팔 절단 수술을 했어."

"그러니까 결국 지효 스님을 위해 오른팔을 바친 셈이군요."

"그랬다고 해야겠지."

최길성은 앞에 놓인 엽차를 한 모금 마셨다.

"지효 스님도 봉두가 있는 병원에 왔다 갔는가요?"

"아니. 아직은 절 밖 출입을 못 하고 있어."

"동화가 준 상처가 컸던 모양이군요. 그 정도로 심하게 아팠던 걸 보면요."

"상처라기보다는 허무감 때문이라고 해야겠지."

"네?"

"본인 말로는 수도를 하는 것은 물론이고 성불을 지향하는 것까지 허무하게 느껴져서 무엇 하나 의미를 찾을 수 없었다고 하더군."

"옛날에 앓았던 우울증이 재발한 모양이군요. 그때도 무력감에 빠져서 아무것에도 의미를 찾지 못했잖아요."

"글쎄……."

"결국 동화는 십 년 전에 준 상처를 다시 주기 위해 왔다 간 셈이군요."

"……."

"악연치고도 지독한 악연이군요."

"세속적으로 생각하면 악연인지도 모르지만 출세간 쪽으로 생각하면 선연인지도 모르지."

"네?"

"출가를 하게 했고 수도자가 되게 했으니까."

"선생님이야말로 지극히 불교적인 해석을 하시는군요."

영옥은 어이없는 얼굴로 웃었다.

"……."

최길성은 잠자코 담배 한 개비를 입에 물었다.

"지효 스님은 봉두에 대해서 어떻게 생각하고 있었어요?"

"감정적인 건 알 수가 없지. 본인이 말을 하지 않으니까. 하지만 내가 보기에도 확실한 건 이번 일이 지효 스님으로 하여금 허무감에서 벗어나게 해준 계기가 된 것 같았어."

"허무감에서요?"

"응. 그건 진실을 바라볼 수 있었던 때문일 거야."

"……."

두 사람은 서로의 생각에 잠기며 잠시 침묵했다.

"불상 제작은 어떻게 하기로 했나요?"

영옥은 묵묵히 담배를 피우고 있는 최길성을 보고 물었다.

"봉두 그 사람이 계속하기로 했어."

"오른팔이 없는데 그 일을 할 수 있을까요?"

"모두 그렇게 생각하고 불모를 바꾸라고 권했지. 하지만 할머니가 단호하게 거절을 하시더군."

"봉두에 대한 신의 때문이신가요?"

"그런 것도 밑바닥에 깔려 있겠지만 그보다는 자신의 신념을 믿고 계시는 것 같았어."

"신념이라니요?"

"봉두가 훌륭한 부처님을 조성해줄 거라는 확신이지. 아니, 확신이라는 말보다는 직관이라는 말이 더 정확할 거야."

"……."

"그분에 대해서 다시 한번 경이로움이 느껴지더군. 명가의 후손이라곤 하지만 결국 촌부에 불과한 양반인데 어떻게 그런 직관력을 가질 수 있는지 말이야."

"……."

"그분은 확실히 다른 사람이 보지 못하는 부분을 꿰뚫어 보고 계셨어."

"그러니까 선생님도 봉두가 좋은 부처님을 조성할 거라고 믿고 계시는군요."

"그렇지."

"그랬으면 좋겠네요. 봉두 그 사람을 위해서도요."

"……."

최길성은 대답 없이 머리를 끄덕였다. 그도 같은 심정인 것 같았다.

"선생님이 보시기엔 봉두라는 사람이 어떤 사람으로 보였어요?"

"봉두는 문화적인 언어로 설명을 하려고 들면 전혀 설명이 안 되는 묘한 사람이야."

"재미있는 표현이네요. 그 사람은 절로 갔는가요?"

"응. 송강의 할머니가 부축해서 절로 데려가셨어."

하찮은 나를 위해, 하찮고 하찮은 나를 위해…. 지효 스님은 자신의 몸뚱이를 녹여 봉두를 위한 제단에 바치고 싶었다. 그리고 그의 발밑에 무릎을 꿇고 앉아 울고 싶었다. 두 눈을 꼭 감고 이런 생각에 잠겨 있던 지효 스님은 밖으로 나왔다. 뜰엔 달빛이 교교하게 내려앉아 있었다. 지효 스님은 뜰을 지나 법당 앞으로 나갔다. 법당 지붕 위엔 언젠가처럼 무명실꾸리 같은 하현달이 높다랗게 매달려 있었다.

"봉두."

지효 스님은 댓돌 위에 서서 봉두를 불렀다.

"……."

한참 만에 문이 열리고 봉두가 모습을 드러냈다. 오른팔이 없는 그는 태풍에 가지가 잘려 나간 나무처럼 처절하게 보였다. 지효 스님은 봉두의 얼굴을 가만히 올려다보다가 댓돌 위에 신을 벗어놓고 방 안으로 들어갔다. 봉두는 지효 스님이 자기를 찾아온 것이 믿어지지 않는 듯 눈을 끔벅끔벅하며 쳐다봤다.

"봉두가 보고 싶어서 왔어."

지효 스님은 방금 한 말이, 말이 아니고 가슴속에서 울려 나오는 울림이라는 느낌이 들었다.

"……."

끔벅끔벅하며 지효 스님을 쳐다보던 봉두의 눈엔 감격의 빛과 함께 맑은 눈물이 가득 고였다. 지효 스님은 봉두의 한쪽 손을 자신의 두 손으로 꼭 맞잡으며 그의 얼굴을 가만히 들여다보았다. 그에게로 향하던 동정이나 연민은 사라지고 전신으로 울려오는 진실한 울림에 자신도 같은 울림으로 답하고 싶다는 간절한 생각이 들었다. 자신의 손을 잡고 있는 지효 스님의 손끝에서 뜨거운 바람이 불어왔다. 봉두는 햇빛을 들이마시듯 깊게 숨을 쉬며 그 바람을 들이마셨다. 그러자 그의 몸속은 뜨거운 바람으로 가득 채워졌다.

봉두는 지효 스님의 몸을 만져보고 싶어졌다. 그래서 두 눈을 꼭 감고 왼손을 지효 스님 머리 위에 얹었다. 지효 스님의 머리는 동그스름했다. 봉두는 그 머리를 만지고 또 만졌다. 그러던 봉두는 손을 내려 지효 스님의 얼굴을 만지고 얼굴 위에 있는 코와 눈과 입을 만지고 다시 목과 어깨를 만지고 가슴을 만지고 허리를 만지고 다리를 만지고 발을 만졌다.

그리고 다시 머리부터 시작해서 얼굴을 만지고 어깨를 만지고 가슴을 만지고 팔과 허리를 만지고 다리를 만지고 발을 만지고…. 이렇게 하기를 반복하자 지효 스님 몸에 걸쳐졌던 승복이 하나하나 벗겨지고 봉두의 손엔 지효 스님 알몸이 만져졌다. 그리고 따듯한 체온이 만져지고 뜨거운 피가 만져지고 그리고 쿵쿵 뛰는 맥박이 만져졌다.

지효 스님의 몸은 이제 아무것도 가리지 않은 알몸이 되었다. 지효 스님이 알몸이 되자 봉두는 다시 머리에서부터 찬찬히 만지기 시작했다. 머리를 만지고 얼굴을 만지고 목과 어깨를 만지고 가슴을 만지고 허리와 배를 만지고 다리를 만지고 발을 만지고…. 몰아의 경지에서 만지기를 반복하던 봉두는 후우 하고 숨을 몰아쉬더니 쓰러지듯 지효 스님의 가슴에 몸을 기댔다.

그때 문이 열리고 부목이 고개를 들이밀었다. 그러던 그는 몹시 놀란 얼굴로 방 안을 다시 들여다봤다. 달빛이 환하게 비쳐 드는 방 안에 지효 스님이 알몸으로 앉아 있었다. 부목은 손바닥으로 눈을 비비며 지효 스님을 바라보았다. 승복을 입기는 분명히 입었는데 어쩐 일인지 알몸으로 앉아 있는 것처럼 보였다. 부목은 다시 손바닥으로 눈을 비비며 지효 스님을 바라보았다. 그러나 알몸으로 보이기는 마찬가지였다.

"세상에, 청정한 부처님 도량에서……."

부목은 문을 쾅 닫고 몸을 돌렸다. 그리고 뛰다시피 걸음을 빨리해서 주지 스님의 방 쪽으로 걸어갔다.

경내는 여전히 하얀 달빛이 교교하게 내려앉고 있었다.

9장

Udambara

새벽예불이 끝난 후 목탁 소리가 세 번 크게 울려 퍼졌다. 그러자 가사 장삼을 입은 스님들이 하나둘 대중방으로 모여왔다. 방으로 들어온 스님들은 노기 띤 얼굴로 지효 스님을 바라보았고, 지효 스님은 두 눈을 꼭 감은 채 앉아 있었다. 마지막으로 혜조 스님이 들어와 부처님 탱화를 모셔놓은 맞은편 어간에 가 앉았다.

"어젯밤에 봉두 방에서 있었던 지효 스님 일로 대중 공사를 하려고 합니다. 봉두 방에서 어떤 일이 있었는 가는 스님들이 다 알고 있으므로 여기서 다시 설명을 하지 않겠습니다. 지효 스님을 어떻게 처리할 것인가에 대해 스님들 의견을 말씀해 주십시오."

원주 소임을 맡고 있는 지원 스님이 대중 공사를 벌이는 목적을 설명했다.

방 안엔 살벌한 침묵이 감돌았다. 괴로운 얼굴로 눈을 감고 있던 혜일 스님도 그 침묵을 감당하기가 괴로운지 스님들을 둘러보았다.

"이 일은 대중 공사에 붙일 필요도 없다고 봅니다. 비구니의 몸으로 남자 앞에서 알몸을 보였다는 것은 저 자신도 창피해서 그 말을 입에 담을 수가 없습니다."

"수도자의 생명은 순결입니다. 지효 스님은 자신이 수도자로 더 이상 머물 수 없다는 것을 누구보다도 더 잘 알고 있으리라고 생각합니다."

"이 일은 절대로 용서할 수가 없습니다. 지효 스님이 봉두 방에 있었다는 것은 지효 스님 스스로 그리로 갔다는 얘기가 아닙니까?"

"제 생각도 같습니다. 외부로부터 불가항력으로 당한 것이 아니고 본인의 의사로 본인이 원해서 저지른 일입니다."

"스님들이 지금 하신 말씀은 지나친 표현입니다. 지효 스님이 봉두 방에 가게 된 심정을 헤아린다면 꼭 나쁜 쪽으로만 해석해서는 안 된다고 생각합니다. 봉두가 팔을 잃고 돌아왔을 때 지효 스님으로선 가슴이 아팠을 것이고 그래서 위로를 해주기 위해……."

혜일 스님이 뭔가 변명을 해주려고 하자 여기저기서 항의하는 소리가 빗발처럼 들려왔다.

"그뿐 아니라 지효 스님은 속연으로 맺은 남자에 대해서도 아직 감정을 정리하지 못한 것으로 알고 있습니다. 이런 것은 계행을 지켜야 하는 청정 비구니로서 기본적인 자격도 갖추고 있지 못한 상탭니다."

"수도자는 완성을 지향해가는 사람이지 완성된 사람은 아닙니다. 허물이 있다 하더라도 그 허물을 딛고 일어서면 훌륭한 수도자가 될 수 있다고 생각합니다. 그렇기 때문에 같은 도반으로서 수도할 수 있는 기회를 주는 것이……."

"혜일 스님은 지금 무슨 얘기를 하고 있는 거요?"

혜조 스님이 물었다. 곱게 손질된 무명 승복을 입고 앉은 혜조 스님의 모습은 서릿발처럼 싸늘했다.

"……."

"청정 비구니들이 모여 앉아 대중 공사를 하기도 부끄러운 일이오. 지효 스님은 채탈도첩이 된 것으로 알고 옷을 벗도록 하시오."

스님들의 시선이 일제히 지효 스님한테로 쏠렸다.

지효 스님의 얼굴은 핼쑥해졌다. 그녀는 핼쑥해진 얼굴로 혜조 스님을 물끄러미 바라보더니 천천히 고개를 숙였다. 지금 이 순간 사형수가 있다면 그는 연민의 눈으로 지효 스님을 바라볼 것이다. 생명만을 빼앗기는 죄인은 인격까지 빼앗기고 있는 수도자를 연민의 눈으로 바라볼 충분한 자격이 있으므로. 채탈도첩, 인간에게 가해지는 형벌 중에 이보다 더 가혹한 것이 있을 수 있을까?

한참 동안 고개를 숙이고 있던 지효 스님은 자리에서 일어나 부처님 탱화가 모셔진 벽 쪽으로 걸어갔다. 그런 그녀는 탱화 앞에 엎드려 삼배를 드렸다. 마치 먼 길을 떠나는 자식이 부모 앞에 엎드려 하직 인사를 하는 것처럼. 부처님 앞에 삼배를 마친 지효 스님은 몸을 돌려 어간에 앉아 있는 혜조 스님을 향해 다시 삼배를 드렸다. 그리고 상판에 앉은 스님과 하판에 앉은 스님들에게도 각각 삼배를 드렸다. 그런 후 지효 스님은 조용히 문을 열었다. 밖으로 나온 지효 스님은 댓돌 위에 놓여 있는 흰 고무신을 신고 법당 뜰로 내려섰다. 법당문은 굳게 닫혀 있고 경내는 아직 어둠 속에 그대로 잠겨 있었다. 추녀 끝에 매달린 풍경만이 새벽 공기를 가르며 뎅그렁뎅그렁 소리를 내고 있었다.

지효 스님은 어둠 속에 잠겨 있는 법당을 가만히 올려다봤다.

부처님, 당신이 원하시는 것은 무엇입니까? 당신도 제게 순결을 원하십니까? 순결은 무엇입니까? 옷으로 몸을 가리는 것입니까? 몸을 가린 옷 위에 사람의 손이 닿지 않게 하는 것입니까? 몸뚱이가 도대체 무엇입니까? 무엇을 위해 그 몸뚱이를 붙들고 있어야 한다는 것입니까? 부처님, 저는 이 몸뚱이를 던지고 싶습니다. 개나 고양이가 제 몸뚱이를 원한다면 그들에게라도 던져주고 싶습니다. 그들의 생명을 이롭게 할 수만 있다면.

부처님, 저는 당신이 머무는 곳을 알지 못합니다. 어떻게 그곳에 이를 수 있는지도 알 수가 없습니다. 저는 지금 당신이 쥐여 준 지팡이에 의지해서 더듬거리며 다리를 건너고 있습니다. 당신이 계신 곳이 아무리 도원경이라 해도 그곳에 이르려면 다리를 건너는 일부터 해야 하지 않습니까? 저는 지금 다리를 건너고 있습니다. 다리를 건너는 제게 그곳에 이르지 못했다고 책망하지 마십시오.

지효 스님은 새벽 서리가 하얗게 내려앉은 흙바닥에 엎드려 부처님께 마지막으로 삼배를 드렸다. 그런 그녀를 채탈도첩을 내린 스님들이 툇마루에 서서 바라보고 있었다. 지효 스님은 빨갛게 언 손을 털며 흙바닥에서 일어나 자신의 방으로 돌아갔다. 해가 뜨기 전에 절을 떠나야 한다는 생각을 하며 방 안을 둘러보았다. 방 안에 있는 물건은 아무것도 자신에게 해당하는 것이 없었다. 경책도 그랬고, 목탁도 그랬고, 염주도 그랬고, 승복도 그랬다. 지효 스님은 괘 속에 있는 내복만 꺼내서 보자기에 쌌다. 그때 공양주가 밤색 바탕에 까만 별이 그려진 몸뻬와 회색 스웨터를 들고 들어왔다.

"주지 스님이 이걸로 갈아입으시라는데요."

공양주는 울먹이는 목소리로 말했다. 혜조 스님이 공양주한테 옷 한 벌을 주라고 이른 모양이었다.

"……."

지효 스님은 공양주가 내민 옷을 물끄러미 바라보다가 그 옷을 받아들었다. 산문 출송. 절 문밖으로 쫓겨 가는 사람은 속복으로 갈아입고 가야 한다. 그는 이미 승려일 수 없으므로.

"몸도 아직 성치 않으신데……."

공양주는 고개를 돌렸다.

"……."

지효 스님은 가만히 공양주를 바라보다가 입고 있던 승복을 벗어놓고 공양주 옷으로 갈아입었다. 그리고 내복 두 벌을 싼 보따리를 들고 자리에서 일어섰다. 지효 스님이 사천왕문 밖으로 나올 때 부목 영감이 멀찍이 서서 그녀의 뒷모습을 지켜보았다.

"옷을 입고 있었다고 할 걸 그랬나? 옷을 입고 있긴 분명히 입고 있었는데… 그런데도 알몸으로 보였으니 나도 뭔 조환지 모르겠구먼……."

지효 스님이 잣나무 숲길을 내려갈 때 숲속에 서 있던 혜일 스님이 앞으로 다가왔다.

"……."

지효 스님은 가만히 혜일 스님을 올려다봤다. 그러자 혜일 스님은 아무 말 없이 지효 스님의 손을 꼭 잡았다. 어둠은 완전히 가시지 않았지만 새벽은 다가와 있었고, 새벽이 다가왔으므로 생명 있는 모든 것은 다시 일어나 하루 채비를 서두르고 있었다. 새도, 다람쥐도, 꿩도.

새벽 서리가 하얗게 내려앉은 숲길을 지효 스님은 혜일 스님과 함께 내려갔다. 그러면서 자기 자신을 돌아다보았다. 입산한 지 10년. 수도자로서 강원과 선방을 옮겨 다니며 10년 세월을 보냈는데 자기 손에 쥐어진 것은 떨어진 내복 두 벌밖에 없다는 생각이 들었다. 이것을 얻기 위해 나는 10년을 보냈던가? 내게 남은 것은 정녕 이것뿐인가? 이것 말고 무엇이 있는가? 무엇이 있다고 말할 수 있는가? 그런 생각을 하고 있던 지효 스님은 가슴이 꽉 메었다. 그러면서 눈물이 쏟아져 내렸다.

"스님."

옆에서 걷고 있던 혜일 스님도 코끝이 빨개지면서 지효 스님을 돌아다봤다. 푸른색이 도는 민둥머리에 낡은 밤색 몸뻬와 헐렁한 회색 스웨터를 입고 있는 지효 스님은 죄수의 모습 그대로였다. 운명의 물결을 타기엔 너무도 가냘픈 여인. 결국 이런 죄수 모양으로 돌려보내기 위해 그녀 앞에 10년 세월이 필요했던가. 한참 동안 흐느껴 울던 지효 스님은 천천히 고개를 들었다. 그녀의 얼굴은 눈물로 뒤덮여 있었다. 혜일 스님은 지효 스님 가까이 다가서서 자신의 승복 소매를 끌어 올려 지효 스님 얼굴을 닦아주었다. 그리고 서 있는 그녀의 얼굴도 눈물로 뒤덮여 있었다.

"들어가세요, 스님."

지효 스님은 혜일 스님의 손을 꼭 잡아주고는 몸을 돌렸다.

"이거 가지고 가시다가 시내에 가서 옷 한 벌 사 입으세요."

"……"

"불사만 끝나면 저도 서울로 가려고 해요. 가면 연락드릴게요."

"……"

"지난번에 왔던 친구분한테 연락하면 되겠죠?"

"……"

지효 스님은 고개를 끄덕이고 돌아섰다. 옆에서 흐르는 계곡물은 두 사람의 모습을 잠시 비추다가 무심하게 아래로 아래로 흘러갔다.

"선생님."

영옥이 들어왔다.

"……?"

최길성은 휘둥그레진 눈으로 영옥을 바라봤다. 늘 청바지만 입고 다니던 그녀가 폭넓은 치마에 레이스가 달린 블라우스까지 받쳐 입고 있었다.

"이만하면 여자 냄새 풍기겠죠?"

영옥은 치맛자락을 넓게 펴 보이며 씽긋 웃었다.

"웬일이야 정말?"

"이왕이면 여자다운 모습으로 연애를 하려고요."

"어쩐지 좀 불안하군."

최길성은 마음이 안 놓인다는 얼굴로 쳐다봤다.

"제가 또 상처받을까 봐 그러시죠?"

"응."

"왜 그런 생각을 하세요? 그분이 가정이 있기 때문인가요?"

"물론이지."

"선생님도 그게 문제가 된다고 생각하세요?"

"지구를 떠나지 않는 한 그건 누구한테나 문제가 돼. 예외인 사람은 없어."

"제가 그분한테 아무것도 원하는 게 없는데요?"

"……?"

"제가 바라는 건 결속이 아니라 확인인 거예요."

"그건 무슨 말이지?"

"우연한 기회에 전혀 기대도 하지 않고 만났지만 그분과 저는 묘하게 서로 사랑하는 감정을 느끼게 됐어요."

"……."

"그분은 연말이면 미국으로 떠나요. 2년 후에 돌아온다고 하지만 저는 2년 후의 세월을 생각지 않아요. 그분과의 관계를 지속시키고 싶은 생각이 없기 때문이에요. 아까도 말씀드렸지만, 제가 그분에게 원하는 것은 결속이 아니에요."

"……?"

"저는 그분과의 만남을 통해서 한 가지 감정을 확인해보고 싶은 거예요. 그건 합일의 감정이에요."

"합일의 감정?"

"네. 합일의 감정에 이르는 데는 몇 갈래의 길이 있겠죠. 저는 그 몇 갈래의 길 중에서 사랑을 택했어요. 사랑으로도 그 경지에 도달할 수 있다고 믿고 있거든요."

"양 교수한테서 특별히 그럴 수 있는 가능성을 발견했던 모양이구면."

"가능성을 발견했다기보다 추구하고 있는 것이 같다는 걸 알았기 때문이에요."

"……."

"그분이 자기의 철학 세계에서 추구하고자 하는 것은 넘나듦의 관계라고 하더군요. 내가 너 쪽으로 넘어가 보고 네가 나 쪽으로 넘어와 보는… 그래서 종국에 가서는 하나가 되는 그런 경지요."

영옥은 최길성에게서 긍정적인 반응을 얻고 싶은 얼굴로

쳐다봤다.

"계속해봐."

"그분 얘기론 넘나듦의 관계를 실천에 옮기기 위해서는 우선 자기 자신을 딱딱한 돌이나 유리가 아니라 부드러운 종이나 헝겊으로 만드는 일부터 시작해야 한다고 했어요."

"……."

"종이나 헝겊은 미미하긴 하나 약간의 물을 서로 투과시킬 수 있는 힘이 있잖아요?"

"그렇지."

"그건 이해일 거예요. 이해에서부터 출발해서 서로의 만남이 점점 깊어지면 두 사람 사이에 가로놓여 있던 헝겊이나 종이는 스스로 녹아버리고 두 그릇에 담겼던 물이 넘쳐 하나가 되는 것처럼 서로 합일의 경지에 이를 수 있다는 거죠."

"그러니까 민 군하고 양 교수는 표현만 다를 뿐이지 추구하는 세계는 같은 셈이군."

"네. 제가 그분한테 기대하는 건 그분이 바로 그런 세계를 추구하고 있다는 사실 때문이에요. 추구하고 있다는 것은 갈망하고 있다는 얘기 아니겠어요?"

"그렇다면 잘 해봐. 사랑으로 합일의 경지에 이를 수 있다는 사례를 남겨서 다른 사람들한테 희망을 주도록 말이야."

최길성은 싱긋이 웃었다.

"선생님은 제 꿈이 환상이라는 걸 점치고 계신 것 같군요."

"그럴 리가 있나? 내가 못 해본 일이니까 몰라서 그러는 거지."

"선생님이야말로 정말 그런 경지까지 도달할 수 있는 분이신데."

"그럴 수 있었다면 왜 여태 그런 경험을 못 해봤겠어?"

"운명이 비껴갔던 모양이죠. 운명은 정면으로 부딪쳐야 할 사람한테는 늘 비껴가더군요."

"민 군도 뭘 좀 아는 것 같군."

"절 어린애 취급하는 사람은 선생님밖에 없어요. 다른 사람 같으면 목숨 걸고 연애를 하자고 할 텐데 선생님은 노인처럼 항상 어린애 취급만 하셨어요."

"노인처럼?"

최길성은 유쾌하게 웃었다.

"전 그래서 좋아요. 선생님 매력은 바로 그거거든요."

"내 매력을 알려주려고 일부러 온 건 아닐 테고… 그래, 어떻게 왔어?"

"사실은 꿈 때문에 왔어요. 꿈자리가 너무 고약해서요."

"꿈자리가?"

"네."

영옥은 자신의 꿈을 떠올리듯 가만히 창밖을 보았다.

"멀리서 황토물이 굽이쳐 오는 게 보이는데 지효 스님이 저희 집 부엌 앞에 와서 서 있는 거예요."

"지효 스님이?"

"네. 그런데 지효 스님도 아니고 옛날 현지도 아니고… 아무튼 이상한 얼굴이었는데 그냥 지효 스님이라고 느껴졌어요."

"……."

"무슨 꿈일까요?"

영옥은 걱정스러운 얼굴로 물었다.

"글쎄……."

최길성도 해몽은 할 수 없었지만 어쩐지 불길한 예감이 들었다. 황토물이라는 말 때문에 그렇게 느껴지는 것 같았다.

"지효 스님이 또 아픈 건 아닐까요?"

"……."

"소식은 없었죠?"

"응, 아무 소식도."

"……."

"무슨 일이 있으면 연락이 오겠지. 한 군 어머니가 계시니까."

"……네."

"그보다 여자 냄새를 풍기겠다고 작정을 했으면 목적지로 가야지."

최길성은 싱긋이 웃었다.

"아 참, 그렇군요."

영옥은 씩 웃으며 자리에서 일어섰다.

"그러려면 웃는 습관부터 고쳐. 그렇게 남자처럼 웃지 말고."

"선생님 앞이니까 그렇죠. 양 교수 앞에선 안 그래요."

영옥은 한쪽 눈을 찡긋하며 윙크를 하더니 밖으로 나갔다. 영옥을 배웅하고 돌아서던 최길성은 문간에 떨어진 신문을 집어 들고 와서 소파에 앉았다. 그는 의자 등받이에 어깨를 젖히고 편안한 자세로 신문을 뒤적였다. 그러던 그는 문화면에 시선을 멈추고 주의 깊게 내용을 읽어나갔다.

'이 시집의 저자는 누구일까?'라는 머리기사에, 청소년들 사이에서는 노래처럼 즐겨 암송되는 시가 문학평론가나 시인들 사이에선 그 뜻의 심오함과 난해함 때문에 아무도 시의 내용을 정확하게 파악하지 못한다고 한다. 모 병원에서 봉사하고 있는 신부가 원고를 입수해서 출판사에 넘겨줬는데 그 신부도 저자가 스님이라는 것만 알 뿐 법명이 뭔지 어느 절에 계신지를 모른다고 했다.

그 시집을 읽어본 스님들은 깊은 선의 경지에 이른 스님이 쓴 선시라 했고, 시인들은 아름다운 정서를 노래한 서정시라 했으며, 교수들은 심오한 내면의 철학을 담은 사상시라고 한다는 것이다. 그러나 청소년들은 어른들의 그런 난해한 이야기와는 상관없이 마치 자신들이 즐겨 부르는 팝송처럼 즐겁게 시를 암송하고 있다고 한다.

기사를 읽고 있던 최길성은 싱긋이 웃었다.

"보살처럼 시시로 현신하는군."

최길성은 그 시를 쓴 스님이 담시일 거라는 확신을 가지고 있었다. 담시가 아니고는 그런 신화가 나올 수 없다는 것을 그는 잘 알고 있기 때문이었다. 세인의 입에 회자하고 있는 것으로 보면 세상 속에서 떠돌고 있는 것이 분명한데 자기한테는 한 번도 모습을 나타내지 않았다.

나와의 인연도 결코 만만한 것은 아니었는데…. 어디에 거처를 두고 어떤 모습으로 살고 있을까? 최길성은 이런 생각을 하며 담시의 모습을 떠올려보았다. 그러나 그의 머릿속에 떠오르는 담시는 입술이 부르터서 피가 흐르는 초췌한 모습으로 나타나 채련이 있는 집을 알려달라고 부탁하던 바로 그 모습이었다. 하고많은 기억 속에 왜 유독 그때의 모습만이 머릿속에 남아 있는지 그건 최길성 자신도 알 수가 없었다.

그날이 그로서는 가장 인간적인 날이었기 때문일까? 스님의 행색은 아니었지만 스님일 수밖에 없었던 그가 자신이 지켜온 계를 파하고 채련을 사랑한 날, 그의 생애를 통틀어서 그날만큼 그 자신이 인간적인 날도 없었을 것이다. 그날은 여자 때문에, 여자로 향하는 사랑 때문에 입술에선 피가 흘렀고 몸은 불덩이처럼 타고 있었으니까.

최길성은 탁자 위에 놓인 담뱃갑에서 담배 한 개비를 뽑아 입에 물었다. 파격은, 깨뜨린다는 것은, 가지고 있던 것을 잃어버린다는 얘기다. 잃어버리지 않으면 새로운 것을 얻을 수 없으니 참으로 오묘하다는 생각이 들었다. 새가 껍질을 깨고 나와야 날 수 있는 것은 불변의 진리이다. 의문이 크면 깨달음도 크다고 하듯이 많이 잃어야 많이 얻을 수 있을는지 모른다. 그러나 누가 감히 먼저 잃는 일부터 할 수 있겠는가?

"사장님, 전화데요."

미스 조가 칸막이 유리문을 열며 말했다.

"알았어."

최길성은 들고 있던 담배를 천천히 재떨이에 비벼 껐다.

"시외 전화데요."

미스 조는 서두르지 않는 최길성이 답답한지 이렇게 덧붙였다.

"시외 전화?"

"네. 강릉이에요."

최길성이 탁자 위에 놓인 수화기를 집어 들자 미스 조는 제자리로 돌아갔다.

"여보세요."

"자넨가? 날세."

예상했던 대로 이 씨 음성이 들려왔다.

"그동안 별고 없으셨습니까?"

"나야 그러네. 자네한테 한 가지 물어보겠는데 혹시 지효 스님이 그리로 가지 않으셨는가?"

"지효 스님이 서울로 오신다고 했습니까?"

"아니, 그게 아니고……."

이 씨는 망설이며 말끝을 흐렸다. 그런 이 씨의 음성으로 봐서 지효 스님한테 무슨 일이 생긴 것 같았다.

"그럼 무슨 일이 있었습니까?"

"있었네. 있어도 크게 있었네."

"무슨 일이었는데요?"

"자네도 알아야 하겠으니 사실대로 말을 하지. 지효 스님이 채탈도첩을 당하셨네."

"네?"

최길성은 어리둥절해하며 되물었다. 혹시 이 씨가 채탈도첩이라는 말을 잘못 알고 사용한 게 아닌가 싶어서.

"자네도 채탈도첩이라는 말은 알고 있겠지?"

이 씨가 오히려 최길성한테 물었다.

"그럼요. 그런데 지효 스님이 채탈도첩을 당했다는 얘깁니까?"

"그러네."

"왜입니까? 무슨 일입니까?"

최길성은 믿어지지가 않아서 이렇게 다시 물었다. 사실 믿어지지 않았다. 채탈도첩이라면 승려로서 받을 수 있는 최악의 형벌인데, 그 형벌을 지효 스님이 받았다니 무슨 얘긴지 납득이 되지 않았다.

"말을 하기가 좀……."

"……."

최길성은 대답을 기다렸다.

"지효 스님이 봉두 방을 찾아가셨는데, 가신 거까지는 나도 이해가 가네. 측은하고 미안해서 그러셨겠지. 그런데……."

이 씨는 다시 말을 끊고 망설였다.

"그런데 뭡니까?"

"하도 해괴해서 입에 옮기기가 좀 그러네."

"……."

"지효 스님이 봉두 방에서 알몸으로 있었다네. 몸에 실오리 하나 걸치지 않고 말일세. 그걸 부목 영감이 보고 주지 스님한테 알려서 절이 발칵 뒤집혔다네."

"……."

최길성은 너무 놀라서 할 말을 잃고 가만히 있었다. 도무지 무슨 얘긴지 이해가 되지 않았다.

"그래 결국은 채탈도첩까지 받고 절을 떠나셨는데… 내 생각 같아선 아무래도 자네를 찾아가실 것 같네."

"……."

최길성의 머릿속엔 조금 전에 영옥이 말하고 간 꿈 얘기가 생각났다. 황토 물결이 몰려오는데 지효 스님이 영옥의 집 부엌 앞에 서 있더라는 얘기가.

'그럼 혹시 영옥의 집에?'

"자네한테 연락이 가거든 자네가 잘 보살펴 드리게. 내가 알았으면 노자라도 드리는 건데."

"……."

"몸도 아직 성치 않으시니 내 마음이 착잡하네. 여러 가지 일도 그렇고."

이 씨는 끝말에 많은 뜻을 담으며 혼잣말처럼 말했다.

"알겠습니다."

전화를 끊으려다가 최길성은 다급히 물었다.

"봉두는 어떻게 됐습니까?"

"그 사람은 그대로 절에 있네. 스님들이 봉두도 내보내려고 하는 걸 내가 말렸네. 마음먹은 불사니 끝을 내야지."

"……."

"잘 있게."

이 씨가 먼저 전화를 끊었다. 최길성은 수화기를 놓고 멍청히 앉아 있었다. 머릿속이 띵해지면서 현실적으로 아무 분별도 할 수 없었다.

버스에서 내린 지효는 보따리를 옆구리에 끼고 출구로 나왔다. 마주 오던 사람들이 놀란 얼굴로 그녀를 흘끔흘끔 쳐다보며 지나갔다. 차도까지 나온 지효는 보따리를 끼고 우두커니 서 있었다. 빌딩, 인파, 자동차… 그것들이 가해오는 압력을 감당할 수가 없었다. 그녀가 어찌할 바를 모르고 주위를 두리번거리자 그녀 주위로 사람들이 하나둘 모여들기 시작했다. 민둥머리에 낡은 몸뻬를 입고 보따리를 끼고 서 있는 그녀의 모습은 너무도 기이했고, 기이했기 때문에 사람들의 구경거리가 될 수밖에 없었다.

지효는 자신을 바라보고 있는 사람들이 무서워졌다. 낯선 혹성에 와 있는 것처럼 그들하곤 감정의 교류도, 언어의 소통도 불가능할 것 같은 막막함이 느껴졌다. 지효는 자신을 둘러싸고 있는 사람들한테서 벗어나야겠다고 생각하며 몸을 돌렸다.

"행려병잔가?"

"머리를 깎은 걸로 봐서는 죄수 같기도 하고."

"정신병잔가 봐요."

"글쎄, 얼굴은 참한데……."

지효는 필사적으로 도망을 쳐 지하도 입구까지 나왔다. 몸에선 땀이 축축하게 배어 나오고 가슴은 터질 것처럼 아팠다. 어떻게 하지? 불안한 얼굴로 주위를 두리번거리던 지효는 영옥의 전화번호가 적힌 종이를 꺼내 들었다. 어디 가서 어떻게 전화를 해야 할지 도무지 알 수가 없었다. 지효는 전화번호가 적힌 종이를 꼬깃꼬깃 접어서 도로 손안에 쥐고 발길 닿는 대로 걸음을 옮겼다. 발 앞에는 차들이 맹수처럼 질주하고 사람들은 진기한 동물을 구경하듯 자신을 돌아다보았다.

지효는 갑자기 맹수 우리 속에 갇힌 것 같은 공포가 느껴져서 불안한 얼굴로 주위를 두리번거렸다. 그러는 그녀의 눈에 아파트 창문에 켜진 환한 불빛이 들어왔다. 아, 저 불빛. 나도 한때는 저 공간 안에서 산 적이 있었지. 새엄마가 있는 집에 들어가기 싫어서 아파트 단지 내를 돌며 혼자 산유화를 불렀던 것도 생각났다. 지효는 기억상실증 환자가 잃어버린 기억을 되살려내듯 자기도 한때 이 거대한 도시 한 귀퉁이에서 산 적이 있었다는 기억을 되살려내고 있었다. 그런 생각을 하던 지효의 눈엔 눈물이 핑 돌았다. 떠날 때도 폐인의 모습이었는데 돌아왔을 때 역시 같은 모습이라는 생각이 들어서였다.

지효는 꼬깃꼬깃 접은 종이를 펴서 영옥의 전화번호를 다시 들여다보았다. 공중전화에서 걸어야 한다는 생각은 드는데 통 속에 돈을 얼마나 넣어야 하는지 알 수가 없었다. 그래서 누군가에게 도움을 청해야겠다고 생각하며 주위를 살펴보았다. 그러나 경계하는 눈으로 자신을 스쳐보고 지나가는 사람들한테 도움을 청할 용기가 나지 않았다. 지효는 영옥이를 찾는 일이 백사장에서 모래알 하나를 찾는 것만큼이나 암담하게 느껴졌다. 그때 지효를 주의 깊게 바라보던 여학생이 지효 옆으로 다가왔다.

"어디 전화하려고 그러세요?"

여학생은 지효의 마음을 짚어보고 있는 듯 상냥하게 물었다.

"네."

"전화번호를 이리 주세요. 제가 걸어드릴게요."

"……."

지효는 가만히 소녀를 바라보았다. 고등학교 2학년쯤 됐을까? 어리고 앳되어 보이는데 이마 위에 시퍼런 점이 커다랗게 덮여 있었다.

"여기에 전화를 해서 누굴 찾을까요?"

"영옥이를 찾아주세요."

"영옥이가 아인가요?"

"아니에요. 내 친구예요."

"네."

소녀는 전화번호를 들여다보며 다이얼을 돌렸다.

"아주머니, 이쪽으로 오세요. 그래야 전화를 바꿔드리죠."

"……."

지효는 아무 소리 안 하고 소녀 옆에 가 섰다. 방금 들은 아주머니란 말은 자기가 이 세상에 태어나서 처음 들어 보는 호칭이었다. 그 호칭은 자신이 현재 서 있는 위치를 자기 자신한테 알려주기 위한 말처럼 들렸다.

"여보세요, 영옥 씨 댁입니까? 계시면 좀 바꿔주세요. 아니에요. 어떤 아주머니 부탁으로 전화를 걸어드리는 건데요."

소녀는 한 손으로 수화기를 막으며 고개를 돌리더니 말했다.

"영옥 씬 지금 안 계신다는데요."

"잠깐만, 내가 받을게요."

지효는 수화기를 받아들었다.

영옥의 어머니란 생각을 하는 순간 가슴이 뛰었다.

"어머니, 안녕하세요?"

"누구신데요?"

지효는 잠시 망설이다가 말했다.

"저… 옛날 현지예요."

"현지라니, 넌 절에 들어가서 중이 됐다면서?"

"……."

지효는 아무 소리 못 하고 가만히 서 있었다.

"지금 어디 있냐?"

"서울이에요. 영옥이를 좀 봤으면 좋겠는데요."

"영옥인 지금 집에 없다."

"가서 기다리면 안 될까요?"

"안 될 거야 없다만… 오려거든 오너라. 아파트 호수는 아냐?"

"네. 지난번에 영옥이가 적어줬어요."

"그럼 그거 보고 찾아오너라."

찰가닥 하고 수화기 놓는 소리가 들렸다. 지효는 잠시 서 있다가 수화기를 걸어놓고 돌아섰다. 영옥의 어머니 음성을 듣는 순간 대학교 때의 자기 모습이 떠오르며 감상적인 기분이 되었다. 여학생은 전화박스 옆에서 전화가 끝나기를 기다리고 있었다.

"고마워요, 학생."

지효는 진심으로 고맙다는 인사를 했다.

"어느 쪽으로 가실 거예요?"

"옥수동으로요."

"길을 모르시면 택시를 타고 가세요. 주소만 보여드리면 택시 기사가 모셔다드려요."

여학생은 어른스럽게 말했다.

"고마워요."

"옥수동 가는 택시는 저쪽에 가서 타시면 돼요."

여학생은 길 건너 택시 정류장을 가리키며 말했다.

"네."

"그쪽으로 가시려면 지하도로 나가셔야 해요. 저게 지하도 출입구예요."

소녀는 손을 들어 지하도 출입구를 가리켰다.

"고마워요."

"그럼 안녕히 가세요."

소녀는 지효를 한번 쳐다보더니 인파 속으로 사라졌다. 지효는 인로왕보살(引路王菩薩)을 만난 것 같은 고마움을 느끼며 소녀의 뒷모습을 지켜보다가 그녀의 모습이 인파 속으로 완전히 사라지자 몸을 돌렸다.

택시 정류장으로 온 지효는 사람들이 서 있는 줄 맨 뒤에 가섰다. 그러자 사람들은 경계하는 얼굴로 한두 발짝씩 떨어져 서려고 했다. 지효는 자신을 바라보는 사람들의 시선이 괴로웠지만 묵묵히 참고 서 있었다. 한참 동안 서서 기다리자 빈 택시 하나가 지효 앞에 와서 멈춰 섰다. 지효는 다른 사람들이 하는 것처럼 뒷문을 열고 들어갔다. 행선지를 물으려고 뒤를 돌아다보던 기사가 몹시 놀란 얼굴로 쏘아보았다.

"옥수동 서민 아파트에 좀 가주세요."

"……."

기사는 다시 한번 지효를 쳐다보더니 아무 말 없이 차를 몰았다. 차가 달리자 비로소 안도감이 느껴져 지효는 눈을 감았다. 새벽예불을 드리던 법당, 대중 공사를 하기 위해 치던 목탁 소리, 자신을 향해 시위를 당기던 스님들의 화살, 잣나무 숲길, 코끝이 빨개지며 울던 혜일 스님, 터미널, 몰려들던 사람… 이 모든 것이 자기가 치른 일 같기도 하고 남이 치른 일을 하루

동안 구경한 것 같기도 했다. 아니, 자기 자신이 전혀 자기같이 느껴지지 않았다. 나는 살아 있는 건가? 살아 있다는 느낌도 들지 않았다.

"다 왔습니다."

차가 멈춰 섰다.

"……."

주위를 둘러보던 지효가 물었다.

"얼마를 드리면 되죠?"

"천칠백오십 원입니다."

요금계를 들여다보던 기사가 말했다.

지효는 택시 요금을 주고 차에서 내렸다. 조그만 창문마다 빽빽이 불이 켜져 있었다. 한참 주위를 두리번거려 보니 콘크리트 벽에 3동이라고 쓴 숫자가 보였다. 지효는 보따리를 끼고 3동을 향해 걸음을 옮겼다. 영옥의 어머니나 아이를 위해 뭔가를 사 가야겠다는 생각은 들었지만 그 일을 하는 건 자신이 없었다. 그래서 그냥 아파트 안으로 들어갔다. 층계를 다 오른 지효는 506호라는 숫자가 붙은 문 앞에 가 섰다. 긴장이 풀리며 한기가 느껴졌다. 잠시 안의 소리에 귀를 기울이던 지효는 문에 붙은 벨을 눌렀다.

"누구세요?"

계집아이 목소리가 들려왔다. 엄마가 왔다고 생각했는지

목소리에는 생기가 돌았다.

"엄마 친군데."

잠시 안에서 두런거리는 소리가 들리더니 문이 열렸다. 영옥의 어머니가 고개를 내밀었다. 늙고 초췌해지긴 했지만 뒤틀린 나무 같은 느낌은 여전했다.

"안녕하셨어요?"

"아니……?"

노인은 입을 딱 벌리고 지효를 쳐다봤다. 그녀의 시선 속엔 놀라움과 경계하는 빛이 복잡하게 뒤섞였다.

"영옥인 아직 안 왔어요?"

"아직 안 왔다."

노인은 들어오라 할 것인지 그대로 되돌려 보낼 것인지를 잠시 궁리하는 것 같더니 한옆으로 비켜섰다.

"이왕 왔으니 잠깐 들어오너라."

지효는 노인의 마음을 짐작하며 안으로 들어갔다. 집이라기보다는 조그만 창고 같았다. 전에 살던 어머니 세간들을 버리지 못했기 때문인지 좁은 공간 안에는 옛날 살림들이 겹겹이 포개져 있었다.

"거기 앉아라."

노인은 마루 한 귀퉁이를 가리키며 말했다.

"네가 이랑이니?"

지효는 옆에 서 있는 계집아이를 쳐다보며 물었다. 검고 넓은 눈썹하고 입 끝이 약간 치켜 올라간 것 같은 느낌이 영락없는 세혁이었다.

"네."

이랑은 너무도 기이한 손님을 쳐다보고 또 쳐다보고 했다.

"이랑이 과자 사주려고 생각을 했는데 가게를 못 찾아서 그냥 왔어. 이 돈 가지고 나가서 할머니 좋아하시는 거 하나 사드리고 너 먹고 싶은 거 사 먹어."

지효는 만 원짜리 한 장을 꺼내서 이랑이한테 줬다.

"……?"

"이리 가져오너라. 잔돈 바꿔줄게."

이랑이가 어리둥절해서 할머니를 쳐다보자 노인은 이랑이 손에 들려 있는 만 원짜리를 낚아채서 자기 주머니 속에 집어넣고 대신 백 원짜리 동전 세 개를 이랑이 손에 쥐여 주었다. 이랑은 불만스러운 눈으로 잠시 할머니를 노려보더니 할머니와 싸우는 일을 포기한 듯 그냥 밖으로 나갔다.

"밤에 애들한테 큰돈 들려서 내보내면 위험하다."

노인은 자신의 행동에 변명을 덧붙였다.

"영옥이는 늦게 들어와요?"

"모르겠다."

노인은 재떨이를 끌어당겨 담배 한 대를 입에 물었다.

"자 눈금도 모르고 조복 만든다더니, 사람 사는 물정도 모르면서 사내를 만나고 다닌다."

"……."

"가정 있는 사내 만나봐야 지 몸 썩고 지 맘 썩지 별수 있냐? 저러다가 머리 한번 올려보지 못하고 거리 귀신 될 거다."

노인은 혀를 찼다.

"……."

지효는 아무 말 안 하고 가만히 앉아 있었다. 노인의 말을 들으면 영옥이 가정 있는 남자와 연애를 하고 있는 것 같았다.

"그런데 네 꼴이 왜 그러냐? 절에서 나왔냐?"

노인은 고개를 숙이고 앉아 있는 지효를 쳐다보더니 이렇게 물었다.

"네."

"시집이나 가려고?"

"……."

지효는 말문이 막혀서 그냥 가만히 앉아 있었다.

"똑똑해도 헛똑똑이라더니 너희 둘은 어째 그러냐? 남들처럼 족두리 하나를 제대로 써보기를 하나, 서방 하나를 제대로 가지고 있기를 하나……."

"……."

"그래, 넌 앞으로 어떻게 할 참이냐?"

"어떻게 될지 저도 모르겠어요."

"쯧쯧… 니 나이가 몇 살이냐? 지 앞길도 모르게."

노인은 딱하다는 얼굴로 한참 혀를 찼다.

"다른 여자들은 서방에 자식에 집에 차에 없는 것 없이 해놓고 떵떵거리고 산다. 그렇게는 못 살아도 남이 사는 거 흉내는 내고 살아야 할 거 아니냐? 이건 의지가지없이 몽달귀신처럼 떠돌고 있으니… 쯧쯧."

노인은 다시 혀를 찼다.

"……."

"너는 그래도 혹은 없다만…. 휴우, 그때 미리 알았으면 내가 머리채를 끌고라도 병원에 데려가는 건데……."

"……."

"지 신세 망치고 에미 신세 망치고. 남은 딸자식 하나 키우고도 온갖 호강 다 하고 사는데… 기껏 가르쳐놓으니 지한테 덕이 될 놈인지 해될 놈인지도 모르고 몸을 맡겨가지곤 요렇게 신세를 망쳐놓고 말았으니…… 휴우."

"……."

지효는 마주앉은 노인의 얼굴을 물끄러미 바라보았다. 자기가 누렸을지도 모를 호강을 이랑이가 빼앗고 말았다는 사실 때문에, 이랑에 대해 깊은 증오심을 느끼고 있었다.

"지 애비가 시퍼렇게 살아 있다는데 지금이라도 데려다줬으면 좋으련만… 그래도 에미 마음이라고 말도 못 꺼내게 하고 있으니."

"……."

지효는 가만히 앉아 있었다. 세월은 너를 변화시키고 나를 변화시켰는데 어머니와 나의 관계만은 전혀 변화시키지 못하고 흘러가 버렸어, 하던 영옥의 말이 생각났다. 정말 세월은 모든 만물을 변화시키며 흘러갔어도 이 노인의 이기심만은 조금도 변화시키지 못하고 흘러간 것 같았다.

그때 이랑이가 들어왔다. 그 아이 손엔 우유 하나가 들려 있었다.

"이리 내놔라."

노인은 이랑의 손에 들려 있는 우유를 낚아채듯 빼앗았다.

"할머니 주려고 사 왔는데 왜 뺏어?"

이랑은 자기한테 인격적인 대우를 하지 않는 할머니가 미운지 덤벼들었다.

"요놈의 기집애, 주려고 사 왔으면 주면 되지 턱은 왜 받치고 쳐다보냐?"

노인은 따귀라도 때릴 기세로 이랑을 노려보았다.

"……."

이랑은 몹시 화가 난 듯 어깨로 숨을 몰아쉬더니 제 방으로 휙 들어갔다.

"망할 놈의 기집애, 기만 살아가지고."

노인은 이랑이가 들어간 방을 쳐다보더니 우유를 따서 꿀꺽꿀꺽 마셨다.

"저, 영옥이 오나 나가볼게요."

지효는 더 앉아 있기가 괴로워서 자리에서 일어섰다.

"늦었는데……."

노인은 우유가 묻은 입술을 손등으로 닦으며 물었다. 그녀 말속엔 '가지 않고?'라는 뜻이 담겨 있었다.

"……."

지효는 난감한 얼굴로 서 있었다. 그러자 노인은 마음을 돌렸는지 조용히 말했다.

"나가보려면 나가봐라. 가끔씩 택시를 타고 문 앞까지 오는 것 같으니 멀리 나가지는 말아라."

"네."

지효는 밖으로 나왔다. 밤 기온엔 냉기가 돌았다. 지효는 국화가 피어 있는 화단 가를 서성이다가 벤치에 가 앉았다. 올 때와는 달리 아파트 창문엔 거의 불이 꺼졌고 단지 내에도 사람의 모습이 보이지 않았다. 지효는 11시가 넘었나보다고 생각하며 어둠 속을 바라보았다. 한기와 함께 시장기도 느껴졌다. 시장기를 느낀 순간 비로소 종일 한 끼도 안 먹었다는 생각이 들었다. 새벽예불을 드릴 때만 해도 자기는 스님의 몸으로 절에 있었는데, 그동안 채탈도첩을 당하고 절에서 쫓겨나와 세인들의 웃음거리가 돼가며 천 리 길을 올라와서 이렇게 아파트 벤치에 앉아 있다는 게 너무도 이상했다. 하루 동안에 다겁의 생을 다 살아버린 기분이 들었다.

그때 어둠을 뚫고 택시 한 대가 들어왔다. 지효는 차 불빛이 싫어서 손으로 얼굴을 가리며 고개를 돌렸다. 차가 멎고 남자와 함께 영옥이가 차에서 내렸다. 두 사람은 조금 걷더니 어둠 속에 서서 뜨겁게 포옹을 했다. 지효는 자신이 있지 말아야 할 자리에 있다는 생각 때문에 미안해져서 몸을 움츠렸다. 포옹을 하던 두 사람은 잠시 후 몸을 풀고 마주 바라보더니 헤어지기가 아쉬운 듯 다시 손을 꼭 맞잡고 뭔가 귓속말로 속삭였다. 다시 만날 약속을 하고 있는 것 같았다. 그러던 두 사람은 한 손을 가볍게 들며 작별 인사를 하곤 서로 몸을 돌렸다.

지효는 어떻게 할까 망설이다가 영옥이 층계를 다 올라갔을 때쯤 해서 벤치에서 일어났다. 영옥이한테 자기가 온 내력을 설명할 일이 막막하게 느껴졌다.

10장

Udumbara

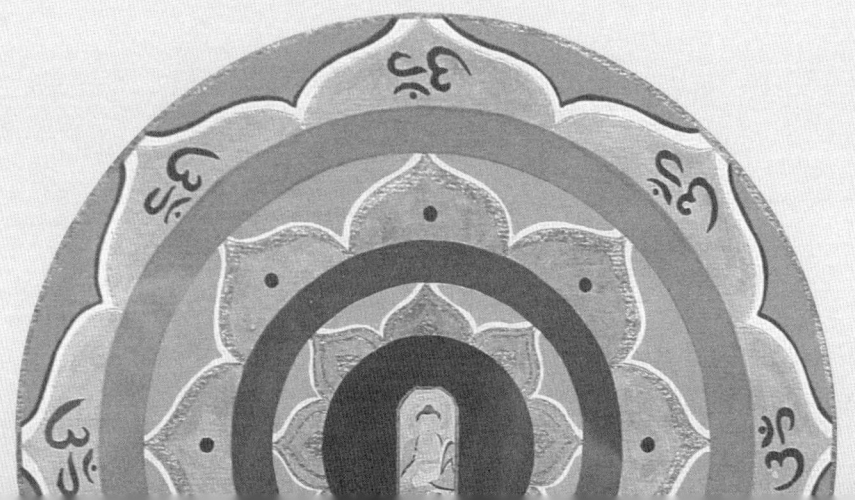

"너 정말 왜 이러니? 왜 우리 엄마 속옷까지 빨고 이래?"

영옥은 욕실 문을 확 열고 들어와서 지효의 어깨를 낚아채며 덤벼들었다.

"……."

"나가. 매일 이런 꼴 보여주려거든 나가."

"……."

영옥은 서랍장의 서랍을 있는 대로 빼서 여기저기 속을 들쑤시더니 털모자 하나를 찾아서 지효 앞에 던지며 악을 썼다.

"머리 기르지 않으려거든 이거라도 뒤집어써. 절에서 쫓겨난 게 무슨 자랑이라고 여태껏 중 흉내 내니?"

"……."

지효는 그런 친구를 가만히 바라보기만 할 뿐 아무 말도 하지 않고 서 있었다. 옷은 공양주한테 얻어 입은 밤색 몸뻬에 회색 스웨터 그대로인데 머리만은 수시로 밀어서 푸른색이 돌 만큼 깨끗했다.

영옥은 욕실 앞에 우두커니 서 있는 지효를 노려보다가 싱크대 위에 걸려 있는 고무장갑을 들고 어머니 방으로 갔다. 영옥의 어머닌 먼지 한 톨 없이 깨끗하게 치워진 방에서 두 다리를 쭉 뻗고 앉아 화투패를 떼고 있었다.

"이거 가지고 가서 빨리 어머니 옷 빨아 입으세요."

영옥은 들고 있던 고무장갑을 방바닥에 던지며 어머니를 쏘아보았다.

"……."

영옥의 어머니는 비광을 오른손에 쥐고 딸을 마주 쏘아보았다.

"저 팔 떨어지게 원고 써서 어머니 먹여 살리고 있어요. 빨래까지 빨아드릴 힘이 없으니까 옷은 어머니가 빨아 입으세요."

"또 에미 입에 풀 발라주는 유세야?"

"……."

"나 공밥 안 얻어먹고 있다. 나도 너 공부시킬 때 먹을 거 못 먹고 입을 거 못 입으면서 허리 졸라매며 시켰다."

"전 어머니 돈으로 공부한 일 없어요."

"네 아버지가 가져다준 돈이 얼만데? 그 돈 가지고 남들처럼 먹고 입고 했으면 네가 대학 문 앞에나 갔다 왔을 줄 아냐?"

"그 값 받아내기엔 아직 창창하니 걱정 마세요. 어머니 돌아가실 때까지 저한테 든 돈 다 갚아드릴게요."

영옥은 혼자 씨근대다가 어머니 방문을 쾅 닫고 돌아섰다.

"살쾡이같이 못된 년. 남의 집 자식은 부모 죽을까 봐 인삼이다 녹용이다 장복을 시키는데… 보약은 고사하고 고기반찬도 제대로 못 해먹이면서 유세는 남 몇 곱으로 하는 년."

방 안에서는 독기 묻은 노인의 푸념 소리가 끝없이 들려왔다. 영옥은 두 손으로 귀를 꽉 막으며 돌아서려다가 욕실 문 앞에 그대로 서 있는 지효를 발견하고는 흑 하고 흐느꼈다.

"제발 부탁이야. 우리 어머니한테까지 짓밟히지 마. 나한테 그런 꼴까지 보여주지 마."

"들어가. 가서 네 할 일이나 해."

지효는 영옥의 등을 밀어 방안으로 들여보내고 자신은 욕실로 되돌아갔다. 집 안엔 다시 정적이 감돌고 영옥의 어머닌 두 다리를 뻗고 앉아 계속 화투패를 떼고 지효는 하던 빨래를 마저 하고 있었다.

그때 전화벨이 울렸다. 영옥은 눈물을 닦으며 수화기를 집어 들었다.

"여보세요."

"안녕하셨어요? 저 혜일 스님이에요."

수화기 저쪽에선 혜일 스님 목소리가 우렁우렁 울려왔다.

"어머, 스님이 웬일이세요?"

"웬일이냐고 물으시는 걸 보니 반갑지 않은 모양이군요?"

"뜻밖이어서요. 지금 어디 계세요?"

"민 선생님 아파트 앞에 와 있어요. 경비실 바로 옆에 있는 공중전화예요."

"네……."

"멀리서 전화하면 핑계 대고 못 오게 하실까 봐 일부러 여기까지 왔어요. 들어가도 되죠?"

"오세요. 기다리고 있겠어요."

수화기를 놓고 돌아서는 영옥의 감정은 착잡했다. 죄수 같은 모습을 하고 있는 지효를 보여주는 것도 싫었고, 지효를 쫓아낸 청은사 스님이라는 적대감도 씻어버리기가 어려웠다. 그러면서도 마음 한구석에선 혜일 스님이 오면 지효한테 뭔가 숨구멍을 열어줄 일이 생기지 않을까 하는 기대도 생겼다. 영옥은 잠시 복잡한 생각에 잠기다가 밖으로 나갔다. 지효도 빨래가 끝났는지 고무장갑을 벗으며 욕실 밖으로 나오고 있었다.

"혜일 스님이 오셨어."

영옥은 일부러 아무렇지도 않은 얘기를 하는 것처럼 표정 없이 말했다.

"응?"

지효는 확실하게 알아듣지 못한 얼굴로 고개를 돌렸다.

"혜일 스님이 이리로 오신대."

영옥은 지효를 보며 분명하게 말했다.

"혜일 스님이?"

지효는 놀란 얼굴로 영옥을 쳐다봤다. 그런 그녀의 얼굴은 순간적으로 핼쑥해졌다.

"오시라고 했는데, 괜찮니?"

"그럼."

지효는 침착함을 되찾으며 담담하게 말했다.

"빨래는 내가 널게. 방에 들어가서 손 녹여."

"넌 찻물 얹어. 빨랜 내가 널게."

지효는 탈수기 뚜껑을 열더니 꼬깃꼬깃 뒤엉킨 빨래를 꺼내서 소쿠리에 담았다. 영옥은 그런 지효를 바라보다가 아무 말 안 하고 돌아섰다. 더 궂은일은 언제나 자기가 하려고 드는 지효하고 맞서는 일도 피곤해서였다.

영옥이 주전자를 찾아서 물을 받고 있을 때 벨이 울렸다. 영옥은 주전자를 가스 불 위에 올려놓고 얼른 현관으로 나갔다.

"누구세요?"

"접니다."

웅웅 울리는 혜일 스님의 목소리가 들렸다.

"어서 오세요."

영옥은 문을 열어주며 손님을 반겼다. 혜일 스님은 머리 위에 내려앉은 눈을 손으로 털며 들어왔다. 그의 손엔 노란 밀감이 한 보따리 들려 있었다. 현관으로 들어와서 신을 벗던 혜일 스님과 빨래 소쿠리를 들고나오던 지효의 눈이 순간적으로 맞부딪쳤다. 두 사람은 서로의 얼굴을 뚫어지게 바라보더니 거의 같은 순간에 슬그머니 고개를 돌렸다. 상대방의 모습을 보는 것도, 자기 모습을 보여주는 것도 괴로운 것 같았다.

"들어오세요. 선물까지 가져오셨군요."

영옥은 의식적으로 밝은 표정을 지으며 손님을 맞았다.

"……."

혜일 스님은 영옥을 따라 방 안으로 들어갔다. 지효는 잠시 멍한 얼굴로 서 있더니 소쿠리에서 빨래를 꺼내 빨래 걸이에 널고 혜일 스님의 뒤를 따라 방으로 들어갔다.

"……."

지효와 혜일 스님은 무슨 말을 먼저 꺼내야 좋을지 모르는 듯 가만히 마주앉아 있었다.

"차 드세요."

영옥이가 찻잔을 두 사람 앞에 놓아주며 말했다.

"네."

"언제 오셨어요?"

영옥은 자기가 침묵을 깰 수밖에 없다고 생각한 듯 말을 시켰다.

"어젯밤에 왔어요. 용화 보살님하고 같이요."

"불사는 다 끝났는가요?"

"네."

"……."

불사라는 말을 듣는 순간 지효는 고개를 들고 혜일 스님을 쳐다봤다. 궁금한 게 많은 듯했으나 봉두와 연결된 일 때문인지 입을 열지 않았다. 혜일 스님은 그런 지효의 마음을 알고 있는 듯 불사에 대한 얘기를 자세하게 들려주었다.

"스님이 떠나신 후 봉두는 정말 몰아의 경지에서 부처님을 조성했어요. 왼쪽 팔 하나로 먹는 것도 자는 것도 잊고 하루 24시간을 꼬박 부처님 조성하는 일에만 바쳤어요. 봉두가 거처하는 방 주위엔 금줄이 쳐졌고, 공양주만 음식을 들고 드나들었는데 봉두가 음식을 일체 입에 대지 않자 나중에는 공양주까지 발길을 끊게 됐어요. 처음엔 저러다 죽는 게 아닌가 하고 걱정들을 했지만 공양주 말에 의하면 날이 갈수록 몸에서 기운이 솟구치는 것 같더래요. 마치 몸속 어딘가에 기운을 숨겨놨다가 꺼내 쓰는 사람처럼요."

"……."

"봉두가 만약 스님이었다면 도력 높은 스님이라고 소문이

10장 363

났을 거예요. 3주 동안 자지 않고 먹지 않고 밤낮으로 일만 했으니까요."

"그럼 부처님을 3주 만에 완성했는가요?"

영옥이가 관심을 나타내며 물었다.

"네. 삼 주가 지난날 아침, 부목 영감이 주지 스님 방으로 쫓아와서 봉두가 부처님을 완성했다고 알려주더군요. 그래서 주지 스님은 물론이고 절에 와 계시던 용화 보살님과 스님들, 공양주 보살까지 모두 쫓아가 봤죠."

"……."

"그랬더니 봉두가 부처님 앞에 무릎을 꿇고 앉아서 물끄러미 부처님을 올려다보고 있더군요. 그런 그의 모습은 마치 아이가 어머니를 올려다보고 있는 것 같았어요."

"……."

"몰려갔던 사람들도 모두 봉두처럼 부처님을 올려다봤죠."

"그랬더니요?"

영옥은 부처님의 모습이 궁금한지 다음 말을 채근했다.

"그런데 그 부처님은 우리가 법당에서 보던 부처님 모습하곤 너무 달랐어요. 사람보다 더 슬픈 얼굴이라고 할까요? 쳐다보는 순간 가슴이 꽉 메면서 눈물이 쏟아지려고 하더군요. 부처님이 너무도 가엾게 보여서 말이에요."

"부처님이 가엾게 보이다니요?"

영옥이가 무슨 말이냐는 얼굴로 쳐다봤다.

"말 자체는 모순인데 느낌은 그랬어요."

"……?"

"지금까진 일방적으로 부처님이 연민의 정으로 우리를 바라보고 있다고만 생각해왔잖아요. 그런데 반대로 우리가 연민의 정으로 부처님을 바라보게 되는 거예요."

"비약이 너무 심해서 무슨 말인지 이해가 안 되는데요."

영옥이가 웃었다.

"제 설명이 정확할진 모르지만 이렇게 비유해보고 싶어요. 지금까지 우리들의 관념 속엔 부모가 일방적으로 자식들을 사랑한다고 생각해왔죠. 자식들은 그것을 당연하게 받아들이고 있었고요. 그런데 어느 날 문득 부모님의 얼굴을 쳐다보니 부모님이 너무 힘들어하고 괴로워하는 모습이 보이는 거예요. 전지전능해서 모든 것을 그냥 줄 수 있다고만 생각했던 부모가 사실은 그것을 주기 위해 너무 지쳐 있다는 것을 안 거죠. 그럴 때 부모를 쳐다보는 자식의 심정 같은 것이라고 할까요?"

"……."

"봉두는 다른 사람이 볼 수 없었던 부처님의 실상을 알고 있었던 것 같아요."

"……."

"봉두가 조성한 부처님을 보고 있으면 제 쪽에서 부처님을 사랑하고 싶어지더군요. 그리고 돌아서면 사랑하고 싶은 감정 때문에 부처님이 그리워지는 거예요. 그 그리움은 자식이 잘되기를 애타게 빌고 있는 지친 어머니 모습을 떠올릴 때의 마음하고 비슷할 거예요."

"……."

"저도 지금까진 부처님이 전지전능하다고만 생각하고 모든 것을 달라고만 요구하는 철없는 자식 같은 입장이었는데, 부처님의 슬픈 모습을 보는 순간 비로소 부처님이 중생을 끌어안고 사랑하기 위해 얼마나 괴로워하고 힘들어하시는지 알게 되었어요."

"무슨 말인지 이해가 될 것도 같군요."

영옥이가 머리를 끄덕였다.

"……."

그러나 지효는 그들의 대화를 듣기만 할 뿐 한마디의 말도 하지 않았다.

"다른 사람들도 스님 같은 생각을 하는가요?"

"글쎄요. 그건 모르죠. 이런 얘긴 아직 아무하고도 나누어 보지 않았으니까요."

"그 부처님을 보러 오는 사람이 많은가요?"

"그럼요. 그런데 중생심이란 정말 어떻게 해볼 수가 없나 봐요."

"왜요?"

"누구 입에 선진 모르지만 봉두가 조성한 부처님을 만지면 재수가 있다는 소문이 돌기 시작했어요. 그러자 너도나도 법당으로 몰려와서 부처님을 만지려고 아우성을 치는 거예요."

"그 사람이 깎은 목불을 몸에 지니고 있으면 안 이루어지는 소원이 없다는 말이 돌았다면서요?"

영옥은 처음 취재 갔던 일이 생각나서 웃었다.

"그랬죠. 거기서부터 연유한 말이었나 봐요. 사람들이 법당 안으로 몰려와서 서로 부처님을 만지려고 아우성을 치니 부처님을 법당 안에 모셔둘 수가 있어야죠. 그래서 할 수 없이 법당 뜰에다가 모셨어요. 그랬더니 보살들은 물론이고 차를 모는 기사, 사업을 하는 남자, 심지어는 여자들이 아이까지 끌고 와서 서로 부처님을 만지게 하려고 아우성을 치는 거예요."

"공부 잘하라고요?"

영옥이가 웃었다.

"네, 공부 잘하라고요."

"정말 부처님이 슬프실 수밖에 없겠군요. 중생들의 탐욕 때문에."

"그렇죠. 바로 그거예요. 하도 사람들이 몰려와서 아우성을 치자 소음에 시달리던 주지 스님이 신경쇠약으로 몸져눕게 됐어요."

"어머, 그래서요?"

"할 수 없이 부처님을 일주문 밖 공터에다 모셔놨죠."

"그러니까 그 부처님은 중생을 찾아서 마을 가까이로 내려가셨군요."

"그런 셈이죠."

두 사람은 유쾌하게 웃었다. 그러나 지효는 두 눈을 감은 처음 자세 그대로 가만히 앉아 있었다.

"봉두는 그런 사람들을 보고 어떤 반응을 보이던가요?"

"봉두는 지금 절에 없어요."

눈을 감고 있던 지효가 천천히 고개를 들어 혜일 스님을 바라보았다.

"사실은 그 얘기를 먼저 하려고 했는데 얘기가 바뀌었군요."

"봉두 그 사람도 절에서 내보냈는가요?"

영옥은 언젠가 최길성한테 들은 말이 생각나서 이렇게 물었다.

"아니에요. 그게 아니고 봉두 스스로 나갔어요."

"……?"

지효는 놀란 표정을 지으며 혜일 스님의 다음 말을 기다렸다.

"부처님이 완성된 날 아침, 절에 있던 대중들이 모두 봉두 방으로 달려갔을 때 용화 보살님이 봉두 앞으로 다가앉으며 수없이 합장을 하더군요. 고맙다는 뜻으로요."

"……."

"그러나 봉두는 그런 인사에는 전혀 관심을 두지 않고 주위를 두리번거리며 누군가를 열심히 찾고 있었어요."

"……."

지효의 표정이 굳어졌다.

"우린 모두 봉두가 지효 스님을 찾고 있다는 걸 알았죠. 하지만 아무도 그 말을 꺼내지 못하고 머뭇거리고 있는데 공양주가 딱했는지, '지효 스님은 지금 절에 안 계셔.'라고 귀띔을 해주었어요."

"……."

"그러자 봉두는 멍하니 공양주 얼굴을 바라보더군요. 그런 그의 눈이 점점 커지면서 눈에 눈물이 가득 고이기 시작했어요."

"……."

"그날로 봉두가 절을 나갔어요. 지효 스님이 사준 여름옷에 부목 할아버지가 준 웃옷 하나만 걸치고요. 봉두가 절을 나간 걸 안 후로 용화 보살님은 봉두를 찾으려고 백방으로 수소문을 해봤죠. 그런데도 아직까지 소식을 알 수가 없어요."

"……."

지효의 얼굴은 창백해져 갔다. 그녀의 머릿속엔 터미널 앞에서 자기를 둘러쌌던 군중들의 모습이 떠올랐다. 그리고 몰이꾼한테 이리저리 몰리고 있는 짐승처럼 겁먹은 얼굴로 쫓기고 있을 봉두의 모습도 떠올랐다.

"수중에 돈도 별로 없었을 텐데요."

영옥이가 말했다.

"별로가 뭐예요. 봉두는 돈을 한 번도 가져본 적이 없어요."

"그런데 어떻게 이 추운 겨울에 절을 나갈 생각을 했을까요?"

"자기로선 절만 나가면 지효 스님을 찾을 수 있다고 생각했겠죠."

"딱하군요. 세상이 얼마나 넓은데. 그보다 몸이라도 성해야 노동이라도 할 텐데, 그 몸을 가지고 겨울을 날 수 있을까요?"

"용화 보살님이 걱정하시는 것도 바로 그 점이에요. 오른팔도 아닌 왼팔 하나로 세상 물정도 모르는 봉두가 어떻게 살 수 있을까 하고요."

"……."

지효는 깊게 심호흡을 했다. 자기가 봉두의 생명을 지켜줘야 한다는 소리가 뜨겁게 들려왔다. 잎이 떨어진 가지에 남은 열매를 바라보듯 봉두를 떠올리는 그녀의 시선 속엔 봉두의 생명만이 보였다. 지효는 그런 자신에 놀라움을 느꼈다. 지금까지 사람을 바라볼 때 감정과 육신이 배제되고 생명만이 보인 적이 없었다. 아니, 그것은 바라보거나 보일 수 있는 것이 아니었다. 그런데 이상하게 그 생명이 나뭇가지에 매달린 열매처럼 자신의 시선 속으로 떠올라왔다. 지효는 추운 거리에서 허기진

채로 이리저리 떠돌고 있을 봉두의 생명을 지켜줘야 한다는 내면의 소리를 듣고 있었다. 그것은 주저함일 수도 망설임일 수도 없는 강렬한 소리였다.

"봉두를 찾아 떠났다니, 봉두가 어디 있는 줄 알고 찾아 나섰다는 건가?"

이 씨가 걱정스러운 얼굴로 쳐다봤다.

"그러게 말입니다."

최길성도 같은 얼굴로 대답했다.

"그것도 이 추운 겨울에, 성하지도 않은 몸으로 말이야."

"……."

"자네가 어떻게 손을 써볼 수가 없겠는가?"

"저도 그냥 막연합니다."

"아무리 봉두가 안됐기로서니 찾아 나설 거까지야……."

이 씨는 혼잣말처럼 말했다. 그녀의 마음속엔 지효에 대한 연민으로 차올랐다. 그동안 얽힌 경위는 다 제쳐두고라도 이번에 부처님이 조성된 건 온전히 지효 덕분이라는 생각이 들었다. 다 부처님 뜻이었는데… 중생이 미혹해서.

"부처님은 일주문 밖 공터에 그냥 모셔놨습니까?"

"아주 공터는 아니고 느티나무 밑일세."

"그 부처님은 느티나무 밑에 앉으셔서 괴로운 중생이 오기를 기다리시는군요."

"그러네. 처음 부처님을 노천에 모실 때는 불경스럽게 느껴져서 몸 둘 바를 모르겠더니만 막상 노천에 모셔놓고 보니 어쩐지 친근감이 가는 게 오히려 낫네."

"그럼 비바람도 그대로 맞으시겠군요."

"맞으시다마다. 요즈음은 눈이 자주 오니 눈 속에 앉아 계시네."

"그 부처님은 그야말로 중생과 함께 고락을 같이하시는군요."

최길성이 빙긋이 웃었다.

"그러시네. 절 문밖까지 나와 계시니……."

"사람들은 여전히 많이 옵니까?"

"그럼. 모신 지는 얼마 안 되지만 그동안 하도 사람들이 많이 쓰다듬어서 온몸이 벌써 빤질빤질 하시다네."

"태서한텐 많은 공덕이 가겠군요. 이승 아니면 저승에서도요."

"그렇다면 나로서도 뭘 더 바라겠나."

이 씨는 휴 하고 한숨을 몰아쉬었다.

"태서는 요즈음 어떻습니까?"

"지난번보다 더 축이 갔네."

"……."

"나는 여태껏 순리대로 살아왔네. 그렇기 때문에 자식 일이라 해서 순리를 어기면서까지 욕심을 부리고 싶지는 않네. 부처님 마음이 곧 순린데, 욕심으로 순리를 이겨봐야 더 나아질 게 뭐가 있겠나?"

"……."

최길성은 이 씨 말을 새겨들으며 천천히 머리를 끄덕였다.

"에미로서 할 바를 다 해보는 거지. 그래도 안 되면 부처님 뜻을 따를 수밖에 달리 도리가 없지 않은가."

"……."

최길성은 이 씨를 물끄러미 바라보았다. 그녀 마음속엔 아들의 불행을 현실로 받아들일 각오가 돼 있는 것 같았다.

"내가 자네를 찾아온 건 자네하고 의논할 게 있어서네."

이 씨는 최길성을 건너다봤다.

"무슨 일이신데요?"

최길성은 진지하게 물었다. 힘이 되어줄 수 있는 일이 있다면 무슨 일이라도 도와주고 싶었다.

"호적 때문일세. 아무리 둘러봐도 상의할 사람이 자네밖에 없어서 자네를 찾아왔네."

"태서는 아직도 고집을 부립니까?"

"그러니까 자네를 찾아왔지."

"정말 이해가 안 가는군요. 일생 동안 남의 잘잘못만 판단

해주면서 산 사람이 어떻게 본인의 문제를 그렇게 처리하려고 하는지 말입니다."

"아무리 생각해봐도 마장이 낀 것 같네."

"……."

"그렇지 않고서야 어찌 그리 어리석은 고집을 부릴 수 있겠나?"

"아주머니도 이해가 안 가는군요. 남편이 건강하게 살아 있다면 당연히 그런 욕심도 부리겠지만 그렇지 않다는 걸 본인도 알고 있을 텐데 왜 굳이 호적에 오르려고 할까요? 그것도 아이까지 말입니다."

"그러니 내가 마장이 끼었다고 하지 않나."

"혹시 재물 때문에 그러는 게 아닐까요?"

"그런 점도 있겠지."

"그러지 마시고 태서 있을 때 그쪽 앞으로 재산을 정리해 주시지 그러세요. 어찌 됐거나 오륙 년을 함께 살지 않았습니까."

"그 생각을 내가 왜 안 해봤겠나. 벌써 그런 제의를 해봤네."

"어떻게 제의를 하셨는데요?"

"지금 살고 있는 아파트가 육십 평짜리 아닌가? 그 아파트를 그쪽으로 준다고 했네. 그리고 애비한테 딸린 재산이 있다면 그것도 모두 그쪽으로 주겠다고 했고."

"그런데도 안 되겠다는 겁니까?"

"그러니 내가 자네까지 찾아다니지."

"……."

최길성은 곰곰이 생각에 잠겼다.

"전에 태서가 살았던 집, 말입니다. 그 집까지 줘버리는 게 어떻습니까? 그래도 호적에 올리는 것보다는 나을 것 같은데요."

"그건 안 되네."

이 씨는 단호하게 잘라서 말했다.

"……?"

이 씨 태도가 너무 완강해서 최길성은 어리둥절한 얼굴로 쳐다봤다.

"그 집은 우리 융의 몫일세."

이 씨가 가라앉은 목소리로 말했다.

"네?"

최길성은 뜻밖의 말에 놀라며 이 씨를 쳐다봤다.

"나는 오래전부터 마음속으로 그렇게 작정하고 있었네."

"……."

"그 집은 처음부터 융의 에미 몫으로 지은 집일세. 융의 에미가 화실을 가지고 싶어 해서 내가 마음먹고 지은 집일세. 그렇기 때문에 내 마음속엔 아직도 그 집에 대한 애착이 그대로 남아 있네."

"……."

"융이 크면 융한테 줄 생각일세."

이 씨 목소리가 떨렸다.

"……."

최길성은 충격을 받으며 이 씨를 물끄러미 바라보았다. 이 씨에게 채련은 아직도 그녀의 자존심을 지켜주는 며느리로 고스란히 살아 있었다. 때문에 이 씨는 채련과 연결된 부분을 의식적으로 놓치지 않으려고 안간힘을 쓰고 있었다. 채련의 그림자를 잡고 있는 한 채련은 영원히 그녀 가슴속에서 살아 숨 쉬는 며느리일 수 있기 때문이었다. 그러니까 융도 결국 자랑스러운 자신의 손자라는 신념으로 키워온 게 분명했다.

"무슨 예감이 느껴지는지 애비가 요 근래에 와서 바짝 서두르네. 안 하던 전화도 하고 나를 올라오라고도 하면서."

"……."

"건강만 하다면 어림도 없지. 하지만 에미한테 하는 마지막 청이라고 생각하니 나도 모르게 마음이 자꾸 약해지네."

"아내한테 신의를 지키려고 그러는가요?"

"그거야 모르지. 신의를 지키려고 그러는 건지 어쩐지……."

이 씨는 가만히 허공을 쳐다보았다.

"업(業)이라는 생각도 드네. 뭔가 악연이 꼬여서 그러는 게 아닌가 하는…. 그러지 않고서야 그렇게 흐린 판단을 할 수 있겠나?"

"어머님은 어떻게 하실 생각이신데요?"

"내 생각은 아이 하나만 호적에 올려줄까 하네. 송강이 에미 앞으로 말일세."

"왜 그런 생각을 하셨습니까?"

"모자를 다 올려놓으면 호적에 오른 그날로 애 에미가 우리 집 주인 행세를 하려고 들 걸세. 하지만 아이 하나만 올려놓으면 법적으로 아무 힘이 없으니 전들 어쩌겠나."

"……."

"한 십 년 내가 더 살면 송강이도 스무 살이 될 테니 그때가 되면 송강이도 우리 집 기둥이 되어줄 걸세. 그건 지 애비하고도 다르고… 날 닮은 데가 많네."

"……."

최길성은 이 씨의 말을 곰곰이 새겨듣다가 물었다.

"송강이 엄마도 그 내용을 압니까?"

"모르겠네. 내색을 안 하니 무슨 생각을 하는지 그 속을 알 수가 있어야지."

"……."

"송강이 에미도 보통은 넘는 사람이네. 줏대도 세고 심지도 깊고…. 집안에서 아무도 호락호락하게 보지 못하네."

"네."

"그런데 속을 보여줘야지. 나한테 내려온 지가 십 년이 됐네만 난 아직까지 송강이 에미가 웃는 것도 우는 것도 보질 못했네."

"……."

"눈을 감은 데다가 표정까지 석상처럼 굳어 있으니…. 자네한테만 하는 말일세만 나도 속 터질 때가 많네."

"제가 봐도 항상 그렇더군요. 지난번 동화 왔을 때는 어쩌던가요?"

"동생이 와도 마찬가지였네. 동생을 보면 달라지려나 했더니만 동생이 와도 웃는 일도 없고 우는 일도 없고…. 속 쓰는 걸 보면 궁리는 멀쩡한데 왜 그러는지 나도 모르겠네."

이 씨는 답답한지 한숨을 쉬었다.

"……."

최길성은 그런 이 씨를 안타까운 눈으로 바라보았다. 칠십 넘은 노인이 온갖 풍상을 다 겪으면서도 속에 있는 말 한마디 못 하고 사는 게 측은하게 느껴졌다.

"그만 가봐야겠네."

이 씨는 목도리를 두루마기 위에 두르며 자리에서 일어섰다.

"저를 오라고 하시지 추운데 왜 여기까지 나오셨습니까?"

"여기 왔으니 이만큼이라도 속 얘기를 했지. 집 같았으면 이런 말이라도 할 수 있었겠나."

이 씨는 몸을 돌렸다.

"호적 문제는 다시 한번 더 생각해보십시오. 어쩐지 화근을 만들고 있는 것 같아서 예감이 좋지 않습니다."

"그 말이야 하면 뭐 하나? 수백 번도 수천 번도 더 생각해본 일인데."

이 씨는 두루마기 깃을 모으며 밖으로 나갔다.

"참, 지효 스님 소식 듣거든 나한테 연락해주게."

이 씨는 문밖으로 나가려다가 이렇게 말했다.

"네……."

"한 번은 도와주고 싶네. 이건 내 진심일세."

"알겠습니다. 참, 어머님도 봉두를 더 찾아보십시오."

"그거야 여부가 있나. 나한테는 은인인데."

이 씨는 두루마기 고름이 밟히지 않도록 치켜들며 조심조심 층계를 내려갔다.

저녁을 먹고 난 최길성은 아들과 마주앉아서 바둑을 두고 있었다. 그때 전화벨이 울렸다.

"여보세요."

최길성은 수화기를 입에 대고 건성으로 말하며 눈은 계속 바둑판 위에 머물러 있었다.

"선생님, 저 영옥이에요. 저한테로 좀 오세요."

수화기 저쪽에서 혀 꼬부라진 소리가 들려왔다.

"취한 것 같은데 일찍 들어가지 그래."

"교장 선생님처럼 야단치지 말고 저한테 오시라니까요. 전 지금 저를 보호해줄 사람이 필요해요."

영옥은 계속 혀 꼬부라진 소리로 말했다. 취한 영옥의 얼굴을 떠올려보던 최길성의 입가엔 미소가 돌았다. 영옥은 취하기만 하면 눈꼬리가 아래로 꼬부라져서 장난꾸러기 아이 같은 표정을 짓기 때문이었다.

"지금 있는 데가 어디야?"

"안국동 로터리에서 비원 쪽으로 꼬부라지는… 전에 선생님하고 같이 갔던 그 술집이에요."

전화기는 끊어지지 않았는데 말소리는 더 이상 들려오지 않았다. 최길성은 약간 난감한 표정을 짓다가 나가봐야겠다고 생각하며 자리에서 일어섰다.

"아버지, 어디 나가실 거예요?"

바둑판을 들여다보고 있던 아들이 고개를 들고 물었다.

"그래. 좀 나갔다 올 테니 졸리거든 먼저 자거라."

"알았어요. 안녕히 다녀오세요."

최길성은 밖으로 나가려다가 도로 돌아와서 아파트 열쇠를 찾아 주머니 속에 넣었다. 자기가 돌아왔을 때쯤엔 아들이 잠들어 있을 것 같아서였다. 밖으로 나온 최길성은 자동차를 타고 안국동으로 갔다. 전에도 술 취한 영옥이한테 불려 나가서 한두 번 가봤던 술집이었다. 술집 문을 열고 들어서자 영옥이 혼자 앉아 술을 마시고 있었다.

"취했는데 그만 일어나지."

"교장 선생님처럼 그러지 말라니까요."

영옥은 손을 저으며 혀 꼬부라진 소리로 말했다.

"그만 일어나. 시간도 늦었잖아."

"가출한 딸 찾아온 아빠처럼 그러지 말고 여기 좀 앉아요."

영옥은 앞자리를 가리켰다.

"무슨 일이 있었어?"

최길성은 영옥이가 아무래도 쉽게 일어날 것 같지 않아서 마주앉으며 물었다.

"네, 있었어요."

"무슨 일인데?"

"제가 오늘 밤 뱀이 됐다고요. 볼품없는 뱀이 돼 가지고 삐딱삐딱 기어서 여기까지 왔다고요."

영옥은 뱀이 기어 오는 흉내를 내고 싶은지 고개를 갈지자로 흔들며 최길성을 쳐다봤다. 최길성은 그런 영옥이가 우스워서 혼자 피식 웃었다.

"제가 오늘 뭐 하고 온 줄 아세요? 제가 뭐 하고 온 줄 알면 선생님도 놀라실 거예요."

"뭐 하고 왔는데?"

"호텔에 가서 알몸으로 남자 껴안고 왔어요. 알몸으로 껴안고 왔지만 아무 일도 없었어요."

영옥은 아무 일도 없었다는 말을 강조하고 싶은지 손을 좌우로 흔들었다.

"……."

최길성은 그런 영옥을 물끄러미 바라보았다. 양 교수와 이별식을 한다고 벼르더니 이별식을 하고 온 모양이라고 생각하면서.

"양 교수 있죠, 그 사람도 가짜예요. 가짜라고요. 겨우 그물 밑에서 파닥이는 샌데 하늘을 날겠다고 덤빈 거예요."

"……."

"그물 밑의 새가 어떻게 하늘을 날아요? 날아봐야 그물까지지요."

"양 교수하고 일이 잘 안됐어?"

"그 사람하곤 아무것도 된 게 없어요. 아무것도 된 게 없이 빠이빠이를 했어요."

영옥은 어깨를 움츠리며 킬킬거리고 웃었다.

"……."

영옥을 바라보는 최길성의 가슴은 찌릿하게 아파왔다. 양 교수한테 너무 많은 것을 걸고 있다는 느낌은 들었지만 그래도 상대가 상대니만큼 이번만은 잘됐으면 하는 기대를 하고 있었는데 결과는 완전히 반대로 끝난 것 같았다.

"넘나듦의 관계. 너와 나 사이에 딱딱한 벽돌을 쌓지 말고 종이나 헝겊으로 막자. 그래서 최소한 종이나 헝겊 사이로 투과할 수 있는 교류만이라도 서로 나누자. 그 교류가 점점 깊어졌을 때 종이나 헝겊을 녹여버리고 두 개의 그릇에 담긴 물이 넘쳐 하나가 되듯 서로 하나가 되어 합일의 경지까지 이르러보자."

"……."

"전 이 주문을 믿어보고 싶었어요. 그래서 양 교수와 저 사이에 가로놓여 있는 헝겊을 녹여보려고 애를 쓰고 또 썼어요. 쇠를 닦고 또 닦고 해서 거울을 만들려는 사람처럼 말이에요."

"……."

"전 오늘을 기다렸어요. 몸과 머리가 하나가 되고 두 사람이 하나가 되는 기막힌 경지가 있을 거라고 믿으면서요. 그런데 그 사람이 그만 뒤를 돌아다보고 말았어요. 선생님도 뒤를 돌아다보는 게 뭔 줄 아시죠? 바위가 되고, 나무가 되고, 소금이 되는 그런 얘기 말이에요."

영옥은 눈꼬리를 꼬부장하게 내려뜨리며 최길성을 쳐다봤다. 그러나 그녀의 얼굴은 전처럼 전혀 장난스러워 보이지 않았다.

"……."

"우리는 승천을 하려던 이무기였는데 승천을 하려는 그 순간에 그만 그 사람이 뒤를 돌아다보고 말았단 말이에요."

영옥은 빈 술잔에 술을 가득 따라서 상을 찡그리며 억지로 마셨다. 몸에선 술을 받고 있지 않는 것 같았다.

"……."

최길성은 술잔을 뺏을까 하다가 그냥 두고 영옥의 다음 말을 기다렸다.

"그 사람이 뒤를 돌아다보는 순간 천둥소리가 들리더니 이무기 두 마리가 숨어 있던 굴이 와르르 무너져 내렸어요. 굴이 무너지자 그 사람은 황급히 무너져 내린 굴속을 빠져나갔어요. 꿈틀꿈틀 꼬리를 흔들면서요. 그런 그는 이무기가 아니라 뱀이었어요. 함께 승천을 꿈꿨던 이무기가, 이무기가 아니라 땅 위를 기는 뱀이었단 말이에요."

"……."

"전 울었어요. 울고 있는 제 몸에서도 비늘이 뚝뚝 떨어져 내렸어요. 그리고 몸뚱이가 자꾸자꾸 가늘어지더니 마침내 볼품없는 한 마리 뱀이 되고 말았어요. 저는 울면서 밤거리로 기어 나왔어요. 자동차 불빛과 가로등 불빛에 초라하게 꼬리를 흔들며 삐딱삐딱 이렇게 말이에요."

영옥은 처음처럼 머리를 갈지자로 흔들며 뱀이 기어가는 흉내를 냈다. 최길성은 영옥을 가만히 바라보다가 물었다.

"뒤를 돌아다봤다는 게 뭐야?"

"그 사람은 죄를 봤어요. 죄를 본 순간 우리의 관계는 추악한 불륜으로 타락해 버렸어요. 선생님은 그게 얼마나 비참한 건지 모르실 거예요."

영옥은 눈 속이 빨개지며 최길성을 쳐다봤다.

"……."

최길성은 영옥의 눈을 마주 보는 것이 괴로워서 앞에 놓인 술잔을 들고 천천히 잔을 비웠다.

"그 사람은 그물을 찢고 하늘로 비상하려는 찰나에 그만 땅을 내려다보고 말았어요. 그리고 땅으로 되돌아갔어요."

영옥은 다시 눈 끝을 꼬부장하게 내려뜨리며 최길성을 쳐다봤다.

"그물을 찢을 수 있는 남자는 지구 안에 없다고 했잖아."

"……."

"아무도 윤리나 도덕으로 다져진 인습을 깨뜨리지 못해. 깨뜨린다 해도 추악한 방법으로밖에는 안 되지. 그건 구원이 아니라 오히려 파멸이야. 그렇기 때문에 본능적으로 피하고 싶어 하는 거야."

"결국은 모두 다 그물 밑에 갇힌 새로군요."

영옥은 힘없이 말했다.

"아닌 사람도 있지."

"아닌 사람이라니요?"

"봉두 같은 사람. 그 사람은 그물을 보지 못했기 때문에 그물에 걸리지 않는 거야."

"맞아요. 우린 모두 그물을 봐버렸어요. 그래서 하늘 위로 올라갈 수 없는 거예요."

영옥은 천천히 머리를 끄덕이며 최길성의 말을 긍정했다.

"일어나. 집에까지 데려다줄게."

최길성은 영옥이가 가엾게 느껴져서 영옥의 어깨 위에 한 손을 얹으며 말했다.

"선생님, 저 오늘 집에 안 갈래요. 절 데려다주려고 하지 마세요."

영옥은 고개를 저었다.

"집에 안 가다니?"

"비참해서 그래요."

최길성은 영옥을 물끄러미 내려다보며 물었다.

"그럼 여관에 데려다줄까?"

"……."

영옥은 싫다는 뜻으로 머리를 흔들었다.

"어떻게 할 참이야?"

"선생님 가시는 데로 데려가 주세요. 슬퍼서 혼자는 못 있겠어요."

영옥은 애기처럼 최길성을 바라봤다.

"그러지. 우리 집에 같이 가."

최길성은 영옥을 혼자 보내서는 안 되겠다는 생각이 들어 영옥의 어깨를 부축해 일으켜 세웠다. 그러자 영옥은 순순히 따라 일어났다. 최길성은 카운터에 와서 술값을 계산하고 영옥을 데리고 밖으로 나왔다. 갑자기 불어 닥친 밤바람이 차가운 듯 영옥은 몸을 움츠렸다. 최길성은 그런 영옥이가 안쓰럽게 보여서 자신의 팔로 어깨를 감싸주며 차 쪽으로 데려갔다.

"추운데 어서 타."

최길성은 영옥을 자신의 옆자리에 앉히고 차를 몰았다. 그들이 최길성의 아파트에 도착했을 때는 12시가 넘었다. 최길성은 벨을 누를까 하다가 아들이 자고 있을 것 같아서 자신이 가지고 있는 열쇠로 문을 열고 안으로 들어갔다. 거실로 들어온 최길성은 잠시 두리번거리다가 서재로 쓰고 있는 방으로 영옥을 데려갔다.

"여기서 자. 이불 가져올게."

최길성은 작은 침대를 가리키며 말했다.

"네."

영옥은 머리를 끄덕였다. 최길성은 그런 영옥을 바라보다가 안방으로 와서 깨끗한 이불 한 채를 들고 다시 서재로 갔다. 방 안을 찬찬히 둘러보던 영옥은 최길성을 쳐다봤다.

"선생님, 이 방 저 주세요."

"방을 달라니?"

"여기서 소설을 쓰고 싶어요. 제가 소설을 썼다는 건 선생님도 아시죠?"

"아 참, 그랬지."

최길성은 잊었던 일을 생각해낸 듯 큰 소리로 말했다.

"여기 있으면 소설을 쓸 수 있을 것 같아요. 오늘 밤 비로소 소설이 쓰고 싶어졌어요."

"좋은 소설을 쓰겠다면 방을 빌려줄 수도 있지."

"빌려주는 거 말고, 제가 여기 와서 살면 안 될까요? 선생님하고요."

"뭐야?"

최길성은 놀라며 영옥을 바라봤다.

"선생님하고 그냥 같이 살고 싶어요. 밥도 짓고, 빨래도 하고, 청소도 하고, 선생님을 기다리기도 하고… 그러면서요."

"취한 모양이군. 피곤할 텐데 어서 누워."

최길성이 나가려 하자 영옥은 고개를 뒤로 젖히고 눈을 감았다.

"선생님, 저 한 번만 안아주세요. 애기처럼요."

최길성은 그런 영옥을 가만히 바라보다가 그녀 옆으로 다가갔다. 그리고 두 팔을 펴서 영옥의 어깨를 꼭 감싸 안았다. 날갯죽지를 상한 새가 날개를 파닥이며 자기에게로 날아온 것 같은 느낌을 받으며.

"선생님, 우리 함께 살아요. 우린 왜 여태껏 그 생각을 못 했을까요?"

"……."

"선생님하고 함께 있으면 편안해요. 마음이 이렇게 편안해질 수 있다는 게 신기해요."

"그래? 그런 마음으로 잘 자."

최길성은 영옥의 입술 위에 가만히 자신의 입술을 누르고 돌아섰다.

11장

Udambara

지효는 개울가에 앉아 삭도로 머리를 깨끗하게 밀고 세수를 하고 발을 씻었다. 그리고 신고 다니던 떨어진 털신을 덤불 속에 버리고 배낭에서 흰 고무신을 꺼내 신었다. 밤색 몸뻬는 뿌옇게 물이 바랬고, 엉덩이까지 내려온 반코트는 아랫단이 말려 올라가 더욱 초라한 모습을 하고 있었다. 지효는 물속에 비친 자신의 모습을 물끄러미 내려다보다가 벗어놨던 배낭을 메고 다시 걸음을 옮겼다. 스님도 아닌 그녀가 굳이 머리를 깎고 다니는 것은 그 스스로 여자이고 싶지 않아서였다. 머리를 기르면 여자 모습을 하고 있어야 하므로 지효는 그게 싫었다.

  배낭을 메고 한길로 나온 지효는 남쪽을 향해 다시 발길을 옮겼다. 먼 들판엔 푸른색이 돌고 머리 위에도 유난히 많은 새들이 날아다녔다. '이젠 완연히 봄이구나.'라는 생각을 하며 하늘을 쳐다보던 지효의 머릿속엔 지난겨울 눈 속에 쓰러졌던 자신의 모습이 떠올랐다. 폭설로 정강이까지 올라온 눈 속을 걷던 지효는 지칠 대로 지쳐서 한 발을 떼어놓는 것이 산을 옮기는 것처럼 힘들게 느껴졌다. 그렇게 얼마를 더 걷던 지효는 눈 위에 쓰러졌고, 쓰러졌다는 것은 알겠는데 도저히 몸을 일으킬 수가 없었다. 지효는 눈 위에 누워서 팔과 다리를 쭉 뻗고 눈을 감았다. 그때의 편안함, 몸이 대지 위에 완전히 닿았다고 느낀 것은 바로 그 순간이었다.

지효는 그대로 죽을 수 있다고 생각했다. 죽음은 자신을 지탱해왔던 삶보다 훨씬 더 편하다는 생각이 들었다. 그녀가 가물가물 무의식 속으로 추락해 내려갈 때 아득하게 사람 소리가 들려왔다. 그리고 자신의 어깨를 흔드는 손길도 느껴졌다.

"죽진 않았군."

남자 목소리가 들려왔다.

"……."

사람 소리를 듣는 순간 지효는 몸을 일으키려고 안간힘을 썼다.

"살고 싶으면 달구지를 타요. 읍내까지 데려다줄게요."

남자는 손을 내밀어 지효를 일으켜 세웠다. 몸을 일으킨 지효는 달구지 쪽으로 갔다. 달구지 위에는 쌀이 두 가마 실려 있었고 황소가 눈을 끔벅끔벅하며 자기를 쳐다봤다. 그날 지효는 황소가 끄는 달구지를 타고 시내까지 나갔다. 황소는 그녀의 목숨을 살려준 보살이었다. 황소 생각을 하던 지효는 피식 웃었다. 황소 덕분에 하룻밤을 잘 수 있었던 일이 생각나서였다.

진눈깨비가 내리던 어느 날 저녁, 잠자리를 얻기 위해 이 집 저집을 기웃거렸지만 아무도 그녀에게 하룻밤을 잘 수 있도록 허락해 주지 않았다. 그래서 어떻게 할까 궁리하며 골목길을 나오고 있는데 어느 집 추녀 밑에 걸려 있는 커다란 가마솥이 보였다. 쇠죽을 끓이는 가마가 분명했다. 지효는 사립문 안으로 들어가 가마솥을 만져보았다. 따듯한 온기가 돌았다. 그래서 이번에는 진흙을 이겨서 만든 아궁이를 만져보았다. 아궁이는 더 따뜻했다. 지효는 그날 밤 아궁이 곁에서 허리를 꼬부리고 새우잠을 잤다. 주인이 쇠죽을 끓이러 나오기 전까지.

'사람 덕만 본 게 아니라 소 덕도 봤군.'

길을 걷고 있는 지효의 머릿속엔 이런 생각이 떠올랐다. 봉두를 찾아 서울을 떠난 지효는 눈 오는 날이나 비 오는 날을 빼곤 하루에 칠팔십 리 길을 걸었다. 그러면 대개 대여섯 개의 마을을 지나게 되었다. 마을이 나오면 지효는 그 마을로 들어가 혹시 심한 화상을 입은 팔 없는 청년을 못 보셨습니까, 하고 물었다. 지효한테서 질문을 받은 사람들은 기이한 표정을 지으며 지효를 바라보았다. 그녀가 찾고 있는 사람 모습도 기이했지만 그를 찾고 있는 지효의 모습도 기이했기 때문이었다. 지효는 처음 서울로 갔을 때 거리에서 자기를 설명하던 사람들의 말을 똑똑히 기억하고 있었다.

"행려병잔가?"

"머리를 깎은 것으로 봐서는 죄수 같기도 하고. 정신병잔가 봐요?"

"글쎄, 얼굴은 참한데."

지효를 바라보는 사람들의 시선은 언제나 같았다. 지효는 그런 사람들의 시선을 분노 없이 받아들이기 위해 자기 자신과 싸웠다. 행려병자나 죄수, 정신병자라면 인간의 대열에선 가장 밑바닥일 것이다. 거기서부터는 더 내려가려야 내려갈 곳이 없다.

지효는 자기 자신을 가장 밑바닥 선에 세워놓고 한길에 굴러다니는 돌멩이처럼 뭇사람들의 발길에 차여보고자 했다. 그것은 자기를 놓아버리는 첫 번째 훈련이었다. 그러나 그것은 쉬운 일이 아니었다. 돈으로 할 수 있는 일이라면 무엇이든 할 수 있었던 부잣집 딸의 얼굴이, 니체와 헤세를 탐독하던 여대생 얼굴이, 《화엄경》을 공부하고 참선을 하던 스님의 얼굴이 끝없이 고개를 쳐들며 그들과 대항하려고 했다. 지금까지 자신을 떠받쳐왔던 오만함. 한 번도 밑바닥까지 내려가 보지 못한 생활 습관이 발길에 차일 때마다 신음 소리를 냈다.

지효는 그런 자신과 싸우며 한겨울을 보냈다. 겨울을 보낸다는 것은 쉬운 일이 아니었다. 그것은 아무것도 약속된 게 없는 음습하고 어둡기만 한 절망의 덩어리였다. 지효는 자기 자신이 절망의 덩어리 속에서 몸부림쳐왔다는 생각이 들었다. 절망은, 희망이 없기 때문에 그것을 견딘다는 것은 더욱 절망적이었다. 종일 칠팔십 리 정도의 길을 걷고 나면 저녁때가 되었다. 그러면 지효는 마을 안으로 들어가 한 끼의 끼니와 자신의 노동력을 맞바꾸었다. 그런 교류는 마을 안에서 가장 외로운 사람과 이루어졌다. 외로운 사람에겐 행려병자도, 죄수도, 정신병자도 모두 반가운 손님일 수 있기 때문이었다.

지효를 받아주는 사람은 대개 혼자 살고 있는 노인이거나 돌봐줄 사람이 없는 환자들이었다. 그들 집에 가면 밥을 짓고 청소를 하고 빨래를 했다. 그 세 가지는 정해진 과정처럼 똑같이 반복되었다. 지효는 그 집에 머무는 몇 시간이 자기 생애에 남은 시간의 전부라 생각했고 자기가 하고 있는 밥 짓고 청소하고 빨래하는 일이 이 세상에서 자기가 할 수 있는 마지막 일이라고 생각하면서 했다. 그러면 그 집에 머무는 몇 시간 동안 자기가 지닌 모든 정성을 쏟을 수 있었다. 이 정성을 쏟는 일이 자기 자신을 채우는 일임을 그녀는 알고 있었다. 그것은 너무도 정직해서 속일 수도 숨길 수도 없었다.

지효는 만남을 반복하면서 인간은 반드시 인간과의 관계에 의해서 완성되어 간다는 것을 알게 되었다. 남을 완성하기 위해 정성을 쏟으면 내가 완성되어 가고 남을 파괴하기 위해 고심하면 내가 먼저 파괴되어 갔다. 만남의 관계란 서로를 비추는 거울과 같은 것임을 알게 되었고, 나라는 개체는 결코 유일무이하게 홀로 존재할 수 없다는 것도 알게 되었다. 그렇기 때문에 나만을 위한 구도는, 구도일 수 없고 그것은 궁극적으로 구도를 완성할 수 없음도 알게 되었다.

지효는 마을을 떠돌면서 죽은 송아지를 끌어안고 밤새도록 우는 여자를 보았고, 박사모를 쓴 아들 사진을 훈장처럼 가슴 위에 얹고 어둡고 추운 방에 혼자 누워서 해수기침으로 숨을 쉬지 못하는 노인도 보았다. 또 백내장으로 시력을 잃은 아내한테 일을 하지 않는다고 때리는 남편도 보았고, 술망나니 아들의 뒷수발을 해주는 팔순 넘은 노인도 보았다. 그리고 방바닥을 혼자 뒹굴며 아이를 낳는 여자도 보았다. 그들은 모두 턱까지 차오르는 뜨거운 숨을 몰아쉬며 자신들의 생명을 지키고 있었다. 그들의 고통이 비록 과거의 업장(業障)이었다 하더라도 그들은 진실하게 생명을 끌어안고 있었다. 그렇기 때문에 처절했지만 아름다웠다.

초겨울부터 시작해서 겨울 한 철을 보내고 봄으로 접어들자 대지 위에는 풀이 돋고 작은 풀꽃이 피어나기 시작했다. 지효는 자신이 만난 모든 사람이 모두 자기 모습대로 풀꽃을 피우기 위해 몸부림치고 있다는 것을 알았다. 백합과 함께 오랑캐꽃이 피어 있어야 땅이 아름답듯이, 백합 같은 사람과 오랑캐꽃 같은 사람이 함께 어울려 살아야 인간 세상도 아름다울 수 있다는 이치를 알게 되었다. 화엄은 백합꽃으로만 만든 꽃목걸이가 아니라 패랭이꽃이나 질경이꽃도 함께 섞어서 만든 꽃목걸이라는 이치를 비로소 터득하게 되었다.

큰길을 걷던 지효는 하늘을 올려다보았다. 해가 서쪽으로 거의 기울어져 있었다. 지효는 걸음을 조금 빨리해서 가던 길을 부지런히 걸어갔다. 해가 완전히 져서 마을에 들어가면 잠자리를 구할 수 없을 뿐 아니라 한 끼의 끼니도 얻어먹을 수 없기 때문이었다. 얼마쯤 걷자 산 밑에 옹기종기 머리를 맞대고 있는 집들이 보였다. 지효는 마을로 들어가서 주위를 둘러보았다. 제일 작고 제일 초라한 집을 찾기 위해서였다. 그런 집을 찾아야만 그녀는 하룻밤 잠자리를 얻을 수 있었다. 그것은 그녀가 터득한 일종의 지혜였다. 잠시 이집 저집을 기웃거리던 지효는 산 위에 제일 높이 있는 집을 향해 발길을 돌렸다. 시골집임에도 변변한 마당도 없이 산자락에 매달려 있었다.

지효는 가는 소나무를 잘라서 띄엄띄엄 층계를 만들어놓은 비탈길을 올라갔다. 조금 오르자 집과 연결된 마당이 나왔다. 지효는 마당 안으로 들어가서 집 안을 둘러보다가 부엌 쪽으로 갔다. 부엌에서 사람 소리가 나서였다.

"아주머니."

지효는 부엌을 들여다보며 조심스럽게 불렀다.

"……."

아궁이 앞에 앉아서 불을 때고 있던 여인이 고개를 들었다. 연기 때문인지 눈가가 붉게 충혈이 되어 있었다.

"죄송하지만 하룻밤만 자고 가게 해주세요."

"……."

여인은 아궁이 앞에서 일어서며 지효를 내다봤다.

"어두워져서 그러는데 아무 데서나 하룻밤 잘 수 없을까요?"

"글쎄요……."

여인은 밖으로 나와 지효를 살폈다. 거지 행색인데도 위험스러워 보이지는 않았다.

"정 그러시다면 윗방에서 하룻밤 묵어가세요. 그런데 냉방이라서……."

"고맙습니다."

지효는 공손히 합장을 했다.

"……?"

여인은 합장하는 지효가 이상한지 다시 한번 쳐다보다가 먼저 부엌으로 들어갔다. 지효는 메고 있던 배낭을 봉당 위에 벗어놓고 부엌으로 따라 들어갔다.

"아직도 날이 찬데, 여기 앉아서 불 좀 쬐어요."

여인은 아궁이를 가리키더니 밖으로 나갔다. 여인의 말대로 손이 곱아서 별 수가 없었다. 지효는 아궁이 앞으로 다가앉아 두 손을 쬐었다. 손이 따듯해지자 지효는 손으로 얼굴을 만졌다. 피라도 흐를 것처럼 갈기갈기 터 있었다.

그때 여인이 장작을 한 아름 안고 왔다.

"나무 땔 줄 알면 이거 마저 때요. 이거는 때야 불길이 윗방까지 올라갈 것 같은데."

여인은 들고 온 장작을 부엌 바닥에 놓으며 말했다. 지효를 재워줄 것을 생각해서 장작을 더 가져온 게 분명했다. 지효는 그런 여인에 대해 진심으로 고마움을 느끼며 장작을 얼기설기 아궁이 속에 집어넣었다.

여인은 자신의 생각에 골몰해서인지 아무 말도 시키지 않고 저녁상을 차렸다. 밥을 푸고 두부찌개를 뜨고, 김치를 넣고 볶은 돼지고기도 한 보시기 떠서 상에 올려놓았다.

"불은 그만하면 됐으니 안에 들어가서 저녁을 같이 먹읍시다."

여인은 지효의 대답을 기다리지 않고 상을 들고 먼저 방으로 들어갔다. 지효는 여인의 뒷모습을 잠시 바라보다가 뒤를 따라 안으로 들어갔다.

"밥 먹자."

여인은 방에 누운 청년을 일으켜 앉혔다.

"……."

스무 살은 넘었을까? 얼룩덜룩한 셔츠를 입은 청년이 일어나 앉았다.

"이쪽으로 앉아요."

여인은 구석에 서 있는 지효를 보며 앉기를 권했다.

"어서 먹어라."

여인은 수저를 집어서 아들 손에 쥐여 주었다.

"……."

청년은 지효가 못마땅한지 상을 찡그리며 쳐다보더니 아무 소리 안 하고 먼저 수저를 들었다.

"어서 같이 들어요."

여인은 지효한테 다시 권했다.

"네, 감사합니다."

지효는 감사한 마음으로 수저를 들었다.

모자는 성격 때문인지, 아니면 그럴 만한 근심거리가 있는지 전혀 입을 열지 않고 묵묵히 식사를 했다. 지효는 그런 모자와 함께 자신 몫으로 돌아온 밥 한 그릇을 깨끗하게 다 먹었다.

"설거지는 제가 하겠어요."

식사가 끝나자 지효는 상을 들고 부엌으로 나왔다. 아궁이 위에는 더운물이 한 솥 허연 김을 내며 끓고 있었다. 지효는 더운물을 떠서 설거지를 깨끗이 했다.

"진복이한테 갔다 올게요."

"바람 쐬고 다녀도 되겠냐?"

"방 안에만 드러누워 있으니까 저절로 몸이 썩는 것 같아요."

"내일이면 떠날 건데 에미하고 같이 있지 그러냐?"

"답답해서 싫어요."

"그럼 일찍 돌아오너라."

모자의 말소리가 들리더니 아들은 아무 대답도 없이 휙 나가버렸다. 지효는 씻은 그릇을 소쿠리에 엎어놓고 아궁이 속의 불을 잘 갈무리한 뒤 방으로 들어왔다. 여인은 멍하니 방 안에 앉아 어두워진 창호지 문을 내다보고 있었다.

"좀 앉아도 될까요?"

지효는 여인을 보고 물었다.

"예, 그러세요."

여인은 조금 비켜 앉으며 지효가 앉을 자리를 만들어 주었다. 이렇게 외딴집에 사는 사람들은 노인이든 젊은이든 사람 정에 굶주려 있기 때문에 누구든 붙들고 자신들의 얘기를 하고 싶어 했다. 지효는 그들의 얘기를 들어주는 것이 은혜에 보답하는 것이라 생각했고, 또 그들의 얘기를 듣고 있으면 자신이 몰랐던 삶의 형태들이 하나하나 이해되었다. 그래서 지효는 그들과 이야기를 나누는 것을 중요한 일로 생각해왔다.

"어디서 오시는 길이에요?"

여인은 지효를 돌아다보며 처음으로 관심을 나타냈다.

"떠나긴 서울서 떠났어요."

"집 떠나신 지가 오래된 거 같은데 어딜 가시는 길이세요."

"사람을 찾고 있어요."

"사람을요?"

"네. 얼굴에 심한 화상을 입고 한쪽 팔이 없는 청년인데 혹시 그런 사람 못 보셨어요?"

"……?"

여인은 의아한 얼굴로 지효를 쳐다봤다. 그녀가 찾고 있는 사람이 이상하게 느껴진 모양이었다.

"그런 사람이 이 마을을 지나가지 않았는가요?"

"글쎄요. 그런 소리 못 들었는데요."

여인은 건성으로 대답하더니 자신의 생각에 잠겼다. 한참 동안 그렇게 앉아 있던 여인은 구석에 있는 보따리를 끌어당기더니 그 안에서 붉은 스웨터 하나를 꺼냈다.

"가져가 봐야 입지도 못할 텐데……."

"어디 떠나실 건가요?"

"내일 절로 가기로 했어요."

"절로 가시다니요?"

지효는 놀라며 물었다. 절이라는 말을 듣는 순간 자기도 모르게 충격이 왔다.

"절에 가서 몇 년 살아보려고요."

"그럼 공양주로 가시는 건가요?"

"공양주…? 네 맞아요. 그런 거라고 하데요."

여인은 절에 대해서는 거의 모르고 있는 듯 공양주라는 말을 어색하게 썼다.

"그럼 아드님은요?"

"걔는 서울 이모 집으로 우선 가야지요."

여인은 보따리에서 꺼낸 붉은 스웨터를 아들이 가지고 갈 검은 가방 속에 쑤셔 넣었다. 동생한테 보내려고 그러는 것 같았다.

"직장을 구한 모양이죠?"

"직장은요. 병원에 가려고 그래요."

여인은 한숨을 푹 쉬었다.

"아드님이 어디 아픈가요?"

"아픈 정도가 아니라 몸이 지금 썩어들어가고 있어요. 서울 큰 병원에나 가면 살릴지……."

"……."

"세상 구경 안 해야 될 놈이 태어나가지고 하늘 한번 맘 놓고 쳐다보지도 못하고 저러고 있으니……."

여인은 다시 한숨을 휴우 하고 쉬었다.

여인이 19살 처녀였을 때 그녀는 동네에 있는 과수원집 남자와 눈이 맞아 도망을 쳤다. 그때 그녀의 마음은 그 남자와 함께 살 수만 있다면 부모한테 맞아 죽는다 해도 겁날 게 없었다. 그러나 남자는 평생을 살아주기는커녕 아들 하나만 낳게 하고는 본집으로 되돌아갔다. 혼자 남은 그녀는 아들을 데리고 고아원에 가서 원생들 밥도 해주고 빨래도 해주면서 살았다. 그런 어느 날 아들이 귀신의 꾐에 빠졌는지 원장 집 장롱 속에 숨겨둔 은수저 열 벌을 들고 도망쳤다. 아들이 도망치자 원장 내외는 전에 도둑맞았던 백만 원짜리 수표 두 장까지 훔쳐 갔다고 누명을 씌워 여인을 쫓아냈다. 맨몸으로 쫓겨난 여인은 멸치 몇 포를 머리에 이고 시골로 내려와 행상을 시작했다.

그럴 무렵, 어떤 부인이 아들 없는 집에 가서 아들을 낳아주면 집 한 칸과 논 세 마지기를 장만해 주겠다고 했다. 정처 없이 떠도는 것에도 지친 여인은 그 청을 들어주기로 하고 아들 하나를 낳기 위해 암소처럼 팔려 갔다. 열 달이 지나자 그녀는 약속대로 아들을 낳았다. 아들을 낳자 그쪽에서도 약속을 지켜 지금 살고 있는 집과 집 앞에 있는 논 세 마지기를 주었다. 그녀는 자신의 집에서 농사도 짓고 품도 팔고 하면서 살았다. 그런 어느 날 도망갔던 아들이 돌아왔다. 그는 공장에서 일을 했는데 유독가스를 잘못 맡아 몸속에 있는 피가 썩는다고 했다.

여인은 기가 막혔다. 피가 썩는 자식을 보고 있자니 그녀의 피도 썩어들어갔다. 하지만 어떻게 해볼 방법이 없었다. 그 소문이 퍼졌는지 어느 날 한 부인이 찾아왔다. 그녀는 절에 가서 공양주 노릇을 하면 아들의 수술비를 대주겠다고 제의했다. 수술비가 얼마인지 알 수 없지만 수술비가 나오는 대로 공양주 품삯을 선불로 주겠다는 조건이었다. 아들부터 살려야 된다고 생각한 여인은 그 청을 들어주기로 하고 다시 소처럼 절로 팔려 가게 되었다.

"아직도 안 오는 걸 보니 우리 애는 친구 집에서 자는 모양이에요. 우리도 그만 잡시다."

자기 얘기를 다 끝낸 여인은 베개 두 개를 내려놓으며 말했다.

"네."

"군불을 때긴 했지만 워낙 오래 비워두었던 방이라 썰렁할 거예요. 여기서 그냥 같이 잡시다."

"네."

지효가 눕자 여인은 방바닥에 깔았던 이불을 끌어당겨 지효의 어깨를 덮어주었다.

이튿날 아침 지효는 여인과 함께 길을 떠났다. 그녀가 찾아가는 절 밑에까지 같이 가기로 하고 지효는 보따리 하나를 들어주었다. 논두렁 사이로는 봇물이 콸콸 소리를 내며 흘러갔고, 그 위로는 돌미나리들이 납작납작한 잎을 펴고 파랗게 자라고 있었다. 그들 일행이 미루나무가 서 있는 강둑으로 돌아갈 때 조그만 사내아이가 나무 밑에 엎드려서 뭔가를 열심히 찾고 있었다. 그런 아이를 보는 순간 지효는 괜히 궁금해져서 물었다.

"너 뭘 찾고 있니?"

"……."

그러나 아이는 아무 대답도 하지 않고 열심히 나무 밑을 뒤졌다.

"동전 한 닢 빠트렸겠지요."

여인은 무심한 얼굴로 아이를 돌아다보더니 가던 길을 걸어갔다. 지효가 아이 옆을 스쳐 가려고 할 때 나무 밑을 뒤지던 아이는 얼굴에 웃음을 가득 담으며 일어섰다. 지효는 걸음을 멈추고 아이가 들고 있는 것을 들여다봤다. 그러던 그녀는 너무 놀라서 눈을 크게 뜨며 아이 가까이로 다가갔다.

"너 그거 어디서 구했니?"

지효는 아이 손에 쥐어진 작은 목불(木佛)을 가리키며 물었다.

"……?"

아이는 멀뚱히 지효를 바라보더니 원을 그리듯 팔을 한번 휘두르고는 미루나무 밑으로 뛰어갔다. 지효는 넋 나간 얼굴로 아이의 뒷모습을 바라보다가 여인 뒤를 따라 걸었다.

'전에 청은사를 드나들던 보살이 봉두한테서 얻어온 건지도 모르지.'

그런 추측을 해봤지만 가슴은 알 수 없는 흥분으로 두근거렸다. 얼마쯤 강둑을 걷자 '감로사'라는 입간판이 서 있는 세 갈래 길이 나왔다. 지효는 여기서 여인과 헤어져야겠다고 생각하며 들고 있던 보따리를 건네주었다.

"감사합니다. 안녕히 가세요."

지효는 허리를 굽히며 공손하게 합장을 했다.

"혹시 이리로 지나는 길이 있으면 저 절에 한 번 들르세요."

여인은 보따리를 인 머리를 돌려서 입간판을 가리키며 말했다.

"네."

지효는 다시 합장을 했다. 여인도 하룻밤이긴 하지만 지효하고 정이 들었는지 헤어지는 것을 아쉬워하며 몸을 돌렸다. 여인의 모습이 오솔길 너머로 완전히 사라지자 지효는 다리가 보이는 강가로 걸어갔다. 얼마쯤 걷자 강물이 내려다보이는 풀밭에 조그만 아이들이 옹기종기 모여 앉아서 무엇인가를 열심히 들여다보고 있었다. 무심히 그들을 바라보던 지효는 눈을 크게 뜨며 우뚝 멈춰 섰다. 아이들 가운데 봉두가 앉아 있었다.

그는 나무 막대기를 다리 사이에 끼우고 왼손으로 열심히 나무를 깎고 있었다. 그런 봉두를 보는 순간 지효의 머릿속엔 선방 댓돌 밑에 피어 있던 노란 민들레가 떠올랐다. 민들레를 보며 느꼈던 감동도 그대로 되살아났다. 작은 씨앗 속에 자신의 생명을 숨기고 죽은 듯 침묵하면서 자신의 생명을 지켜왔다는 것, 절망과 암흑뿐인 긴 겨울을 지나면서 겨울 뒤에 봄이 오고 있음을 믿고 있었다는 것, 그래서 마침내 작은 한 송이 꽃을 피울 수 있었다는 것, 그것은 완전한 감격이었다.

지효는 자신이 봉두와 함께 길고 긴 겨울을 지나 봄을 맞이했다는 생각을 했다. 그런 생각을 하고 있는 그녀의 얼굴 위로 뜨거운 눈물이 쏟아져 내렸다. 강가에 서서 오랫동안 봉두를 바라보고 있던 지효는 천천히 발길을 돌렸다. 그는 이미 자생(自生)할 수 있는 땅을 찾았기 때문이었다. 강물을 따라 미루나무 밑으로 걸어가던 지효의 모습이 한 점으로 사라져갈 때 봉두는 고개를 들고 무심한 얼굴로 강물을 바라보고 있었다. 그의 손엔 작은 목불 하나가 쥐어져 있었다.

"아니, 이게 누구여?"

영옥의 어머닌 지효를 쳐다보고 또 쳐다보고 하다가 말했다.

"세상에 거지 중에도 상거지구나."

"……."

지효는 그런 노인을 쳐다보며 싱긋이 웃었다. 서울을 떠난 이후로 한 번도 거울을 들여다본 적이 없기 때문에 자기 모습이 어떤지 자신도 모르고 있었다.

"왔으니 들어오너라."

노인은 지효의 팔을 잡아끌었다.

놀라긴 해도 내심으로는 반가워하고 있는 눈치였다.

"그동안 별일 없으셨어요?"

지효는 고무신을 벗으며 물었다.

"별일이 없느냐고? 세상 바뀐 걸 모르는구나."

"……?"

"우선 신이나 벗고 앉아라. 네 꼴 보니 밥 먹어본 지도 오래된 것 같은데, 찬밥이라도 차려주랴?"

"아니에요. 오면서 요기를 했어요."

"그래……."

노인은 하고 싶은 말이 급한지, 아니면 귀찮은 일을 덜게 돼서 다행이다 싶은지 더 이상 권하지 않고 자신의 방으로 들어갔다.

"이리로 들어오너라."

노인은 마루에 우두커니 서 있는 지효를 방으로 불러들였다.

"집 안이 바뀐 것 같네요."

"바뀌어도 완전히 바뀌었다."

노인은 재떨이를 끌어당기더니 담배 한 개비를 피워 물었다.

"영옥인 잡지사에 나갔는가요?"

"잡지사에 나간 게 아니라 시집을 갔다."

"네?"

지효는 놀라서 쳐다봤다.

"애비 나이만 한 늙은이한테……."

노인은 심통스럽게 말했다. 딸이 나이 많은 사람한테 시집을 간 게 측은하거나 안됐다는 뜻이 아니고, 딸의 행복에 대해 질투를 하고 있는 것이 분명했다.

"그럼 이랑인요?"

"그것도 데려갔다."

"……."

"나야 이렇게 혼자 살다가 아무 날이고 꼬꾸라져 죽으면 그만이지. 영옥이년은 내가 그렇게 죽기를 바라고 있을 게다."

"……."

"하지만 나도 그렇게 쉽게는 안 죽는다. 재수굿 하고 싶어도 엉덩이춤 출 며느리년 보기 싫어 못한다고, 나도 엉덩이춤 출 딸년이 괘씸해서 쉽게는 안 죽을 작정이다."

"……."

지효는 입을 다물고 가만히 노인의 얼굴을 바라보았다. 노인은 자신의 가슴을 지옥으로 만들고, 열세 평짜리 아파트도 지옥으로 만들어놓고 있었다.

"너 오면 주라고 편지 써놓고 갔다."

노인은 장롱 밑에 손을 넣더니 편지 봉투 하나를 꺼냈다.

"……."

지효는 노인이 건네주는 하얀 봉투를 가만히 들여다보다가 윗부분을 뜯었다.

지효야.

나 최길성 씨와 함께 살기로 했다.

그동안 느티나무 밑에 앉아서 늘 누군가가 날 찾아주기를 기다리고 있었다. 그러다가 정 외로워지면 내 쪽에서 사람을 찾아 나서기도 했다.

그러나 돌아올 때는 늘 혼자였다.

나는 다시 느티나무 밑에 앉아 사람 기다리는 일을 시작했고, 사람 찾아 나서는 일을 시작했다. 그러나 결과는 언제나 마찬가지였다.

그런데 어느 날 문득, 내가 의지하고 있는 것이 느티나무라는 것을 알게 되었다. 느티나무 밑에 있으면서도, 늘 느티나무 밑으로 되돌아왔으면서도 나는 느티나무를 까맣게 잊고 있었던 것이다.

　최길성 씨는 나의 느티나무였다.

　나는 오랜 방황 끝에야 비로소 그 사실을 알게 되었다.

　최길성 씨도 좋아하고 계시다. 그분은 나보다 더 지쳐 계셨으므로 나보다 더 안정을 찾고 싶어 하셨는지도 모른다.

　우린 둘 다 지친 나그네들이었으므로 쉴 수 있는 공간에 누구보다도 감사하고 있다.

　내 행복을 너도 행복해하리라고 믿고 있다. 어서 와서 나를 축복해다오.

　영옥

　지효는 멍한 얼굴로 편지를 들여다보았다. 두 사람을 위해서 정말 다행이라는 생각이 들면서도 멍해지는 기분만은 떨쳐버릴 수가 없었다. 그것은 너무 뜻밖의 일이었기 때문인지도 몰랐다.

　"영옥일 만나볼래?"

　노인은 멍하게 앉아 있는 지효를 보며 선심 쓰듯 물었다. 만나보겠다면 전화번호나 주소를 알려주겠다는 말투였다.

　"영옥인 여기 가끔 오는가요?"

　"한 달에 두 번 정도 온다."

"제가 가는 것도 그렇고……."

지효는 말끝을 맺지 못하고 가만히 생각에 잠겼다. 거리로 나서는 일이 두려웠으므로 영옥이를 오게 할까 하는 생각도 들었지만 두 사람을 축하해주려면 자기가 가는 것이 옳을 것 같았다.

"왜 가기 싫냐?"

"아니에요. 가봐야죠."

지효는 자리에서 일어섰다.

"가더라도 보따리는 두고 가거라."

노인은 지효가 돌아오기를 바라는 어투로 말했다. 그러는 그녀의 말속엔 외로움이 깃들여 있었다.

"네."

지효는 보따리를 한옆으로 옮겨놓고 현관으로 나왔다.

"길을 모를 때는 택시가 제일이다. 돈이 들더라도 택시를 타고 가거라."

"네."

지효는 다시 돌아오겠다는 인사를 하고 거리로 나왔다. 영옥을 찾아가는 일이 처음 서울에 왔을 때처럼 다시 막막해졌다. 그때 과일가게 앞에 택시가 와서 멎었다. 지효는 택시 쪽으로 뛰어가 손님이 내리기를 기다렸다가 택시에 올랐다. 택시 기사는 지효의 행색이 이상했는지 경계하는 얼굴로 돌아다보았다.

"어디로 모실까요?"

"여기로 좀 데려다주세요."

지효는 영옥의 아파트 주소가 적힌 종이를 내밀었다.

"네."

기사는 종이를 들여다보다가 차를 몰기 시작했다. 지효는 달리는 차창 밖을 내다봤다. 우주 속의 다른 혹성으로 옮겨온 것처럼 모든 것이 낯설었다. 한참 달리던 차는 아파트 정문 앞에 멈춰 섰다.

"다 왔습니다. 저쪽이 83동입니다."

기사는 반쯤 열린 유리문으로 고개를 내밀며 지효가 찾고 있는 아파트를 가리켰다.

"감사합니다."

지효는 공손하게 인사를 하고 요금을 계산해줬다. 영옥이가 살고 있는 아파트 앞에 와서 벨을 누르자 이랑이가 문을 열어주었다.

"오, 이랑이구나."

지효가 반기며 웃자 이랑도 반기며 어른처럼 말했다.

"어머, 아줌마네. 어서 들어오세요."

"엄마 계시니?"

"아니요. 아버지가 계신 병원에 가셨어요."

이랑은 아버지라는 말을 자연스럽게 썼다.

"아버지가 병원에 계시니?"

지효는 놀라며 물었다.

"아버지가 아니고 아버지 친구분이세요. 아버지 친구분이 돌아가시나 봐요. 그래서 며칠 전부터 거기 가 계세요."

"……."

지효의 머릿속엔 한태서가 떠올랐다. 만난 적은 없지만 한태서일 거라는 확실한 예감이 들었다.

"들어오세요, 아줌마."

"응, 그래."

이랑은 지효가 신을 벗으려고 하자 지효를 말똥히 쳐다봤다.

"아줌마는 왜 남자 고무신을 신고 다니세요?"

"이 신이 더 편해서."

지효는 웃으며 거실로 올라섰다. 이랑은 혼자 집짓기 놀이를 하고 있었던 듯 응접세트 탁자 위에는 백설공주 궁전 같은 아름다운 집이 지어져 있었다.

"집엔 아무도 없니?"

"네. 오빠도 아직 학교에서 안 돌아왔어요."

"그래?"

지효가 소파에 앉으려고 하자 이랑은 자신이 만든 아름다운 집을 망가뜨릴까 봐 불안한지 지효를 가까이 오지 못하게 했다.

"아줌만 엄마 방에 들어가 계실래요?"

"엄마 방이 어딘데?"

"저기예요."

이랑은 앉은 채로 턱을 쳐들며 가리켰다.

"집이 참 좋구나. 이랑이는 좋겠다. 아버지도 계시고 오빠도 있고 집도 좋고. 그지?"

"네."

이랑은 행복한 얼굴로 고개를 끄덕였다. 지효는 그런 이랑을 보며 최길성에 대해서 깊은 고마움을 느꼈다. 이랑이를 행복하게 해주듯이 영옥이도 행복하게 해주리라는 생각이 들어서였다. 이랑이가 가리킨 방으로 들어가자 원고지가 수북하게 쌓여 있는 책상이 보였다. 지효는 이 방을 영옥이가 서재로 쓰고 있는 모양이라고 생각하며 의자에 가 앉았다. 책상 위에는 깨알 같은 작은 글씨로 쓰인 흰 종이가 하나 놓여 있었다. 지효는 아무 생각 없이 종이를 들여다보다가 몹시 놀란 표정을 지었다. 영옥의 메모엔 걸망 스님이라는 이름이 수없이 나와 있었고, 그 스님의 행적이 칸을 띄어서 단원별로 나뉘어서 적혀 있었다.

미모의 조각가와 열애

도다가의 종 완성

아들을 낳음

메모지를 들여다보던 지효의 머릿속엔 종잡을 수 없는 혼란이 느껴졌다. 걸망 스님이라는 법명은 자기도 알고 있지만 '미모의 조각가와 열애, 도다가의 종 완성, 아들을 낳음'이라는 말은 무슨 말인지 이해가 되지 않았다. 미모의 조각가라는 글을 보는 순간 지효의 머릿속엔 채련의 영상이 떠올랐다. 틀림없이 채련일 것 같았다. 하지만 그다음의 얘기는 도저히 연결을 시킬 수가 없었다.

지효가 혼란을 느끼며 앉아 있을 때 벨이 울렸다.

"엄마, 엄마 친구 오셨어."

이랑의 목소리가 들려왔다.

"엄마 친구?"

영옥의 목소리도 들려왔다. 지효는 의자에서 일어나 밖으로 나갔다.

"아니… 너."

영옥이가 놀라며 지효를 바라보았다. 무언가 말을 할 듯했으나 말을 하지 못하고 얼굴만 물끄러미 바라보고 있었다. 지효를 보는 순간 영옥은 이상하게 말문이 콱 막혔다. 행색은 남루할 대로 남루했지만 얼굴은 구름에 가려 있던 달이 구름을 벗어난 것처럼 해맑았다. 자신의 느낌을 그렇게밖에 표현할 수가 없었다.

"고맙다, 영옥아. 이렇게 살고 있어서."

지효가 다가와 영옥의 손을 잡았다.

"죽지 않고 돌아왔구나."

영옥은 웃었다. 그러나 그녀의 눈엔 눈물이 가득 고여 있었다.

"최 선생님은 병원에 계신다면서?"

"응."

영옥은 감정의 평정을 찾은 듯 웃었다.

"놀랐지?"

"응, 처음엔."

지효는 고개를 끄덕였다. 항상 청바지만 입고 다니던 영옥이가 발등까지 덮이는 편안한 홈웨어를 입고 있는 것도 놀라움 중의 하나였다.

"들어가자."

영옥은 지효의 팔을 끌고 안방으로 데려갔다. 밝은 햇빛이 환하게 비치는 방 안은 한없이 평화스럽게 느껴졌다.

"봉두는 만났어?"

"응."

"어디서?"

영옥은 놀라움을 나타내며 쳐다봤다.

"그 얘긴 나중에 천천히 할게."

"그러자. 우리 얘긴 나중에 하자."

"……."

두 사람은 서로의 얼굴을 마주 바라보았다. 자신들을 끌고 가던 운명의 수레바퀴가 고개 하나를 넘고 있다는 느낌이 들었다.

"최 선생님은 왜 병원에 계셔?"

"한태서 씨, 그분이 돌아가시게 됐어."

"……."

지효는 가만히 있었다. 자신이 예상했던 대로였다. 한 번도 얼굴은 본 일이 없지만 자신의 생을 너무나 많이 지배했던 사람, 그와 연결되었던 모든 사람의 얼굴이 일시에 떠올랐다.

"지금 병원엔 최 선생님밖에 안 계셔. 시골 할머니는 몸져 누우셨고 같이 사는 부인은 지난겨울 빙판에 넘어진 이후 거동을 못 하고 있대."

"……."

"그래서 최 선생님이 강릉으로 혼자 모시고 가야 해."

"……."

"최 선생님 옷 챙겨가지고 난 또 병원으로 가야 돼. 너도 같이 갈래?"

"그럴까?"

생각에 잠겨 있던 지효는 갈 뜻을 밝혔다.

"그럼 빨리 가자."

영옥은 가방 속에 최길성의 내복과 와이셔츠 그리고 검은 넥타이를 챙겨 넣었다.

"이랑아, 엄마 또 병원에 가야 하니까 혼자 있어."

"왜 또 병원에 가?"

"그럴 일이 있어서."

"알았어. 조금 있으면 오빠 올 건데 뭐."

이랑은 혼자 있는 일에 익숙한 듯 다시 집짓기 놀이를 했다. 탁자 위에는 백설공주 궁전 같은 집이 한 채 더 지어져 있었다.

아파트 밖으로 나온 영옥은 손지갑에서 자동차 열쇠를 꺼내더니 차 문을 열고 안으로 들어갔다.

"어서 타."

영옥은 핸들을 잡으며 지효가 타기를 권했다.

"응."

지효는 운전석 옆에 앉았다. 핸들을 잡은 영옥은 익숙하게 차량 속을 빠져나갔다.

"참, 너 만나면 한 가지 물어보려고 했었는데."

신호등 앞에서 차를 멈춘 영옥이가 지효를 돌아다보며 말했다.

"뭔데?"

"너도 걸망 스님 알고 있지?"

"만나본 적은 없지만 얘긴 들었어."

지효는 조금 전에 읽은 영옥의 메모가 생각나서 긴장하며 말했다.

"얘기만 들어?"

영옥은 이상하다는 얼굴로 되물었다.

"응. 얘기는 들었는데 만나보진 못했어."

"그 스님이 바로 담시래. 그런데 못 만나봤어?"

"담시?"

지효는 고개를 갸웃했다.

"담시 말이야. 네가 좋아하던 오 교수님 애인."

"뭐?"

지효가 놀라서 쳐다보았다.

"도다가의 종을 만든 담시 말이야. 오 교수님이 바로 그분 아들을 낳으셨대."

"그럼 융이 걸망 스님의 아들이라는 얘기니?"

"응."

"……."

지효는 머릿속이 아득해졌다. 그런 그녀의 머릿속엔 지난번 백중날 신도들이 나누던 대화가 생각났다.

"스님도 참 이상하재요. 왜 깜깜한 자정에 오셨다가 날 밝기 전에 가실까요잉?"

"죽은 혼들이 그 시간에 땅 위로 내려온다고 하니 그래서 그런가 보죠."

"참, 그 스님은 어떤 여자의 명복을 비신다면서요?"

"그렇대요. 죽은 지 십 년이 됐다고 하는데 해마다 백중날이면 도다가에 오셔서 그 여자 명복을 빌고 가신다 하데요."

"너도 그분 얘기는 모르고 있었던 모양이구나?"

영옥이가 물었다.

"응, 전혀."

"그때 우린 어렸으니까……."

영옥은 입을 다물었다. 어렸기 때문에 어른들의 이야기는 알 수 없었다는 뜻이었다.

"너는 걸망 스님을 어떻게 알았어?"

"그분 얘긴 신화처럼 사람들 입에 전해지고 있어."

"신화처럼?"

"응. 그 분 얘긴 아주 다양한데, 다양한 중에도 한 가지 공통점이 있어. 그게 뭔가 하면 얼굴엔 광채가 돌고 발은 복숭아 꽃잎처럼 붉다는 거야."

"……."

"난 그분을 모델로 해서 소설을 하나 쓰고 싶어."

"소설을 쓸 거야?"

"응. 이젠 소설을 쓰고 싶어."

"이왕 쓸 거면 명작을 써."

"그래. 난 명작을 남길게, 넌 명작 같은 삶을 남겨."

영옥은 지효를 돌아다보며 말했다. 그 말은 언약처럼 느껴졌다.

12
장

Udambara

"운명했습니다."

한태서의 손목 위에 손가락을 얹고 맥을 짚고 있던 최길성이 말했다. 그 순간 이 씨가 한태서의 가슴 위로 쓰러졌다. 그녀는 백지장처럼 하얀 얼굴로 심장이 멎은 듯 정지된 물체처럼 쓰러져 있었다.

"빨리 누이게."

당숙이 말하자 그제야 정신이 돌아온 듯 곽 씨가 이 씨를 안아서 한태서 옆에 누였다.

"얼른 손발을 주물러 드리게."

당숙이 다시 채근했다. 곽 씨는 이 씨의 치마끈을 풀고 팔다리를 주물렀다. 그러자 한참 만에 이 씨가 후우 하고 숨을 토해

냈다.

"자네는 안에 들어가서 사잣밥을 짓도록 이르게."

"네."

집안 노인이 말하자 젊은 사람이 자리에서 일어나 안으로 들어갔다. 집 안은 술렁이기 시작했고 누군가가 초혼을 해야 한다며 한태서 옷을 찾아들고 지붕 위로 올라갔다. 그때 이 씨가 자리에서 일어나 앉았다. 이 씨는 창백하게 식어가는 아들의 얼굴을 넋을 잃고 내려다보고 있었다. 그 당당하던 기개는 어딘가로 다 사라져버리고 그녀는 힘없고 지친 노인 모습을 하고 있었다.

"마님."

곽 씨네가 밖에서 불렀다.

"……."

이 씨는 고개를 돌려 곽 씨네를 돌아다봤다.

"청은사 스님들이 오시려면 아무래도 시간이 걸릴 것 같은데 지효 스님더러 염불을 하라고 이르지요."

"……."

"극락정토로 가시게 하려면 염불부터 들려드려야 할 텐데요."

"자네가 생각을 잘했네. 지효 스님한테 내 목탁을 찾아드리게."

"네."

두 사람은 자연스럽게 스님이라는 호칭을 쓰고 있었다. 곽씨네가 나간 한참 후에 지효가 목탁을 들고 들어왔다. 남루한 형색이었지만 머리만은 서릿발처럼 하얗게 깎여 있었다.

지효는 시신 앞에 가부좌를 하고 앉더니 천천히 목탁을 두드리기 시작했다.

차경차일권 여전 금강경 삼십만편
우득신명가피 중성제휴 국건대력칠년
비산현령 유씨여자 연일십구세신망

염불 소리가 고조되어 가자 집 안에 있던 사람들은 시신이 있는 사랑방으로 모여들었다. 염불 소리는 끊어질 듯 끊어질 듯 애처롭게 이어졌는데 소리 위에 실려 망자의 혼이 극락정토로 오르고 있는 것이 보이는 것 같았다. 사람들은 자신들이 숨을 잘못 쉬면 극락정토로 오르는 줄이 끊어져 망자의 혼이 떨어져 버릴 것 같은 아슬아슬함을 느끼며 염불 소리에 숨을 죽이고 있었다. 목탁을 치며 염불을 하고 있는 지효의 몸은 땀으로 휘감겼고, 그녀의 얼굴 위로는 땀이 비 오듯 쏟아지고 있었다.

그때 동미가 시신 발밑에 엎드려 통곡하기 시작했다. 그녀의 몸엔 처음으로 피가 돌기 시작한 듯 석상처럼 굳어 있던 얼굴에도 감정이 되살아났다. 금강경을 세 번 독송한 지효는 목탁을 놓고 자리에서 일어섰다. 그러자 모여 있던 사람들은 약속이나 한 듯 자리에서 일어나 그녀를 향해 합장을 했다. 지효는 댓돌 밑으로 내려서려다가 댓돌 밑에 서 있는 혜조 스님을 발견하곤 잠시 놀라는 표정을 짓더니 스님을 향해 공손히 합장을 했다. 그리고 대문 밖으로 걸어 나갔다. 지효의 뒷모습을 바라보고 있던 혜조 스님의 마음속엔 이상하게 일주문 앞에 모셔 놓은 부처님이 떠올랐다. 사람들이 만져서 때가 새까맣게 묻은 부처님은 남루한 속복을 걸친 지효와 너무 닮아 있었다.

밖으로 나온 지효는 하늘을 가만히 올려다봤다. 서쪽 하늘에 지고 있는 노을은 하늘과 땅을 불그스름하게 물들이고 있었다. 지효는 노을 진 하늘을 보며 자신이 처음 청은사를 찾아갔던 날을 떠올렸다. 그때도 노을은 지금처럼 하늘과 땅을 온통 붉게 물들이고 있었다는 생각이 들었다. 한참 동안 생각에 잠겼던 지효는 천천히 발길을 돌렸다. 서쪽 하늘을 등지고 걸어가는 그녀는 마치 노을 속에서 걸어 나오는 것 같았다. 감나무 밑을 지나서 깨밭 쪽으로 발길을 돌리던 지효는 걸음을 멈추고 가만히 앞을 바라보았다. 그녀 앞에는 걸망을 멘 한 스님이 자기를 물끄러미 보고 있었다.

'어디서 많이 본 스님인데…….'

지효는 고개를 갸웃하며 다시 스님을 바라보았다. 낯은 익은데 어디서 본 스님인지 생각이 나지 않았다. 한참 동안 기억을 더듬던 지효는 '아!' 하고 놀랐다. 자기 앞에 서 있는 스님은 융의 모습하고 너무 닮아 있었다. 융의 모습을 닮았다고 느낀 순간 지효의 가슴은 쾅쾅 뛰기 시작했다. 지효는 숨을 죽이며 걸망 스님의 얼굴을 올려다봤다.

'얼굴엔 광채가 돌고 발은 복숭아 꽃잎처럼 불그스름하시대.'

영옥의 목소리가 들려왔다. 그러나 자기 앞에 서 계신 스님의 얼굴은 초췌하도록 지쳐 있었고 두 발은 흙먼지로 시꺼멓게 더럽혀져 있었다. 그런 스님의 모습을 지켜보던 지효는 나직이 신음 소리를 내며 그 앞에 무릎을 꿇고 앉았다. 비로소 한 분 스승을 만났다는 느낌이 들었다.

"스님, 제게 공부를 시켜주십시오. 스님 밑에서 공부 할 수 있도록 허락해 주십시오."

"……."

"스님을 뵈려면 어디로 가면 됩니까?"

"……."

무릎을 꿇고 앉은 지효를 가만히 내려다보던 스님은 팔을 들어 허공에다 '**都咤迦**(도다가)'라고 썼다.

'도다가.'

　지효는 속으로 글자를 따라 읽었다. 허공에서 팔을 내린 스님은 감나무 위를 물끄러미 바라보았다. 나무 위에는 융이 가지에 등을 기대고 앉아 있었다. 지효는 천천히 몸을 일으키며 융을 바라보고 있는 스님을 쳐다보았다. 자기 앞에 서 있는 걸망 스님은 수많은 신화를 만들고 다니는 도력 높은 스님이 아니라 지극히 평범한 한 인간의 모습이었다. 한참 동안 융을 바라보고 있던 스님은 융한테서 시선을 거두더니 지효 스님을 향해 공손히 합장을 했다. 그리고 몸을 돌려 노을 속으로 아득히 멀어져 갔다. 걸망 스님의 모습이 시야에서 완전히 사라지자 지효는 감나무 밑으로 걸어갔다. 지효가 나무 밑에 서자 융이 나무를 타고 내려왔다.
　지효는 허리를 구부려 융의 손을 꼭 잡았다. 표현할 수 없는 감동이 가슴속으로 차올라왔다. 그것은 두 사람에게 있어서 만남의 시작이었고 새로운 지평이 열리는 순간이었다.

제 2 권

끝

『우담바라』 35주 년 기념 리커버 디자인에 '만다라(mandala)' 작품을 사용할 수 있도록
허락해 주신 '만다라 아티스트_ 김성애 작가님'께 깊은 감사의 인사를 드립니다.

우담바라₂

35주년기념판

펴낸날   2023년 4월 6일 발행

지은이   남지심
펴낸이   정창득
기획   문학창작집단 바띠
편집   이종숙 김미정 이수빈
책임편집 전현서

만다라   김성애 M. 010.2562.3225 E. kimsungae22@gmail.com
디자인   달사람스튜디오 E. moonmanstudio@naver.com

펴낸곳   도서출판 애기꾼 [제300-2013-124호] (2013.10.28)
         E. batistaff@naver.com T. 070.8880.8202 F. 0505.361.9565

ISBN   979-11-88487-12-7 04810
ISBN   979-11-88487-10-3 04810 (세트)

moonmanstudio 문차오. 미자미